甲蟲男孩

BEETLE BOY

M.G.Leonard

M.G.里奧納 著　趙丕慧 譯

推薦序

蟲蟲正義聯盟的神奇力量

文／親子專欄作家陳安儀

很多父母不明白，為什麼孩子（尤其是男孩子）總是對怪獸、恐龍、機器人、甚至是甲蟲，那麼的著迷。其實說穿了，那是一種「力量的投射」。

孩子在現實社會中，是最弱勢的一群：他們在家要聽父母的話、在學校要聽師長的話，有時，甚至還會被高大凶悍的同儕欺凌。於是，幻想自己有怪獸般令人恐懼的外表、希望自己能有恐龍般威武雄壯的外型、或是像機器人般打不死的能力，自然也就一點兒也不奇怪了！

然而，在現實生活中，孩子卻不可能豢養一個怪獸、恐龍、或是機器人。於是，一隻擁有黝黑堅硬的鞘翅、寬大有力的巨顎、猙獰嚇人的剛毛的甲蟲，自然順理成章成為男孩子夢寐以求的寵物。只可惜，甲蟲的外型雖然強悍有力，但牠畢竟不像小狗小貓，能夠聽懂主人的話，乖順的按照主人的要求行事，更不用說是跟主人同盟，保護主人、對付外敵了！

但是《甲蟲男孩》卻讓男孩們的夢想成真了！在這本書裡，本來就失去母親的達克斯，一夕之間，又遭逢父親失蹤；失恃又失怙的他，必須投靠唯一的親人麥西伯伯，轉學到一所陌生的學校去。原本就弱勢的他，在新學校又遭遇霸凌，就在他的人生最慘不忍睹時，他遇到了一隻神奇的甲蟲。

這隻被達克斯取名為「巴克斯特」的巨無霸兜蟲，不但長得威武雄壯，在危急的時刻替達克斯解了圍，趕走了討厭的校園惡霸，更厲害的是，他能夠了解達克斯所說的話！想想看，一隻跟小狗一樣聽話的兜蟲，隨時可以棲息在小主人的肩膀上，一起上學、一起工作、一起玩耍，而且只聽主人一個人的話……哇！這麼炫的寵物甲蟲，應該是世界上所有的男孩都朝思暮想的吧？如果我也有一隻，應該做夢都會笑了！

有了這樣一隻「神寵物」，更增添了達克斯要找回父親的決心。他在學校裡交到了兩個好朋友，三人無意間發現達克斯家隔壁鄰居骯髒的房子裡，竟然有一座「甲蟲杯子森林」！而且，每一隻甲蟲，都跟他的巴克斯特一樣具有特殊的神奇能力……

即便是成年人如我，一拿起《甲蟲男孩》之後，也不禁廢寢忘食，因為看這本書，實在不太像在「閱讀」，而像是在「看電影」！一隻隻甲蟲獨特的模樣、一幕幕昆蟲大戰的畫面，甚至連反派女主角那令人毛骨悚然的造型，都栩栩如生、躍然紙上、飛舞在眼前，令人好似進入了一場神奇的夢境一般。厚厚的一本書，我竟然一氣呵成的讀完，因為「甲蟲男孩」的劇情緊湊，絕無冷場，而且保證你無法預知劇情，猜不到結尾！（希望它還有續集啦～）

無論你喜不喜歡甲蟲，這是一本保證好看的精采小說，當然，我想小讀者們看完小說之後，一定會更愛這些可愛的蟲蟲喔！

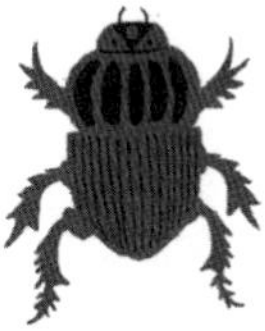

我一讀到有人捕捉了罕見的甲蟲，
就覺得自己像匹老戰馬聽見了號角聲……

——查爾斯·達爾文

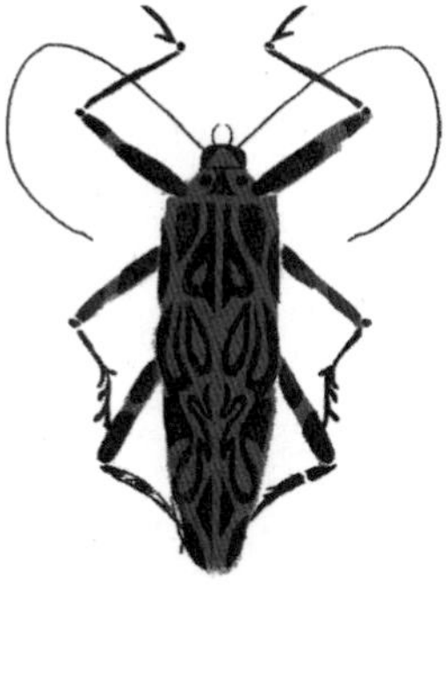

1 巴索勒繆·卡托神祕失蹤

巴索勒繆·卡托博士不是會搞神祕失蹤的那種人，他是那種會在晚餐桌上看大部頭舊書，把炒蛋吃到鬍子上的人。他是那種老是找不著鑰匙，下雨天總是忘記帶傘的人。他是那種放學後可能遲到五分鐘才來接你，但是絕對不會忘記來接你的爸爸。不管怎麼說，達克斯都知道巴索勒繆·卡托不是會拋棄十三歲兒子的那種父親。

警方的報告中載明九月二十七日是一個非比尋常的星期二。

巴索勒繆·卡托博士，四十二歲的鰥夫，把兒子達克斯·卡托送到學校，接著就到自然歷史博物館上班，他是科學部的主任。他在早晨九點半跟祕書瑪格麗特打招呼，參加會議，討論博物館的業務，下午一點鐘和前同事安德魯·艾波亞教授一起用餐。午後到館藏庫房去（他經常如此），經過咖啡機，倒了杯咖啡，跟當天值班的警衛艾迪閒聊了幾句，順著走廊到倉庫，把自己反鎖在一間昆蟲標本室裡。

當天晚上，達克斯等不到父親回家，就去告訴鄰居，鄰居就報了警。

警察抵達博物館，巴索勒繆·卡托博士進去的那個房間被反鎖著。唯恐他是心臟病發作或是出了意外，管理員找出了備用鑰匙，打開了門。

房間裡一個人影也沒有。

一杯早已變涼的咖啡放在桌上，旁邊是巴索勒繆．卡托的檔案和一架顯微鏡。幾個甲蟲類樣本抽屜打開著，可是卻不見巴索勒繆．卡托博士的人影。

他就這樣人間蒸發了。

庫房沒有窗戶，只靠卡托博士進來的那扇門進出。這是一間有空調的密室。

科學家消失之謎上了每一家報紙的頭條。沒有答案的謎題讓記者都傷透了腦筋，可是誰也說不出卡托博士是如何走出庫房的。

「**科學家失蹤！**」報紙頭條醒目的寫著。

「**唬住了警方！**」報紙大肆宣揚。

「**失怙少年送安置！**」他們如此報導。「**現正連絡唯一的親人，著名的考古學家麥西米廉．卡托。**」

第二天，「**考古學家在西奈沙漠失蹤！**」

「**少年無依無靠！**」報紙為他哀嘆。

達克斯一走出寄養家庭，就被報社的人在街上攔住，有的搶著拍照，有的高聲提問。

「達克斯，有你爸的消息嗎？」

「達克斯，你爸是不是落跑了？」

「達克斯，你爸是不是死了？」

五年前，達克斯的母親過世，他就變得很退縮，不再跟朋友出去玩，也不請朋友到家裡來。他的母親愛絲梅・卡托忽然死於肺炎，給他們的打擊不小。他爸爸哀痛逾恆。那些日子——達克斯管它叫「鬱卒日子」——他的父親躺在床上，瞪著牆壁，沒辦法說話，只管流眼淚。在最慘澹的鬱卒日子裡，達克斯會端茶和餅乾到爸爸的房間，坐在他旁邊看書。失去了媽媽，爸爸又一天到晚這麼傷心，讓達克斯的日子加倍難過，他得學會照顧自己。在學校裡，他和人人都合得來，卻沒有親密的朋友。他什麼都放在心裡。別的學生不會懂，他也不知道自己能不能說得清楚。唯一重要的事就是照顧好爸爸，讓他能夠再次開心起來。

好不容易，在媽媽過世四年後，鬱卒日子漸漸變少了，間隔也變大了，達克斯小心翼翼，滿懷喜悅看著父親從悲傷的、漫長的睡眠中甦醒。他又成了一個好爸爸，在週日玩橄欖球，在早餐時對達克斯微笑，還會取笑他不聽話的頭髮。

不，達克斯很肯定爸爸不會自殺，也不會落跑，也不會過雙面人的生活。庫房裡一定是出了什麼事，他害怕到骨子裡，因為他想不出來到底會發生什麼事。所以當記者提出他們的笨問題時，他只是兩手插在口袋裡，對著他們的筆記本皺眉頭，不肯回答。

「**心碎的少年失語了！**」報紙這麼告訴社會大眾。

警方終於連絡上達克斯的伯伯麥西米廉，他立刻從埃及飛回倫敦來照顧他的姪子。報紙解不開科學家消失之謎，又編造不出達克斯的故事，就對他失去興趣，不再來煩他了。

麥西伯伯把達克斯帶回了他的公寓。公寓就在一家健康食品店「母親地球」上方，康登鎮和攝政公園之間的一條商店街上。

「我得先警告你，孩子，」麥西伯伯邊爬樓梯邊說，「你知道的，我向來是一個人住，常常不在家。也一直都不怎麼喜歡英國，都怪這個討厭的雨——煩死人了，而且考古也沒什麼好玩的。我寧可到西奈沙漠去騎駱駝。」他停下來喘口氣。「反正啊，總之一句話，我不懂得招待客人。我喜歡客人，只是不知道該拿他們怎麼辦；我對孩子也是一樣。」

達克斯跟著伯伯默默走進前門，欣喜的聽著一個跟他父親很像的聲音。

「廚房，」麥西伯伯指著左手邊一間鮮橘色的房間，然後上了右手邊的幾級階梯：「客廳。」

經過客廳時，一系列的木雕長臉面具掛在深藍色的牆上，達克斯瞪著他們，面具也回瞪著他。上了幾階樓梯就到了樓上，他們站在麥西伯伯的臥室和一間粉紅色浴室外。

「因為我一年到頭大部分的時間都在海外，大學沒給我辦公室，所以這裡就是我的辦公室，也是我的家，」麥西伯伯說。他們第三次走上階梯，就到了閣樓。「嗯，你要睡的房間在今天之前還是我的，嗯，我的檔案室。」

他們來到了三樓的平臺，這裡的天花板很矮，麥西伯伯倚著牆，露出了疲憊姿態。他從襯衫口袋裡抽出手帕，用右手腫脹的指節把探險帽往上推，抹了一把飽受風吹日晒像皮革般的額頭。

「唉，」他做了個鬼臉，「無論你做什麼，絕對不要變老，孩子。天知道我要怎麼走下樓去，你八成得背我下去了！」他開心得咯咯笑，表示他在開玩笑。可是達克斯可沒跟著一塊笑，麥西伯伯的笑臉突然就變成傷感，還搖了搖頭。「你長得雖然像你母親，可是你從頭到腳都是巴弟的翻版。愛絲梅每次聽我開玩笑都會跟著笑，尤其是不好笑的玩笑。」

達克斯不想沒禮貌，就盡量陪笑臉，結果卻變成了苦瓜臉。

意識到麥西伯伯在研究他，他就抱住過大的綠色套頭毛衣，低頭看著邋遢的牛仔褲，才發現膝蓋的地方破了。

因為他的皮膚黑，頭髮黑，眼睛也黑得像煤炭，大家都說他遺傳母親的西班牙人長相，可是他想到媽媽，滿腦子只有她大大的笑容。他的嘴形也像媽媽，可是後來發現他的笑容會害爸爸難過，他就不再笑了。

「你的頭髮怎麼了？」

「在寄養家庭剪掉了，」達克斯揉著短短的頭髮，不想跟伯伯說，他住進寄養家庭的第一晚，就有一個男生把他的頭髮剃出一道溝。「有頭虱，」他低聲說。

「原來如此，大概是預防措施吧。」麥西伯伯皺著眉頭，把手帕塞回口袋裡。「好吧。」他指著他們前面的門，說：「廁所在這兒。」然後他繼續向前走。麥西伯伯露出了不好意思的笑容，這才推開了門：「噹噹！這兒是你的房間。」

一張寫滿了筆記的紙飄到走廊上，落在達克斯的腳邊。房間很小。整個地板都被紙張遮住了，而且亂七八糟的疊了一個又一個箱子，發黃的報紙像包著什麼東西，空氣中充滿了濃濃的發霉和塵土的味道。

達克斯打了個噴嚏。

「**保重**，」麥西伯伯用德語說，伸手到門裡打開了電燈。

在箱子的後面有一面牆，擺滿了黑色的檔案櫃，幾個抽屜拉開了一半，紙張滿了出來。檔案櫃的頂上有一排排精裝版地圖集和活頁地圖，一張挨著一張。達克斯注意到屋頂有天窗，外面的玻璃蒙上好厚的一層灰，所以房間裡才陰沉沉的。

「你一定很討厭歸檔，」他說。

「嗯，對，大概有幾年沒整理了。」麥西伯伯說著說著咳嗽了幾聲。「仔細想想，我都忘了最後一次上來這裡是哪年哪月了。搞不好是在你出生之前呢。」

達克斯微笑了，但笑得很不明顯，不想讓伯伯覺得他沒禮貌。很高興姪子的心情好了一點，麥西伯伯從一個打開的箱子裡拿起了一本書。

「**《食人習俗思想史》**，我一直在找這一本。」他快速的挑了兩次眉毛，就又把書丟回箱子裡了。

箱子裡揚起了一陣灰塵，遮住了達克斯的臉。

達克斯噴嚏連連，慌張的用手把灰塵揮散，麥西伯伯哈哈笑，忽然，抗拒不了伯伯有感染力的大笑聲，達克斯也笑了起來。

「總而言之呢，小子，」麥西伯伯說，從後口袋裡掏出了一條乾淨的手帕給達克斯，「這裡需要整理。不過呢，只要我們埋頭苦幹，我相信這個臥室還是能變像樣的。」

達克斯把行李箱放在走廊上。

「這裡很好，麥西伯伯。謝謝你。」

「那還用說。」麥西伯伯拍了達克斯的背，害得他向前倒。「等我們打掃過後，這裡就會是個舒服的小窩。」他一摘掉帽子，銀色的頭髮立刻就像一堆妙點子從深褐色的頭皮上迸起。「首先我建議把東西都搬到走廊上，因為這個房間還得要清掃一番，才適合人類居住。」

達克斯興致勃勃，把綠色套頭毛衣的袖子挽起來，露出了瘦巴巴的胳膊，把一個沉重的箱子往外拖，拖出了門口，卻重心不穩，向後倒，連帶撕破了紙箱，看到了一疊檔案，標著「**法布林計畫**」，而散落在地上的東西好像是人類的牙齒。

「對不起，我……」他結結巴巴的說。

「啊，娜芙蒂蒂的牙齒。」麥西伯伯跪了下來，小心的把牙齒撿進手裡。「我們找個安全的地方放吧？」

「真的是娜芙蒂蒂的牙齒嗎？」達克斯問，瞪大了眼睛。「沒開玩笑？」

「絕對沒開玩笑。」麥西伯伯點頭。「我找到了她的墓。大家說到現在還沒人找到，可是我找到了。這些牙齒，」他把手舉高，「是從這位聲名狼藉又美麗的埃及王后的棺材裡拿出來的。」

「你從她的頭骨上拔下來的嗎？」

麥西伯伯聳聳肩。「反正她又用不著了。」

達克斯撿起了一顆牙。「這些不是應該放進博物館嗎？」

「孩子，要是有人肯聽我的，是**應該**送進博物館的，」麥西伯伯說。「可惜，沒人肯聽我的。一個考古學界的後進能有這麼重大的發現？就憑那樣一個小夥子？他們說不可能，可是他們錯了。一個人年輕，並不代表他們就沒有那份好奇心，沒有那份毅力和膽量去做成年人能做的事，對不對？」麥西伯伯冷哼了一聲。「等將來他們決定要去挖掘——他們一定會去的，因為我把地點告訴他們了——只會找到沒牙的老娜芙蒂蒂，而這些小美人會證明我是第一個發現她的人。」他小心的將牙齒裝進一個信封裡。「過去總是有辦法追上你，孩子，就算你不想讓它追上也一樣。」他把封口折好，封死。「那是我第一次參與挖掘的埃及古跡。我是新人，剛拿到資格，對這一行的遊戲規則並不了解。達克斯，成人的世界很無聊，充滿了利害關係和妥協……」

麥西伯伯滔滔不絕說著考古學家的試煉和苦難，達克斯時而點頭時而搖頭，同時，叔姪兩人一起打掃清理房間。

一塊顏色鮮豔的摩洛哥布蓋住了四箱書，當作桌子；三個空箱子垂直疊起來，當作放衣服的架子。

麥西伯伯踩到板凳上，用浸了醋的報紙擦拭天窗向內的玻璃。他伸長手臂，想打開窗戶擦外面，達克斯看見黑黑的東西正坐在玻璃上。一隻生物……有七隻腳……還是六隻……還長了角？

「等一下！」達克斯大聲叫。

可是麥西伯伯把窗子往他的方向拉，那隻生物就躍上天空，迅速飛走了。

「**那個**是什麼？」達克斯用手去指，想要爬上麥西伯伯的板凳，把頭探到外面去。

「什麼什麼啊？」

麥西伯伯抬頭看，可是那隻生物已經不見了。

六隻腳的話就是昆蟲，對吧？沒有一隻動物是七隻腳的。搞不好是蝙蝠或是小鳥，也可能是兩隻鳥。可是，蝙蝠沒有角，兩隻鳥加起來也只有四隻腳。所以一定是昆蟲，可是他以前沒看過那麼大的昆蟲。

「太陽下山了。」麥西伯伯說，把頭探出了天窗外。「不是埃及的落日，可是我得承認，倫敦還是有它自己的美的。」

達克斯看了小房間一遍。「麥西伯伯？」

「什麼事，孩子？」

「我要睡哪裡？」

麥西伯伯把頭縮回來。

達克斯兩手向上舉。「這裡好像放不下床。」

「就算能放得下，我也沒有備用床。不過就算有，也放不下。」麥西伯伯點頭同意。

「那我睡地上好了。」

「應該說是睡在天花板上，」麥西伯伯說。

「對。」達克斯抓抓頭，不知道麥西伯伯是不是在開玩笑。

「用吊床，」麥西伯伯說。「就是把床吊起來，水手和考古學家都睡這種床。可以避開沙哈拉蠍子的毒刺，很管用喔——不過你放心，這裡是不會有蠍子的……反正不會有活的。對。好，吊床怎麼樣？」

「我覺得很好。」

「好極了，因為我正好有一張吊床。」麥西伯伯走出房間，拿著一個藍色袋子回來。裡頭裝了一片夾帶著黃沙的黃色帆布，裝在兩個大銅環上。「我覺得可以掛在那裡。」麥西伯伯指著檔案櫃上方的空間。

達克斯用力點頭，麥西伯伯就伸手到袋子裡，拿出了兩個銅鉤和一支木槌。

「跑下去到客廳，孩子，把睡袋拿上來，就放在單人皮沙發上，順便把沙發上的一個靠枕拿來。」

達克斯再上來的時候，麥西伯伯已經把吊床掛好了。他急急忙忙爬上檔案櫃，啪嗒一聲倒進他的新床上，吊床左右輕輕搖晃。他被包在帆布裡，外面的人完全看不到他。

「太棒了！」他說，把頭探出來。

麥西伯伯把睡袋和枕頭遞給他。「還不賴。」他東看西看，掛著滿意的笑容。「好了，」伯伯把達克斯的行李箱拎到檔案櫃的上頭，「我們得幫你弄點衣服。」

「我有衣服。」

「買新的。」麥西伯伯微笑道。「那件毛衣給流浪漢穿還差不多。」

「這是爸的衣服，」達克斯小聲說。

「喔。」麥西伯伯一副垂頭喪氣的樣子。「原諒我，達克斯，我是個老笨蛋。」

他清了清喉嚨。「我實在是太遲鈍了。」

「麥西伯伯，」達克斯嚥了嚥口水，「你既然回來了……」他不敢直視伯伯的眼睛。

「警察就得要再開始找爸爸，對不對？」

麥西伯伯點頭。「我跟蘇格蘭警方約好明天見面。」

「那你跟他們說，」達克斯從吊床上探出上半身，「他沒有逃跑。他絕對不會丟下我的，因為媽不在了。他在庫房裡一定是出事了，發生了壞事。」

「對，我正打算要跟他們這麼說的。」麥西伯伯抬起頭，臉上帶著道歉似的苦笑。

「達克斯，」他停頓了一下，「我真的很抱歉，耽擱了這麼久才回來。」他又把帽子戴上。「我覺得很慚愧，我會盡一切力量查出你父親究竟發生了什麼事，我會把他帶回來的。可是，如果不幸被我猜對，警察那邊不管用，我們可能就得自己來調查了，那我們兩個就得要有毅力和膽量才行。」

「我絕對可以，」達克斯熱切的說。

「我知道你可以。」麥西伯伯微笑。「七點吃晚餐。」他走出了房間，還敬個禮。

「晚餐是炸魚薯條。」

達克斯聽著伯伯下樓，然後探到吊床外，把行李箱拉到大腿上。打開來，他把衣服掃到一邊，拿出了他父親的加框相片。俯視著沙色的頭髮和含笑的藍眸，他覺得胸口縮緊，胃也扭絞在一塊。他撫摸著玻璃。他好想念爸爸，他的胸口好像有針在扎。

他躺回吊床上，把照片立在旁邊的枕頭邊。

凝視著天窗外，達克斯看著第一顆星星出現。他追尋著爸爸教過他的星座，不知道爸爸是不是也在這片夜空下的某個地方抬頭看，想著他。

2 埃賽雷德國王中學

達克斯從埃賽雷德國王中學外圍的尖頭欄杆向內注視，學校是一幢龐大的哥德式建築，許多角落上都趴著奇形怪狀的滴水嘴獸。他看到了窄窗，有煤灰的磚牆和塗鴉。運動場很像是電影裡面監獄的操場。他以前的學校並不完美，可是起碼還有一片遊戲的草地。

他希望這間學校會比寄養家庭好，他被丟進去短暫住了三個星期的那一家，實在很恐怖。麥西伯伯說入學的時間如果不對，就沒辦法選擇要上哪一所學校，只能塞進有空額的學校。達克斯早就明白有空額的學校往往都是壞學校。

他瞪著埃賽雷德國王中學。如果把以前的學校也加起來，這是他在五個星期內讀的第三間學校。

已經有五個星期沒有爸爸送他到學校了。

達克斯咬緊牙關。在走進新學校以前他不能心情不好：大家會瞪著看。他想著麥西伯伯說的話。「毅力和膽量……」他小聲的自言自語，做了個深呼吸，就走進了學校大門。

早上點名時，達克斯被叫到教室前面，向一張張對自己完全沒興趣的臉孔自我介紹。有個叫薇吉妮亞．華勒斯的高個子女生被指定來照顧他，她的黑色頭髮綁了八個髻，每一個髻都用顏色鮮豔的橡皮筋綁著。她上上下下打量他，噘著嘴巴，顯然一點也不喜歡她的新責任。她旁邊坐了一個小男生，臉色好蒼白，好像身體有病。他戴著大鏡框眼鏡，頂著一頭亂糟糟的白金色鬈髮。達克斯在他們後面的空課桌坐下，小男生伸出手來跟他握手。

「嗨，我叫柏托特．羅伯茲。」

達克斯喃喃報上自己的名字，被小男生正式的握手禮和熱情的笑容嚇到了。

下課了，達克斯第一個衝出教室。他大步走到運動場，不知不覺走向一棵大橡樹。橡樹的樹幹上刻滿了心和姓名，用刀子和圓規割穿樹皮。有個很健壯的男生靠著樹幹，他的額頭有一綹頭髮，好像犀牛的角。他的襯衫的第一顆鈕釦沒扣，露出了一條很粗的金項鍊。他的紫黑色條紋領帶的領結居然掛在腰上。他的身邊聚

集了一群吵吵鬧鬧的小男生，每個都想像他一樣輕鬆的靠著樹幹，卻都失敗了。

「你摸清楚那些魯蛇是誰了嗎？」他大聲說。

「有啊！千萬不要跟大鳥和愛因斯坦搞在一起，」一個戴著牙套的紅髮男生嘲笑著說。

那群男生吃吃竊笑。

「要不要來呼一根？」額頭有一綹頭髮的男生問，還歪著頭。

「不用了。」達克斯繼續走。

紅髮男生跑上來，走在他旁邊。「嘿，我叫羅比。」

「嘿，羅比，我是達克斯。」

「喔，我知道。喂，我跟你說，拒絕丹尼爾．道伊的邀請不太聰明喔。他可不會問兩次。我告訴你是因為你是新來的。」

「謝謝，可是我不抽菸。」

「那你應該學一下。」羅比嘻嘻笑，露出了滿嘴的金屬牙套。

「不用了，謝謝。」

「也不知道丹尼爾為什麼會對你感興趣。他們說的大概不是真的，」羅比看著達克斯走開。

「什麼不是真的？」達克斯停了下來。

「你爸的事。」

達克斯的每一束肌肉都緊繃了起來。

「說他死了。」羅比向前傾，盯著達克斯的臉，看他有什麼反應。「真的嗎？他死了嗎？」

「他沒有死。」

「那他在哪裡？」

「我……我不知道。」達克斯結結巴巴的。

「搞不好他不想當你爸爸了？」羅比哈哈笑，笑得很奸。「我們覺得他一定是死了，搞不好是被人殺掉了。」

達克斯握緊了拳頭。「再說一遍我就揍你。」

「唉唷，我好怕喔。」羅比向後躲，又哈哈笑。「達克斯的爸爸死了，達克斯的爸爸死了。」

達克斯覺得胸中燃起了一把怒火，向前衝了出去，可是拳頭還沒揮到羅比的臉上，兩條胳膊就被兩隻強壯的手抓住，被向後拉開。

「嘿，別生氣，小老虎，」薇吉妮亞說，緊抓著不鬆手。

「你是魯蛇，跟你的朋友一樣，」羅比跟達克斯說，一面撤退，滿臉害怕。「你們是一票魯蛇！」他跑回到樹下那群呱噪的男生堆裡。

「你還好吧？」薇吉妮亞放開了達克斯的胳膊。

達克斯凶巴巴瞪著她。「你應該讓我揍他的。」

「是他叫我阻止你的。」她扭過頭去點了一下，指的是柏托特站的地方。他對他們兩個眨眼睛。「可是你應該要謝謝他，他幫了你一個大忙。」

柏托特慢吞吞走過來站在薇吉妮亞的旁邊，笑得很羞澀。

「羅比是抓耙子，」薇吉妮亞說。「那你在這裡的第一個星期就會在校長室外面罰站，那隻老鼠就會每天當著你的面嘲笑你。」

「聽她的沒錯，」柏托特開口說。「她幾個星期以前海扁了他一頓。」

薇吉妮亞嘻嘻笑，像電影《愛麗絲夢遊仙境》裡的柴郡貓，然後她看著達克斯的肩膀後面，說：「喔喔，羅比在跟生化人說話。走了啦，免得他帶後援過來。」

三人急忙離開。「羅比喜歡欺負別人，」柏托特解釋說，聲音尖得好像老鼠叫。「就是因為他把我丟進了發臭巷的一個大垃圾桶，不讓我出來，薇吉妮亞才會扁他。」

他絆了一下，達克斯抓住了他的手臂。柏托特感激的微笑。「謝謝。」

「學校裡的男生沒有一個打得過我，」薇吉妮亞很豪氣的說。達克斯相信她。

「謝謝你，阻止我——就，惹上麻煩。」

「如果你不是新來的，我就會讓你揍他，」薇吉妮亞低低的咆哮。「羅比是一隻黃鼠狼。」

「你要不要跟我們一起吃午餐？」柏托特問。

「好啊。」達克斯點頭。「謝謝。」

柏托特和薇吉妮亞兩個人就像花生醬和果醬一樣，截然不同，卻是非常要好的朋友。他們會幫彼此說完要說的話，而且用表情來溝通。達克斯沒交過這樣的朋友，因為他不能把腦子裡想的事情說出來。他沒辦法解釋媽媽過世之後在他的心裡裂開的恐懼深淵，也沒辦法解釋爸爸失蹤以後他做的恐怖惡夢。可是他聽著他們開玩笑，心裡著實羨慕柏托特和薇吉妮亞的親近。

薇吉妮亞的身材像個羽量級拳擊手，膚色像肉桂條。她的嗓門很大，很有活力，講話像機關槍。三人走進餐廳，她跟達克斯說到她的家人：她有三個兄姐，大衛、祥恩、莎琳娜，兩個弟妹，綺霞和達諾。

「我排在中間。」她把便當盒從背包裡抽出來。「媽說我得了那種症候群。」她把飯盒往桌上一丟，哐的一聲，然後就坐進椅子裡。

「什麼症候群？」達克斯問，坐在她的對面。

「就是一定要當出名的探險家或是駕帆船環遊世界，讓人家注意到你的那種。」

「她什麼事都不怕，」柏托特得意的說，拿出了藍色便當盒，坐在薇吉妮亞的旁邊。「什麼人都不怕。」

「我會打架都是因為我哥哥，」薇吉妮亞解釋說，把洋芋片塞進嘴巴裡。「祥恩一天到晚想打我，可是打不到，」她接著說，還把洋芋片的碎屑噴到了對面。

「真可惜，」柏托特說，挑高了一道白眉毛表示責備，「她不懂禮貌。」

柏托特白的跟粉筆一樣，身體很勻稱，可是頭髮像彈簧，又戴著超大眼鏡，所以他的頭就顯得特別大。達克斯立刻就明白了，他為什麼外號叫「愛因斯坦」——他就是那種科學怪胎，嗜好是「建造會噴火或是爆炸的具實際功能的新發明原型。」柏托特也和達克斯一樣是獨生子，跟他的母親住在一間迷你公寓裡，距離學校只有一條街。

「柏托特最囉嗦了啦。」薇吉妮亞戳他。「他最討厭我吃東西的時候講話了。他媽媽上班的時候，他就到我家吃飯，從頭到尾只聽見他說：『只有豬才會在吃東西的時候說話。』」她模仿柏托特尖銳的聲音。

柏托特臉紅了，達克斯看見他不高興，趕緊改變話題。「你媽媽晚上上班啊？」

「她是演員，」柏托特說。「她叫凱麗絲妲·布倫，你聽過嗎？」

「嗯，沒有。」達克斯不好意思的聳聳肩。

「沒有人聽過。」柏托特把小塊的馬麥醬三明治塞進嘴巴。「你如果沒有看電視，有人在上班時跌倒的廣告，就不會看過她。可是你可能聽過她的聲音，她在《巴榮卡的洗澡時間》裡幫那隻討厭的兔寶寶配音。」

達克斯搖頭，從背包裡拿出打了結的手提袋。「我很少看電視。」

「媽大部分都是演舞臺劇。她懷我的時候演了一齣，後來就用那個劇作家的名字當我的名字。」

「真可惜她沒想到這個名字會毀了你的一生，害你被丟進垃圾桶裡，」薇吉妮亞不以為然的說。

「我覺得那件事不是因為我的名字。」柏托特皺著眉頭。

「我喜歡你的名字，」達克斯說。他從外套口袋掏出湯匙，把手提袋撕開一個洞。

「很特別，可是是好的那種。」

「謝謝。」柏托特笑得好開心，但是又迷惑的看著達克斯把湯匙伸進破洞裡。「你在吃什麼啊？」

「這是麥西伯伯的獨家炒飯。吃吃看，真的很好吃喔。」達克斯把湯匙伸到柏托特面前。「我跟他說午餐的便當應該是三明治，可是今天早晨沒時間做，他就給了我一袋炒飯。」

柏托特輕輕搖頭，拒絕了。

「喂，」薇吉妮亞清了清喉嚨，「你爸爸究竟是怎樣了啊？」

「薇吉妮亞！」柏托特捶了她一下，滿臉道歉看著達克斯。「實在是對不起。」

「嗄？喔，拜託！大家都在講吔。」薇吉妮亞兩手舉到空中。「就算我不問，別人也會問。」

「沒關係啦。如果我跟你們說了，別人大概就會問你們，不會來問我了。」他嘆口氣。「我巴不得他們不要再瞪著我看了。」

「你都上報了，還上了電視，」柏特托指明了說。「所以你也算是名人了。」

「是喔，但現在不再是了啦。」達克斯看著桌子。「因為他們再也寫不出懸案的答案來。」

「那就跟我們說啊。到底是怎麼回事？」薇吉妮亞的身體向前傾，專心得要命。

「也沒有什麼好說的。我爸去上班，跟平常一樣，後來不知道在下午的什麼時間——誰也不敢確定——他就消失了，」達克斯說，語氣很平淡。「他沒回家，我就覺得一定是哪裡出問題了。」

柏托特吸了口氣。

「一定不止這樣，」薇吉妮亞催著他。

「誰也不知道是怎麼回事，」達克斯往下說。「警察找不到線索。我們只知道這麼多，我爸就這樣失蹤了。」

「他會不會是間諜？」薇吉妮亞熱心的提供意見。「他現在可能是為了國家在對付恐怖份子。」

達克斯搖頭。「他不是間諜啦。他是自然歷史博物館的科學部主任。」

「哇！」柏托特說，眼睛亮了起來。「我最愛自然歷史博物館了。你常常去嗎？」

達克斯點頭。「學校放假就會去。」

「他是間諜比較好，」薇吉妮亞嘟囔著說。

「去叫你爸爸當間諜啦！」柏托特罵她。然後又轉過頭來說：「她爸爸是會計師。」

「我只是說，如果他是間諜，那神祕失蹤的事就說得通了嘛，」薇吉妮亞氣呼呼的說。

「在我爸回來以前，我都要住在麥西伯伯家，」達克斯說。「所以我才會念這間學校。等爸爸回來，我們就會恢復以前的樣子了。」

「那你媽呢？」柏托特問。「你為什麼不跟她住？」

「我七歲的時候我媽就因為肺炎死了，」達克斯小聲的說。

「喔不！」柏托特難過得雙手捧住了臉。「太糟糕了。」

「你覺得你爸爸會回來嗎？」薇吉妮亞問。

「他一定會回來的。」達克斯對這件事有十足的把握，整個人都坐直了。「別人說他落跑了，說他死了，可是他沒有。我知道他沒有。他沒收拾行李，也沒留下字條。家裡什麼都沒少，也沒有屍體，而且他是我爸，我了解他。他絕對不會丟下我，不會像這樣子。」他聽見自己的聲音因為情緒激動而變得模糊，知道再說下去他就要哭了，趕緊停下來，嚥了口口水。「不管他在哪裡，他一定都擔心我擔心得要命。」

「那是一定的嘛，」柏托特連忙附和。「而且我敢說他一定是個好爸爸。」

「還不只是這樣。」達克斯看著薇吉妮亞，壓低了聲音。「我知道我爸爸沒死，因為麥西伯伯並沒有表現得像他死了的樣子。」

「什麼意思？」薇吉妮亞也低聲問。

「麥西伯伯很擔心，而且好像有什麼心事，可是他一點也不傷心。說真的，有時候我覺得他是比較生氣。」

「那你覺得到底是怎麼回事？」薇吉妮亞問，靠在桌子上，聲音壓得很低。

「我覺得他被綁架了。」達克斯盯著兩張臉孔，看他們是否相信。

「被綁架！」柏托特驚呼一聲。

「太帥了！」薇吉妮亞的眼睛瞪得好大。「我不是說這種事對你很棒，可是——真的綁架？太帥了！」

「警察不相信我。他們把他的名字寫到了失蹤人口名單上，然後就不找了。他們說有些人不想被找到，可是……」他頓住，思索著是不是應該繼續跟他們說。

「可是怎樣？」薇吉妮亞追問他。

「我跟麥西伯伯，我們已經開始調查了。」達克斯的表情非常嚴肅。「而且我們會靠自己找到爸爸。」

「我來幫忙！」薇吉妮亞坐直了。「我們兩個都來幫忙，好不好，柏托特？」她拉他的衣袖。

「如果你想要我們幫忙的話。」柏托特給了薇吉妮亞不高興的一眼。

「太帥了，真正的冒險吔！我一直都想當偵探。」她跳了起來，從運動外套口袋裡掏出了家庭作業簿。「我們應該現在就訪問你，記下你爸失蹤那天你所能記得的事情，免得以後你得了失憶症，把什麼都忘了。」

「薇吉妮亞可能打架很厲害，」柏托特跟達克斯說，「可是她就跟湯匙一樣鈍。」他搖搖頭。「這就是平庸孩子症候群。」

「哈哈！」薇吉妮亞對柏托特吐舌頭。

達克斯哈哈笑。終於有人相信他了，達克斯心裡覺得很舒服。他看著柏托特和薇吉妮亞在對面吵架，這才發覺，他已經好久沒有跟同年齡的孩子一起做些什麼了。讓他們幫忙應該也不會怎樣。越多人找他的父親越好。

「好啦，好啦，」達克斯說。「算你們一份。」

「吔！」薇吉妮亞對著空氣揮拳。「你絕對不會後悔的。」

柏托特站在薇吉妮亞旁邊。

「我們會盡全力幫你找到你爸爸的。」

看著柏托特，又看看薇吉妮亞，一種不熟悉的溫暖感覺在達克斯的胸口擴散開來，他也不再強忍了，就讓嘴角咧開來，露出了笑容。

「謝謝！」他說。

3 摳眼珠蟲

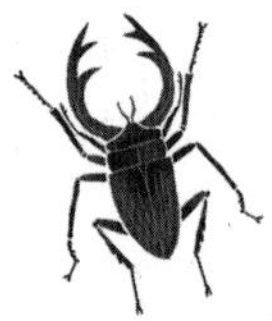

達克斯下午都和薇吉妮亞跟柏托特在一起。三點半，放學的鐘聲響了，他們各自回家，達克斯也一個人回麥西伯伯家。

尼爾遜街上大部分是住宅。馬路兩邊排列著高聳的連棟房屋，被汽車廢氣弄得髒兮兮的。這條馬路是一條繁忙的大街，因為進倫敦城的公車在這裡穿梭。這條路一半的地方還有條步行街，兩邊各有四家商店。

麥西伯伯的公寓入口就在「母親地球」健康食品店左邊，要穿過一扇櫻桃紅的門。進門後就是樓梯，爬上去就到了公寓的前門，還有一條通往後花園的走廊，後花園是麥西伯伯和食品店共用的。

站在門階上，達克斯拉了拉掛在脖子上的鞋帶，摸到了麥西伯伯十天前給他的兩把鑰匙。那時他剛來，麥西伯伯六點才下班，而且他的家也不適合小孩居住，他連電視都沒有。公寓內到處都是書，不成套的家具和稀奇古怪的東西，都是麥西伯伯從國外帶回來的。如果伯伯不在家，達克斯就覺得格格不入，而在這種時候，他就分外想念他的父親。

他把鑰匙再放回襯衫下，不過他沒有進屋去，反而穿過馬路，坐在對面的人行道上，距離公車站牌和垃圾桶稍微有點距離。

他看著「母親地球」旁邊的店，用木板封死了。半片破掉的招牌歪歪斜斜掛在被木板封住的窗戶上方，還可以看出寫著「大賣場」幾個字。達克斯猜兩家店之間的破舊灰門也跟麥西伯伯家的門一樣，打開就能走上看起來沒人住的樓上公寓。麥西伯伯告誡他不要靠近住在那裡的人，那是一對繼承了公寓的表兄弟，他說，兩個人都想開店，可是想開的店卻不一樣，因為誰都不肯讓步，所以大賣場五年來就一直關著。

達克斯決定要去坐在「母親地球」對面的自助洗衣店前面，看他的蜘蛛人漫畫，等麥西伯伯回家。達克斯喜歡這家自助洗衣店，客人來來去去的，而且烘衣機的熱氣也讓店裡很暖和。

他才站起來，就看到灰門裡衝出來一個衣服不合身的瘦子，兩隻眼珠好像就要從凹陷的眼窩裡迸出來了。他咧開嘴巴，發出很大的尖叫聲，露出了兩排亂七八糟的大黃牙。

達克斯聽到「大賣場」裡面傳來了一連串的砰砰聲，然後有一個像史瑞克那麼大隻的人也從灰門裡衝出來，一面流汗一面吼叫。兩個男的撞在一起，互相扭打，達克斯慢慢向後退了幾步。

「**你**才是危害健康的人！」瘦子高聲叫。

「胡說！**你**堆在後院的垃圾才危害健康哩。」

「那些是我的店的貨品。」

「那些都是發爛發臭的垃圾，皮克林。」

「那你自己的房間呢，亨弗利？到處都是蟲子在爬，而且臭死了！站在外面都聞得到！」他把鳥嘴一樣的彎勾鼻子仰高。「對！對！我現在就能聞得到！臭死了！」

達克斯也嗅了嗅，除了汽車廢氣和垃圾桶的臭味以外，什麼也沒聞到。

報刊店的佩托先生走到店門口查看是怎麼回事，一看見皮克林跟亨弗利在打架，就翻了翻白眼。一對年長的夫妻停下來看，然後就穿過馬路，避開他們。

「我進你的房間才五分鐘，就在頭髮裡找到蟲子——市府也知道你有多噁心了，因為我寫信給他們了，還把蟲子寄過去當證據！」皮克林發出尖銳的大笑聲。

「**你自己才髒咧！**」亨弗利大吼，下巴抖啊抖的。「**我的**頭髮就不會有蟲子爬進去。」

「那是因為你**沒有**頭髮！」皮克林額頭上的血管爆突，變成了紫色。

「喔，你以為你有**多**聰明，」亨弗利對表兄弟嗤之以鼻。「結果鬧笑話的人是你，因為我也寫信給市府了，我跟他們投訴你堆在院子裡的垃圾。」他發出滿意的咯咯聲。

「我還寄了照片過去。」

「白痴！」皮克林惡狠狠的罵。

「**我是**白痴？」亨弗利氣得一個頭搖得像波浪鼓。

「對！看你做的好事！」皮克林兩手向上拋。「你害我們倆個被掃地出門了。」

「**我**害的？」大胖子露出了下排的牙齒。「還不是你一天到晚撿破爛回來才害我們收到驅離通知的。」

「那些是我要開古董店的東西。」皮克林把一隻瘦削的胳膊指著木板封起來的店。「都是你房間裡那一大堆髒東西，我們今天才會有這種麻煩。」

「古董店？我看未必吧，老鼠臉。這家店要賣派。」亨弗利一拳拍中窗戶的木板，發出了好響的一聲砰。

「這家店要賣**古董**！」皮克林整個身體都貼在牆上，四肢張開來，彷彿是要擁抱這家店。

「**派**！」亨弗利挺直了腰。

「**古董**！」皮克林也緊緊抱著牆。

「派，派，**派**。這家店要賣**派**！」

「除非我死，亨弗利！」

「親愛的皮克林，這個問題倒是很容易解決。」

皮克林扭動著掙脫了亨弗利的箝制，從他的腋窩下面鑽過去，逃到馬路上。他的胖表兄弟殺氣騰騰的追上去。

達克斯從人行道邊跌跌撞撞後退，汽車和公車都緊急煞車。

「**派！**」亨弗利大吼大叫。

「**古董！**」皮克林高聲尖叫，猛然向後退，撲向了亨弗利，掐住了他的脖子，跳到他的背上，用拳頭海扁他的臉。

有個矮矮胖胖的青少年從他那輛有彩繪的汽車裡探出頭來，大聲叫兩個人讓路。亨弗利像隻大象一樣號叫，兩腿亂抖，想把皮克林摔下來。忽然，一隻超大的黑色甲蟲從他的褲腿掉出來，落在馬路上，六腳著地。

達克斯眨眨眼，靠過去想看清楚一點。甲蟲好像很危險——像忍者。有一隻尖尖的東西，跟老虎的爪子一樣銳利，從頭上伸出來，左右兩邊還有比較小的兩隻角。

他東張西望，好像沒有人注意到這隻朝他爬來的奇特昆蟲。佩托先生站在店門口，雙手抱胸，皺著眉頭看著亨弗利和皮克林。憤怒的駕駛拚命按喇叭，自助洗衣店的客人也都跑到街上來看兩人打架。可是這隻甲蟲繼續朝他爬，速度慢卻很穩定，像一輛迷你坦克。

甲蟲越爬越近，達克斯這才發覺它有一隻倉鼠那麼大。他想要靠近一點，可是甲蟲的樣子好像外星人，所以他有點害怕。他不知道甲蟲是會咬人還是會螫人的——那隻角看起來好尖喔。

亨弗利大吼一聲，達克斯抬頭看見他抓住了皮克林的腳踝，像奧運選手在甩鍊球，越轉越快，最後他鬆開了表兄弟的腳，皮克林就呼一聲飛向停在路邊的一輛汽車，撞破了擋風玻璃，驚動了警報器。

皮克林瞪著大眼，滿眼驚惶，從引擎蓋上滑下來，掉在柏油路上，頭還撞到地面。亨弗利拍了拍手，大步走回公寓，把他昏迷不省的表兄弟丟在馬路上。圍觀的人慌忙跑到皮克林那邊，把他往排水溝那邊滾，以免阻礙了交通。

達克斯低頭看。大甲蟲就坐在他的腳下，他還不知道是不是個好主意，就已經伸手去摸牠的角尖了。**真的**很銳利。

「哇，你好酷喔！」他說，察覺到心臟撲通亂跳。

達克斯像被催眠一樣，呆呆看著甲蟲從馬路上爬到人行道上，身體閃著油光。他覺得甲蟲的樣子好迷人喔。他從來沒認真想過他自己走路的方式——靠兩條腿直立行走——他在納悶有六條腿不知道會是什麼感覺，而且還這麼的靠近地面。甲蟲走路時會一次舉高三隻腳——同一側的前腳和後腳，以及另一側的中間那隻腳。

甲蟲爬到了他的鞋子邊緣，就開始攀登，對準了他的腳踝——牠好像想要爬上他的褲管！

「嘿！走開！」達克斯向後退，抖動那隻腳，把甲蟲甩開。

甲蟲落在人行道上，停在那裡，好像在思考。達克斯驚訝的看著牠張開了外殼，露出了一對半透明鏽黃色的翅膀，直接就朝他又飛過來。超大甲蟲落在他的膝蓋上，用爪子抓緊了他的褲子。

達克斯慘叫一聲，急著抖腿，身體向後仰，用兩隻手肘支著地面，可是甲蟲就是不肯走開。

他旁邊的垃圾桶邊有一個紙箱。達克斯一把抓過來，坐直了身體，用手背把甲蟲揮進紙箱裡。他覺得很丟臉，就東看西看，想看看有沒有人注意到他坐在地上手腳亂揮，可是大家都聚在馬路對面那個昏迷的人四周，討論該拿他怎麼辦。

達克斯看著紙箱裡，看到甲蟲仰天而躺，六隻腳亂踢，忙著想翻過來。他立刻就後悔打了它。他伸手進去，把可憐的蟲子翻過來。

「真的很對不起，我希望沒有弄傷你，」達克斯輕聲說。「我只是被你嚇了一大跳。」

甲蟲爬到紙箱的角落，用前腳去拉扯臨時監獄的牆壁。

「不要怕，小傢伙。我不會傷害你的。」

可是甲蟲仍然一直在撕牆壁，達克斯就決定要放牠自由。他蹲下來，把紙箱的開口放到人行道上，甲蟲匆忙跑出來，卻不逃走，反而爬上了達克斯的手，一動也不動的停在那兒，抬頭看著他，好似有什麼期待。

達克斯愣了一愣才發覺甲蟲在他身上他也不怕。甲蟲爪子輕輕的抓在他的皮膚上，還滿舒服的。倒是甲蟲的重量讓他意外——他本以為甲蟲很輕，結果感覺像一顆石頭，很結實。他謹慎的把手抬起來：「嗨。」

甲蟲由下往上看，所以達克斯能看見它的臉。他也說不上來是什麼原因，可是他覺得牠有點像……很和氣的樣子。牠那兩顆像小圓球的眼睛閃閃發亮，好像黑莓，而且牠張著嘴巴，彷彿在微笑。雖然甲蟲的背面黑漆漆的，可是腹面的各個節間細隙裡卻長出赤色的毛髮。牠其實還滿可愛的啦。忽然，他知道了：這一隻就是在麥西伯伯家窗外的那一隻，他剛搬進來那天看到的那隻。六隻腳，角，大小——全部吻合。

「我看過你，對不對？」

彷彿是在回答，甲蟲開始爬上達克斯的胳膊。

「你是要幹麼啊？」達克斯問，覺得很有興趣。

甲蟲爬上了他的手肘，又爬上他的肩膀。

隻鸚鵡。

「嘿，你是要去哪裡啊？」他笑了起來。他有點喜歡這隻甲蟲了。甲蟲轉過來面對前方，就在達克斯的肩膀趴下了，簡直就像是海盜的肩膀上站了

達克斯小心的抬頭看。「我從來沒見過像你這麼古怪的甲蟲！」他說。

「唉呀呀，看看這是誰啊！」

達克斯僵住不動，一顆心也往下沉。

「原來是那個愛哭的孤兒啊，」羅比大聲叫。「這一次可沒有大鳥在旁邊保護你了吧。」

達克斯向後轉。丹尼爾．道伊站在公車站牌下，羅比站在他的手肘邊，還有之前站在樹下的男生裡的三個。薇吉妮亞是怎麼叫他們的？生化人。他們都凶巴巴瞪著他，拱肩縮背，兩手插進口袋裡。「生化人」取得還真好，可是不管他們叫什麼，他們都擋在他和麥西伯伯公寓的門之間。

「你要幹麼？」他嘴巴上說得還滿強硬的，其實心裡很慌。

「閉嘴。」羅比朝達克斯的腳邊吐口水。「你給道伊舔鞋子都不配，還敢跟人家講話。說到這裡——對，舔他的鞋子。」

生化人嘰嘰喳喳的說話，還愉快的噴氣。

丹尼爾．道伊把一隻腳向前伸，滿臉邪氣的對著達克斯笑。

「如果你需要擦鞋子，」達克斯看著丹尼爾．道伊的眼睛，「叫羅比去擦啊。他花了那麼大的力氣親你的屁股，擦鞋子當然更不是問題。」

丹尼爾．道伊憤怒的噴鼻子，看著羅比，羅比把袖子挽了起來。

「打他！打他！打他！」生化人像唱歌似的。

達克斯的內臟都變冷了，他看著羅比大搖大擺的來回走，他知道，他得動手了。

羅比朝達克斯進逼。「我會把你的牙齒打到你的喉嚨裡，」他嘲笑說。

達克斯瞇起眼睛，盡力裝出不在乎的樣子，可是心臟卻咚咚跳，手掌心也在冒汗。他總是獨來獨往，也被別人找過幾次麻煩。通常他都能大事化小、小事化無，可是有時候他也得挺身戰鬥，所以他不是不會打架。可是現在卻派不上用場，就算他把羅比打倒了，後面還有四個人呢。

羅比也不打個招呼就朝他衝過來了。

達克斯完全沒有準備，只舉起了拳頭，羅比衝過來，一拳就打中他的肚子，他的腿撐不住，肺裡的空氣也榨乾了，就跌到在地上，壓住了紙箱，把紙箱壓扁了。他大口喘氣，眼裡只看見紙箱側面印的巴克斯特罐頭湯的紅底白字商標。他的身體一陣一陣疼痛，羅比怪叫一聲，又要過來踢他，他的心裡猛的掠過一個想法，希望自己比他強壯很多。

達克斯把膝蓋縮到胸口，在地上蜷成一個球。他看到鞋底飛快的朝他的肋骨踢過來，就繃緊了身體——可是他沒等到預期的痛苦，反而聽到超響的一聲嘶。

他抬頭看。那隻超大的甲蟲像火箭一樣飛向羅比的臉，嘶嘶叫著——就像在吐口水——跟一隻眼鏡蛇一樣。

「**什麼**鬼東西？」羅比向後跳開，活像是被電擊槍打到。

「你覺得是什麼？」達克斯手腳並用坐起來，同時飛快動著腦筋。「這是我的甲蟲。」

「我不喜歡！」丹尼爾．道伊的眼睛鎖定了那隻超級大又會嘶嘶叫的甲蟲。羅比跌跌撞撞退到生化人那裡，五個男生都一步步後退。

甲蟲在達克斯面前盤旋，柔軟的翅膀振動得非常快，幾乎看不見。牠又嘶嘶叫，很像是蒸汽引擎的汽門。

「走開！走開！」五個男生對著甲蟲喊，害怕的抓著彼此的手臂。

「你們不會連甲蟲都怕吧，嗄？」達克斯發出大笑聲，一隻手臂抱著受傷的肚子，費力的站起來。他拉出掛在脖子上的鑰匙。要是他能穿過馬路，打開紅色大門，他就安全了。

甲蟲突然朝著那群嚇壞了的男生衝刺，牠的角從他們的臉上掠過。

達克斯的下巴都合不攏了。

「牠想刺我們！」一個生化人放聲尖叫，一面閃躲。

「牠在轟炸！」另一個大喊。

「摀住眼睛！」達克斯大叫。「不然牠會……呃……把你們的眼珠摳出來，」他吹牛說。「這種甲蟲叫做，嗯，摳眼珠蟲！」

男生們嚇壞了，甲蟲咻的飛過他們的頭頂，像一架迷你戰鬥機，在他們的耳朵邊嘶嘶叫，然後才繞回到達克斯身邊。達克斯感覺到甲蟲降落在他的肩膀上，雖然很驚喜，還是拚命忍住，以免在這群縮得像烏龜一樣的男生面前漏氣。他覺得有了這隻了不起的甲蟲趴在他的肩膀上，他就像個巨人。這是一種嶄新的感覺，他很喜歡。

「你是瘋子！」丹尼爾．道伊大喊，拿掉了遮著眼睛的手，歪歪倒倒的向後退。「甲蟲怪胎！」

「隨便你怎麼說。」達克斯微笑，漸漸自得其樂了。「可是摳眼珠蟲跟我，我們是一個團隊，知道了吧。如果你們敢再靠近我，我們會查出你們住在哪裡，我的這位朋友就會在半夜從你家的信箱爬進去，趁你們睡覺的時候把你們的眼睛摳出來。」

「我們才不怕你哩，蟑螂人，」羅比躲在丹尼爾．道伊的後面大喊。「你還不是沒朋友才會跟爬來爬去的噁心蟲子講話。你連長相都像蟲子——髒兮兮的小蟲眼睛的魯蛇。」

達克斯看著肩膀。甲蟲也抬頭看著他，大顎動來動去。達克斯點頭，好像聽懂了。

「沒錯，摳眼睛蟲，羅比的眼睛**真的**是好水汪汪喔，」他大聲說。「你說的沒錯！」

五個男生一轉身，落荒而逃了。「**蟲子怪胎！**」羅比大聲喊，同時消失在轉角。

達克斯噴了噴鼻子——半是好笑，半是放心——轉身走掉了。街上的交通又恢復了。皮克林不見了，洗衣服的人也回到了溫暖的自助洗衣店裡。

「謝謝，」他對甲蟲說。「你剛才救了我，不然我的頭就會被踢爆了。」他伸手上來，戰戰兢兢的摸了甲蟲的硬殼，很光滑，好像新的塑膠。他輕撫甲蟲，凝視著牠的黑莓眼睛，覺得兩人好像有種心靈的契合，好像有血緣關係。

達克斯搖搖頭。他是在胡思亂想。哪有人跟甲蟲會心靈契合……沒有嗎？

他蹲下來，把甲蟲放在壓扁的紙箱上。

「去吧，小傢伙，你現在可以回家了。」

甲蟲不動。

「怎麼了？」他輕輕推了牠一下。「走啊。」

甲蟲抬頭看著他。

「走啊，我不能待在這裡等到你找到路回家啊，」達克斯說，站了起來。「我還有功課沒寫吔。」

甲蟲飛起來，又落在達克斯的肩膀上。

「你為什麼要這樣？」達克斯皺著眉頭。「你是想跟我一起回家嗎？」

甲蟲又像剛才一樣張開嘴巴，好像是要對他微笑。

達克斯聳聳肩。「好吧，既然你要跟我回家，那你就需要一個名字，因為我可不要叫你摳眼睛蟲。」他看著腳下壓扁的紙箱。「巴克斯特滿適合甲蟲的。我們就叫你巴克斯特好嗎？」

甲蟲的獨角低了下去。達克斯眨眨眼，不知道是不是自己想像出來的。「那我就當作你同意了。」

甲蟲張開了嘴，在微笑。

達克斯覺得頭上落了一滴雨點，突然發現佩托先生站在他的店門口，看著他跟一隻蟲子說話。他尷尬的揮揮手，搖搖頭，穿過了馬路。

搞不好他是發神經了。我是說，跟甲蟲說話？甲蟲又不可能聽得懂。

4 昆蟲標本庫

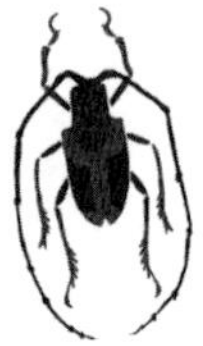

達克斯拿出鑰匙，打開了麥西伯伯家的前門，爬了三層樓梯，到閣樓去。

「這裡是我的房間，巴克斯特，」他說，打開了電燈，走向掛在牆上的相片。「這是我爸，你一定會喜歡他的。他老是叫我不要把昆蟲踩死。」他默默看著相片一會兒。「他說你不應該奪走生命，無論是多小的生命。他連花園裡的蛞蝓都不讓我殺。」

甲蟲的翅鞘快速的張開又合上。這隻甲蟲好像興奮過了頭，達克斯挪開一點，免得這張二度空間的人臉會嚇到甲蟲。

「我睡在這裡，」他指著吊床，「沒蓋你。床雖然小，可是總比住在別人的褲管裡要好。」

他在地板上坐下，把甲蟲放在臨時拼湊的桌上，靠過去仔細觀察。牠有些地方毛茸茸的，腹部的盔板讓達克斯想到了螃蟹。牠的前腳有可以轉動的膝關節，可是後腿比較結實，伸直時幾乎成一直線。

甲蟲忍受著他的檢查，回瞪著他，眼睛連眨都不眨。

達克斯從來就不怕蟲子，可是他也沒想過可以養甲蟲來當寵物。他忍不住想麥西伯伯會不會讓他養這隻甲蟲。他還滿酷的，而且他滿喜歡巴克斯特坐在他肩膀上的感覺。

「來吧。」他把甲蟲抄起來。「我們下去廚房找東西給你吃吧。」

「我回來了。」麥西伯伯的聲音傳到了樓上。

「我在廚房。」達克斯喊回去，順便拿起了桌上的巴克斯特。

「好消息，」麥西伯伯一衝進來就大叫。「我幫我們兩個預約了博物館。」他看見達克斯手上捧的東西，話說到一半就打住。「那是什麼？」

「是一隻甲蟲。」達克斯把它舉起來。「是不是很酷！」

麥西伯伯瞪著甲蟲，再看著達克斯。「你是從哪兒弄來的？」

「在街上。牠爬到我手上。」達克斯兩隻手往胸口縮，很意外伯伯的語氣變了。「我把牠放走，可是牠不肯走，牠好像喜歡我。」

「在這裡？就在外面的馬路上？」麥西伯伯的肩膀放下，好像放鬆了一點。

「對，就在外面爬，只有牠一隻。」達克斯看著地板，覺得很心虛，沒跟伯伯實話實說。

「真奇怪。」麥西伯伯的聲音好像很遙遠，彷彿是在思考什麼麻煩事。

「你剛才說博物館怎樣？」達克斯問，改變話題。

「喔，對了！」麥西伯伯的一根手指豎了起來。「明天，小伙子，你跟我要到那間可惡的庫房看一看。」

「真的？」達克斯的心臟猛的一跳。「那上學呢？」

「管他的。」麥西伯伯的手揮了揮。「巴弟重要多了。」

「對。」達克斯點頭。「對。」

麥西伯伯瞇起眼睛，看著達克斯抱在胸前的甲蟲。「不知道這隻甲蟲是誰的，」他說。

「牠可能沒有主人。」

「十隻有九隻一定有主人，孩子。像這樣子的兜蟲……」

「兜蟲？」達克斯把甲蟲放回桌上，看著伯伯。

「那是這種長角美蟲的俗名。」麥西伯伯彎下腰。「我得說，牠可真是隻英俊的傢伙——而且可以確定是公的，母的沒有角。」他用小指頭比著。「牠不是倫敦的原生種，可能是亞馬遜或是亞洲的。在寵物店裡買可得花不少錢，不過話說回來，」麥西伯伯的額頭皺了起來，「買賣這個品種合法嗎？」

「我可以養嗎？」達克斯問，還用眼神懇求。
「有人可能在找牠呢。」
「拜託？」
「要是有人來敲門說弄丟了一隻兜蟲，你就得還回去。」
「我知道，我會的，我保證。」達克斯屏住呼吸，偷偷祈禱。
「那……」
「拜託說可以。」
漫長的一陣停頓，達克斯覺得自己可能會爆炸。
「那就暫時養著吧。」麥西伯伯的眉頭舒展開來了，達克斯嚴肅的臉也露出了一抹笑容。「我在大學裡忙，讓你養隻寵物作伴也好。」他嘆口氣。「你給他取名字了嗎？」
達克斯點頭。「巴克斯特，就跟那個罐頭湯牌子一樣。」
「我喜歡那個發音。」麥西伯伯點頭贊成。「很適合甲蟲。」
「我沒養過寵物吔。」達克斯開心的看著巴克斯特。「謝謝你。」
「沒什麼，孩子。」麥西伯伯兩手一攤，承認失敗。「我能說不嗎？我知道換作巴弟一定會說好的。」
達克斯抬頭，一臉詫異。「他會說好？」

「當然啊！這麼漂亮的一隻六足動物？他不樂瘋了才怪！」

達克斯皺起了眉頭。他爸爸非常關心環境，不管什麼都會資源回收，而且使用最少的能源。他在春天觀鳥，自己種菜吃，常常會教導他蜘蛛的益處，可是達克斯從來沒有──一次也沒有──聽他講過他喜歡甲蟲。「你是什麼意思？」

「喔，抱歉──六足動物就是有六隻腳的生物。」

「不是，我是說你說爸看到巴克斯特會樂瘋了。」

「咳，那還用說嗎，巴弟對甲蟲著迷得不得了。」麥西伯伯似乎不懂達克斯為什麼會不明白。「而且巴克斯特，嘿嘿，我還沒看過這麼漂亮的呢。所以他當然是會樂得……」他講一講就沒了聲音。

「爸對甲蟲著迷得不得了？」達克斯心裡覺得怪怪的，看著伯伯漸漸領悟了這件事是他不知道的。

「他難道都沒帶你去抓昆蟲？」麥西伯伯虛弱的問。

「沒有。」達克斯搖頭，同時搜尋記憶，想找出爸爸幾時跟他說過昆蟲。「不過他跟我說過不應該殺死蜘蛛。」

「喔，那，嗯……那大概是很久以前的事了。他長大了大概就不喜歡了。畢竟我們那時還是小孩子。」麥西伯伯的表情真的非常不自在了。「而且他說得對，你不應該殺蜘蛛。」

達克斯和伯伯隔著桌子看著彼此，他忽然靈機一動，覺得自己發現了什麼祕密，可是他不知道該說什麼。他想不出喜歡甲蟲有什麼好隱瞞的，爸爸幹麼不跟他說，而知道了爸爸有祕密，他的心裡也好像被針扎了一下。

麥西伯伯把椅子拖出來，一聲不吭就離開了房間。達克斯做了個深呼吸，把眼淚眨回去。本來好久都沒有像今天這麼快活過——在學校裡跟薇吉妮亞和柏托特交了朋友，後來又發現巴克斯特——可是突然間，他的心情又變壞了。

麥西伯伯回來了，抓著一本紅色舊書，封面上還有一隻黃色的鍬形蟲浮雕。「如果你想把巴克斯特照顧好，就需要這個。」他把書滑過桌面。

達克斯打開封面。這本舊書很脆弱，有些頁都鬆脫了。扉頁上寫著「昆蟲蒐集手冊」，右上角有兒童的筆跡，寫著**巴索勒繆・卡托，九歲**。

達克斯翻閱著書，看到裡面列了各種昆蟲家族，還有彩色照片，照片上蓋著衛生紙保護。他找到一張兜蟲的插圖，就抬頭看著麥西伯伯。

「爸爸很愛甲蟲？」

麥西伯伯點頭。「他從小就迷。」

達克斯看著靜靜坐在桌上的兜蟲。「我也是。」

「巴弟後來變成了專家，在田野工作過一陣子。」

「可以變成甲蟲專家嗎？」達克斯沒聽說過有這種工作。

麥西伯伯哈哈笑，點頭回答。

「那我以後就要做甲蟲專家。」達克斯把書合上，抱在胸前。

麥西伯伯用一手撫摸達克斯的頭頂。「你長得像你母親，可是你就跟巴弟一樣。」

「可是我不懂，他為什麼不跟我說？」

「這我答不上來，孩子。那是很久以前的事了，你都還沒出生呢。等我們找到他以後，你得自己問你父親。」麥西伯伯彎腰打開了水槽下面的櫃子，拿出五個長形的水族箱。「來，我小時候愛死烏龜了。我養了兩隻，霍華跟卡特，可愛的小東西，而這個」——他把水族箱放在桌上——「就是他們的家。」他用大拇指去刮藻類。「對甲蟲來說，說不定這也是個不錯的家喔，不過需要清洗一下。」

「給巴克斯特的嗎？」達克斯站了起來。

「是啊。」麥西伯伯露出笑容。

達克斯小心的把紅皮書放進水族箱裡，用兩條胳膊抱住，抱在胸前。「謝謝。我們會馬上把它洗乾淨，對不對，巴克斯特？」

「小心喔，很重的。」

「我抱好了。」達克斯慢慢朝門口走。「來吧，巴克斯特。」

巴克斯特的翅膀像直升機葉片一樣響動，牠飛離了桌面，俐落的降落在達克斯的肩膀上。

麥西伯伯的下巴掉了下來。「哇！」

「對吧！」達克斯在走廊上說。「牠的樣子像重得飛不起來，對不對？」

門關上了，麥西伯伯站在廚房中央，目瞪口呆。他兩手搓臉，坐了下來，心思飛轉。他看過甲蟲會服從人類指令，許多年前在巴索勒繆的實驗室裡看過，而且他費盡了全力去忘記有那種事。

他搖搖頭。一定是他自己的想像；談論巴弟以及他的過去，害他神經兮兮的。巴弟答應了愛絲梅絕對不會再回頭去做為法布林計畫做的醜陋工作。

可是愛絲梅死了。要是弟弟又回頭去做研究，那意味著什麼？

難道跟他的突然失蹤有關？

麥西抬頭看著天花板，無論如何都想不通。如果達克斯的兜蟲跟法布林計畫有關，它又怎麼會跑到尼爾遜步行街來？而且計畫擱置也超過十年了。艾波亞教授也已經退休，謝天謝地。

都是他在胡思亂想。兜蟲不可能聽懂達克斯的話，牠不過是跟著他飛出了房間罷了。

就算是如此，麥西知道，這種事也違反了昆蟲的行為模式。

隔天早晨，達克斯換上了他的綠色套頭毛衣和牛仔褲，急急忙忙坐上伯伯的汽車，小心的把背包放在腳邊。

「車子可能有點破。」麥西伯伯第四次轉動鑰匙。「可是只要她清過喉嚨，就會像法拉利一樣快。」

第五次嘗試，引擎終於響了，薄荷綠的雷諾四號像兔子一樣向前跳躍。

「唉呀！」麥西伯伯輕聲笑著說。「忘了放手煞車！」他放掉手煞車，猛踩離合器，車子發出嘎嘎聲，開上了馬路。「我說服了艾迪讓我們進去收藏庫，」他說，趴在方向盤上查看道路是否淨空，這才加速穿過十字路口。

達克斯認識艾迪，因為學校放假他都會到博物館。他也是爸消失那天的值班警衛。他每次看到達克斯都會對他笑，而且口袋裡會放一袋糖果。

「瑪格麗特會來帶我們，幫我們把巴弟消失的那個房間打開。」麥西伯伯看著達克斯。「你記得瑪格麗特吧？」

達克斯點頭。瑪格麗特是他父親的秘書，胸前非常偉大，而且香水味很刺鼻。

「她真是個妙女郎。」麥西伯伯輕笑著說。「她以前還暗戀過我呢，那時我比較年輕。」

「噁！」達克斯扮了個鬼臉。

「對了，我們得低調一點，」麥西伯伯接著說，不理達克斯的玩笑，「因為館方，其實是蘭利館長，並不怎麼願意讓我們進去那些庫房。」

「那我們是要偷溜進去嗎？」

「這麼說吧，這一次並不是正式的參觀。」麥西伯伯嘻嘻笑。「不過放心吧——我們考古學家習慣了不請自來，我得說這種事我還滿拿手的呢。」

「蘭利館長為什麼不願意讓我們進去？」

「我也不知道。」麥西伯伯皺著眉頭。「他拉拉雜雜的說了一堆，什麼警察已經澈底搜查過了，說庫房禁止閒人進入。說真的，我一發覺他不會答應，就把耳朵關上。艾迪跟瑪格麗特反而比他熱心。」

他們停在博物館幾條街外，走路穿過大門，跟許多來一日遊的家庭一樣。艾迪在一樓的咖啡機旁等他們，他穿著制服，立在一扇寫著「閒人勿進」的牌子前。

「哈囉，艾迪，你好嗎？」麥西伯伯說，一面跟他握手。

「我非常好，謝謝你，教授。」艾迪對著達克斯微笑，一手揉過他的腦袋。「你的頭髮怎麼了，孩子？跟割草機打過架嗎？」

「嗨，艾迪。」達克斯笑得有點不好意思。「差不多啦。」

「你的樣子像刺蝟，」艾迪說，從口袋裡的袋子裡拿出一顆硬糖給他。

「謝謝。」達克斯接下了糖果。「我的意思是謝謝你這麼做，讓我們進去庫房。」

「沒什麼，孩子。」艾迪搖頭。「這件事真是奇怪，我很高興能幫上忙。」

兩人跟著他穿過了那扇門，走下樓梯，進入建築物，而巴索勒繆．卡托的私人祕書瑪格麗特正在等他們。

麥西伯伯掀起了探險帽。「謝謝你幫忙，瑪姬。」

「小意思，麥西。」瑪格麗特臉紅了。「你知道為了巴弟我什麼都肯做。」她按住達克斯的肩膀。「年輕人，我知道你的年紀大了，不適合摟摟抱抱的，可是我還是要抱你。」她把他摟進了她的紫紅色開襟毛衣裡，差點悶死他，然後又捏了捏他的下巴。「讓我看看你。你還好嗎？」

「我很好，」達克斯跟她保證，一面掙脫。「麥西伯伯把我照顧得很好。」

「你有沒有讓孩子吃得夠營養啊，麥西？他好瘦呢……你把他的頭髮怎麼了？」

「他一向就不胖，」麥西伯伯氣呼呼的說。「好了，別再擔心這個可憐的孩子了。我們來看看讓我弟弟神祕消失的庫房吧。」

「巴索勒繆進的就是這一間。」瑪格麗特從肩包裡拿出一串鑰匙，走向六扇灰色金屬門的第三扇。

「這些房間都是私人的？」麥西伯伯問，跟在她後面。

「這裡的庫藏開放給研究人員和學者，可是得先跟館長預約。偶爾我們會把部分藏品對外展示，可是東西太多了，一次展不完。」

門的上方有一塊木牌，上頭雕刻著金黃色的字體：「**卡特鞘翅目收藏室**」。

麥西伯伯指著木牌。「那是盧克莉霞．卡特嗎？」他問，臉色蒼白。

「是啊，」瑪格麗特點頭，打開了門。「她是博物館的重要資助人，贊助鞘翅目。自然歷史博物館有全世界最大量的收藏，維護需要花很多錢。」

達克斯沒聽過盧克莉霞．卡特，可是他從伯伯的表情看得出這名字代表的可不是什麼好事。

「**鞘**、**翅**、**目**是什麼意思？」達克斯問，把這個生詞一個字一個字唸出來。

「意思是『具硬殼的翅膀』，」麥西伯伯回答。「是**甲蟲**的拉丁文，因為甲蟲有兩副翅膀，知道嗎？翅鞘——就是具有保護性的硬殼的翅膀——和底下用來飛行的柔軟翅膀。」

達克斯回想巴克斯特飛向生化人的情景，想起了牠大得出奇的透明的琥珀色翅膀。誰也想不到牠把翅膀藏在牠的翅鞘下面。這個新詞感覺像是揭開了一個祕密，達克斯巴不得能趕快用上。

「等一下——甲蟲？」他說。「爸是在一間都是**甲蟲**的房間裡失蹤的？」

麥西伯伯挑高了一道眉毛。「一點也不錯，孩子。」

瑪格麗特扶著門，達克斯擠進去，急著想看看五週前他父親消失的房間。

庫房空空的。正中央有一張大木桌，除了一架顯微鏡之外，什麼也沒有。左右兩邊的牆壁從地板到天花板都是木櫃，有幾百個有銅把手的長抽屜。除了後面的門之外，根本沒有辦法離開這個房間，而且房間裡除了抽屜和一張桌子之外，什麼也沒有。他環顧一塵不染的房間，心裡懷抱的小小希望——他跟麥西伯伯會找出警察疏忽的線索——像露水一樣蒸發了。

他的心往下沉，實在沒辦法不感到失望。

門外，他聽見瑪格麗特跟麥西伯伯低聲說：「喔，麥西——他們正在商量要徵求新的科學部主任。」

「喔，現在？」麥西伯伯憤怒的清了清喉嚨。「哼，等我們找到了巴弟，那可就有點尷尬了吧？」他打住不說，壓低了聲音。「在孩子面前一個字也別提——不需要刺激他。」

達克斯全身僵硬。他實在受夠了，老被當成小孩子對待。很氣他們的隱瞞，他走向一個木櫃，拉出了一個抽屜，一看到成排的死鍬形蟲，釘在白色板子上，用玻璃片保護住，每一個的下面都貼了紅色的標籤，他的氣就消了。昨天晚上他把爸爸的甲蟲書從頭讀到尾，不過就算沒看，他也會認得這些蟲子，因為牠們的口部像多叉鹿角。他又拉開一個抽屜，又一個——全部都是甲蟲。他再看了房間一圈。要是每一個抽屜都裝了一百種不同的甲蟲……他的腦筋變得一片空白，怎麼算也算不出來。

「有幾萬隻！」他低聲說。

他把背包放下，拉開拉鍊，拿出一個大玻璃罐，蓋子上戳了許多孔。麥西伯伯說出門的時候不可以讓巴克斯特坐在他的肩膀上，怕別人會討厭蟲子。達克斯還抗議說他想帶巴克斯特去散步，所以折衷之後，麥西伯伯從廚房櫥櫃的後面找到了這個玻璃罐，達克斯拿去清洗，麥西伯伯就用螺絲起子和鎚子在蓋子上打洞。

達克斯把罐子放在桌上，拍拍玻璃。巴克斯特動也不動。達克斯想牠可能是不喜歡待在罐子裡，就把蓋子轉開，伸手進去，把兜蟲拿出來，放在肩膀上。巴克斯特安靜得很不尋常，連觸角都不動，可是並沒有抗拒。達克斯又回頭去挖背包，掏出了他的甲蟲書，就翻開來，一直翻到兜蟲的那章為止。他找到了他要找的拉丁名：*Chalcosoma*。

他沿著抽屜牆走，最後看到一個銅把手下有標籤寫著這個詞，就拉開了抽屜。

「哇！」達克斯發現自己看著一排排黑色、褐色的兜蟲。大的，小的，雜色的，單色的，五個角的，沒有角的——但是有一點很明顯：巴克斯特比這些都更大。

「巴克斯特，你是巨人吔！你看這一隻。」他用一根手指按著玻璃。「好像是你的迷你版。」

巴克斯特輕輕的對著他嘶嘶叫，從達克斯的肩膀慢慢往下爬，遠離那些死掉的甲蟲。

「怎麼了？」達克斯說，不過話剛出口，他就明白了，對巴克斯特來說，這個房間就像是墳場。

麥西伯伯跟著瑪格麗特走進房間。

「你把兜蟲帶來了？」麥西伯伯說，停下來瞪著巴克斯特。

達克斯向後退，被伯伯尖銳的聲音嚇到了。

「我、我……」達克斯不想承認他帶巴克斯特來是當啦啦隊的，預防他心情變壞。

「我以為沒關係。」他用一隻手蓋住巴克斯特。「我把牠放回罐子裡。」

「那樣最好。」麥西伯伯看了瑪格麗特一眼，表示道歉。「庫房裡是不能帶活的動物進來的，達克斯。」

「我不知道。對不起。」達克斯用雙手包住巴克斯特，看著瑪格麗特。「警察的報告上說這個房間裡有打開的標本箱。這些就是標本箱嗎？」他朝那一抽屜的死兜蟲點頭。

瑪格麗特點頭。「對。有些抽屜裡的甲蟲還是達爾文個人的收藏呢。」

「哪些是打開的？」達克斯問，把巴克斯特帶到果醬罐那兒。「我想看看爸在看的甲蟲。」

瑪格麗特用手指比著。「中間第三行——你會看到三個貼了藍色貼紙的。我陪警察下來的時候，兩三個標本箱是打開的。」

達克斯想把巴克斯特放回罐子裡，可是牠好像不肯進去，一直往他的手腕上爬，溜出了他的掌握。麥西伯伯拉開了最上層那個貼著藍色貼紙的抽屜。達克斯湊過去看，巴克斯特就落在桌上。

「有些標本不見了，」麥西伯伯說。「應該有一排擬步行蟲科的，這裡，還有這裡。現在只剩下標籤。」

達克斯也過去看，暫時忘了巴克斯特。

瑪格麗特皺起了眉頭。「這就怪了。」

麥西伯伯又拉開了一個有藍色貼紙的抽屜。「這一個完全是空的。這一個也是。」

「會不會是警察拿走了？」達克斯說出他的想法。

瑪格麗特搖頭。「他們什麼標本也沒帶走。」

達克斯看著空的抽屜。「連玻璃也沒有。」

「你說的沒錯！」麥西伯伯搖頭。「怎麼會這樣呢，瑪格麗特？」

「我——我不知道啊。」她眨眨眼。「應該在的呀。」她的聲音發抖。

「別緊張，瑪姬。你能不能再跟我們說說房間當時的樣子？」麥西伯伯和氣的問。

她指著顯微鏡後面的座位。「巴索勒繆的檔案和咖啡放在那裡，在桌上，顯微鏡的旁邊。」她咬住嘴唇，拚命忍住眼淚。「咖啡還沒喝過。」

達克斯走過去坐在椅子上，兩手放在顯微鏡的兩邊，看著顯微鏡，什麼也沒有。

他抬頭，及時看到巴克斯特從桌面飛落到地下。他抬頭瞄了麥西伯伯一眼，他正摟著瑪格麗特的肩膀安慰她，於是他趕緊躲到桌子底下。

「巴克斯特，」他低聲叫，朝兜蟲爬過去。「過來。」兜蟲不理他，反而急急忙忙朝櫃子底下一片兩呎高的網柵爬。

達克斯急忙把身體向前伸展，而且不敢發出聲音。他只聽到瑪格麗特壓抑的哽咽聲。

「不行！巴克斯特！」他低聲說，看著兜蟲爬過了網柵，消失無蹤。他手忙腳亂的跪坐起來，手指伸進網柵裡，可是摸不到兜蟲。他把臉頰貼在地板上，想看看巴克斯特在做什麼；裡頭一片漆黑，根本分不清兜蟲在哪裡。

達克斯站了起來。「呃，瑪格麗特？」他說，抬頭看著天花板，又看了房間一圈。瑪格麗特把淚痕斑斑的臉從麥西伯伯的外套衣領上抬起來：「什麼事？」

「這些網柵是幹麼的，地板這邊的？」

「那是空調系統。讓房間保持適當溫度，才能保存標本，」瑪格麗特一面吸鼻一面說明。

「可以通到什麼地方嗎？」

瑪格麗特一臉不解。「什麼意思？」

「我是說，如果把網柵拿下來……嗯，搞不好就可以爬到底下……」

「天啊。」瑪格麗特搖頭。「不行。有個房間有部空調機，讓所有的庫房都保持最佳溫度，這些櫃子後面的通風井就直接通到空調機，然後把冷空氣送進這個房間裡。」

「你在想什麼，達克斯？」麥西伯伯問，離開了瑪格麗特身邊，過來看網柵。

「沒有啦，我……」他不想讓伯伯因為巴克斯特跑掉的事生氣。「我只是感覺到臉上有冷風，所以好奇風是打哪兒來的啦。」

「嗯。」麥西伯伯摸著下巴，看著網柵。「很有想法，孩子，而且你想得沒錯。這些網柵確實是離開房間的一個方法，可是如果巴弟從這個通風井爬下去，那一定是被人強迫的，或是被人抬走的——可是這個通風井對兩個大男人來說太小了，尤其是如果有一個會抵抗或是昏迷不醒的話。」他嘆口氣，又回去研究空的標本箱之謎。

達克斯的脈搏加速。他倒沒有想到這些網柵可能是離開庫房的一條通路。他又跪下來，突然間興奮起來。麥西伯伯說的沒錯：櫃子之間的空隙很小，沒辦法讓兩個大男人爬過去。可是讓一個人爬過去卻綽綽有餘。要是他把螺絲拿掉，把網柵拆下來，達克斯相信他可以爬過通風口。雖然空間不夠他手腳並用，可如果他趴著爬，他可以靠手肘和腳趾向前移動。

他去拉扯網柵，雖然嘎嘎響，卻拆不下來。他注視著黑漆漆的內部，最後看見了對面的通風井。要是巴克斯特沒回來，他就得拆掉網柵，爬進去找牠了。

他用手指頭把一支螺絲釘轉鬆了，心裡很後悔沒把麥西伯伯的螺絲起子帶來。正忙著，他看到了一個黑黑的東西在向後退，還拖著什麼東西。

達克斯把手掌舔了好大的一塊，弄得滑滑的，這才穿進了網柵裡，一直到上臂卡住為止。他把手平放在地上。

「來呀，巴克斯特，」他低聲說。「到我的手上來。」

兜蟲慢吞吞的倒退，漸漸退到了達克斯的手掌上。牠的角上掛著一個金色的東西。

達克斯小心的收攏指頭，把手臂慢慢伸出網柵，盤腿坐在地上。他張開手指，一看見巴克斯特的角上掛的半月形金色眼鏡，就叫了起來。

「怎麼了，孩子？」

達克斯站起來，右手緊抓著眼鏡，左手握著巴克斯特藏在背後。「我找到爸的眼鏡了——看，在網柵後面。」

「眼鏡怎麼會掉在那裡？」麥西伯伯覺得奇怪。他把眼鏡拿過來，研究了半天，隨即看著瑪格麗特。

「我怎麼會知道！」她的下脣抖動。「警察說他們也搜查過網柵，什麼也沒發現。」

「眼鏡掉在滿裡面的，」達克斯說。

「做得好，達克斯。」麥西伯伯朝他眨眼睛。「你找到一條線索了。」他看著瑪格麗特。「巴弟經常下來這裡嗎？來工作？」

「沒有，」她回答。「其實，他會來這間庫房倒也奇怪。他都儘量不碰甲蟲，我還以為他有恐懼症——根本就害怕蟲子嘛。」

麥西伯伯嗤之以鼻。「巴弟才不怕呢。」

「我猜巴索勒繆大概是戴著眼鏡在研究標本。」她雖然這麼說，語氣卻很猶豫。「說不定眼鏡是掉進去了，是他……他……天啊。」她的聲音發抖，又哭了起來：「對不起。」

達克斯別開臉，被她突然的情緒崩潰弄得很不好意思。

麥西伯伯輕拍瑪格麗特的胳膊。「好了，好了，瑪姬，別難過了。」

達克斯走向桌子，把巴克斯特放進罐子裡。兜蟲這一次乖乖進去了，可是達克斯剛把蓋子旋緊，牠就又抖動了翅鞘，撞擊著玻璃，而且還大聲嘶嘶叫，像對付羅比那樣。

「怎麼了？」達克斯輕聲問，瓶子忽然震動了一下，他差點就失手把瓶子摔在地上了。可是巴克斯特仍然不斷擊打玻璃、嘶嘶叫。

「這隻兜蟲是怎麼了？」麥西伯伯問。

「我也不知道。」達克斯捎捎頭。「剛才牠好像還不反對待在瓶子裡。我應該讓牠出來嗎？」

「達克斯，你不能讓活的昆蟲在這裡飛。萬一巴克斯特損壞了標本呢？別讓牠出來。」

達克斯把瓶子拿起來，抱在胸前，希望巴克斯特能鎮定下來，可是牠現在卻用他的角在撞瓶子，撞個不停。

「噓，噓。沒事了。」

可是兜蟲仍不停的撞瓶子，偶爾會停下來嘶嘶叫。

達克斯朝著巴克斯特的角指的方向看過去，發現牠正看著門。門楣上有東西在移動，是一隻檸檬黃色帶著黑色斑點的瓢蟲，有兩便士硬幣那麼大。

達克斯用手指。「你不是說活昆蟲不能帶進來嗎？」

麥西伯伯和瑪格麗特都抬起了頭。瓢蟲頓了頓，接著就飛走了，飛進走廊裡。

「這就怪了，」瑪格麗特喃喃說。「巴索勒繆失蹤的那天，我也在這裡看到了一隻黃色大瓢蟲，後來一忙亂，我就把這事給忘了。」

達克斯看著麥西伯伯。甲蟲好像到處都是。是原本就這樣而他從來沒有特別去留意呢？還是黃色瓢蟲有什麼特殊的意義？

麥西伯伯正瞪著巴克斯特，現在牠倒安安靜靜坐在瓶子裡了。他輕撫下巴，看著走廊，在尋找那隻檸檬黃瓢蟲。

「也該走了，」他說，眼睛對著房間眨啊眨的，彷彿是在等某人跳出來攻擊他。

「嗄？可是我們不是要查清楚爸的眼鏡為什麼會掉進網柵裡的嗎？」達克斯問。

「我們只是來看一看的，目的也達成了。所以我們應該謝謝瑪格麗特放我們進來，然後到博物館裡去——也許看幾隻恐龍？好嗎？」麥西伯伯抓住了達克斯的背包，丟給他。「你得把巴克斯特放進去，孩子，別讓人看見牠。快點。」

達克斯把果醬瓶拿起來。一定是有哪裡不對勁。麥西伯伯現在一臉擔心——其實，是比擔心還要糟——而且他正把瑪格麗特往門口帶。

「我可以再看一眼兜蟲嗎？」達克斯問，走到房間另一邊去拿他的紅皮書。

「不行，該走了，」麥西伯伯不留情的說，還直視他的眼睛。「**現在就走**。」

「好啦。」達克斯點頭，很懷疑是不是那隻黃色瓢蟲才讓伯伯急著要離開。

「沒有預約誰也不能進庫房，是嗎？」麥西伯伯跟瑪格麗特說。

她點頭。「除了資助人以外。」

「我就怕是這樣，」麥西伯伯咕噥著說，把老花眼鏡交給了達克斯。「你要好好保管，畢竟是你找到的，而且等巴弟回家來，他還會用到。」他把達克斯趕出門。

「我們難道不用把眼鏡的事報告警察嗎，麥西？」瑪格麗特問。這時麥西伯伯把達克斯推到了走廊上。

「我想免了。」麥西伯伯搖頭，換上一張安撫的表情。「如果真的找到有用的線索，我會通知他們的。」

「好吧，好吧。」瑪格麗特把庫房門關上，掏出鑰匙來鎖好。

「咳，實在是太感謝你讓我們進庫房來了，可是我們得走了，瑪姬。」麥西伯伯退著走出走。

「等等。」瑪格麗特從肩包裡拿出一份檔案夾。「我也不知道有沒有用，不過這些是巴弟帶進庫房的檔案。警察掃描過以後就還給我了，他們認為是博物館的文件。第一封信是寄給博物館的，可是其他的筆記都是巴弟的筆跡，我也看不懂主旨是什麼——會是私人的計畫嗎？我想應該給你才對。」

「謝謝你，瑪姬。」麥西伯伯接下檔案，塞到腋下夾著。「你真是太周到了！」

達克斯看著檔案夾，上面寫著「**法布林計畫**」。他隱隱覺得在哪裡看過這幾個字，可是怎麼想也想不起來。

「這次見面**真的**是太愉快了，瑪姬。」麥西伯伯覆住了瑪格麗特的手。「謝謝你讓我們進庫房。對達克斯，還有對我，都很重要。」他停頓一下後說：「要不要改天一起吃個飯？」

瑪格麗特開心的紅了臉，輕輕點了一下頭，盯著麥西伯伯的手。「有消息你會告訴我吧？」她低聲說。

「那還用說！」麥西伯伯吻了她的手。達克斯完全無感。「前進！」麥西伯伯用手一比，達克斯立刻遵命，消失在走廊上，以免出現更多的親吻場面。

艾迪帶他們穿過同一扇門，三人短暫駐足說再見。然後麥西伯伯匆匆帶著達克斯走過了恐龍展，朝出口而去。

「幹麼這麼急啊？」達克斯說。

「只是直覺，孩子，可是我可不想留下來驗證我的直覺對不對，」麥西伯伯回答，卻等於沒答。

達克斯翻個白眼，盡力跟上。

兩人匆匆穿過辛慈廳，經過了龐大的梁龍骨骼，走向敞開的大門，聽到外面有緊急煞車的聲音，達克斯看見一輛黑色汽車開上了行人專用道，大家紛紛閃躲，緊緊抓著孩子，把他們拉到安全的地方。

麥西伯伯忽然把他向後拖，達克斯叫了出來。他被拖進最近的一扇門，走進一個看似殘障廁所的房間。「你在幹麼？」他大喊大叫，嚇了一跳。

「噓。」麥西伯伯平靜的用一根手指按著嘴唇。他把門打開一條縫，偷看博物館的入口大廳。先是出現了兩根閃閃發亮的黑色棍子，接著是一個女人的頭。頭髮烏黑，嘴唇是金黃色的，然後是她的身體斜著映入眼簾，就靠兩支棍子支撐。她穿著白色實驗袍，底下是一件黑色長連身裙，而她身體每一個不和諧的動作都在大聲宣告她有多生氣。

「**他在哪裡**？」她對著服務臺後面倒楣的年輕人大吼。

「誰啊？」他抖著聲音問。

「這個爛機關裝可憐的館長。」她一隻手放開手杖，舉高了，用力拍在櫃臺上。她的手杖用一條吊環掛在手腕上。「他讓別人進了**我的**庫房！」

「啊，卡特夫人！」傳來了害怕的聲音，還附帶著匆忙的腳步聲。「哪陣風把您吹來了？」

「**閉嘴**！」她大吼。「立刻帶我下樓去。有人在我的庫房裡。」

「我可以擔保，卡特夫人，那是不可能的。沒有預約，誰也進不了鞘翅目庫房。

我們並沒有對外開放收藏室。」

「別跟我說什麼不可能，就是可能，」她咆哮著說。「**帶我下樓去，現在！**」

「是！是！對不起。」一個發抖的禿頭男進入了視線，達克斯看見蘭利先生，爸爸的老板，也是博物館館長。他滿臉是汗，達克斯看到汗珠從他的鼻頭往下滴。他看著麥西伯伯，而他仍然一隻手按著嘴脣。

「跟我來。」蘭利先生打手勢。卡特夫人大步從他面前走過。「當然，您是熟門熟路……那我跟著您吧？」

達克斯把眼睛貼在門縫上，看見了一名司機，是一個矮小的中國女人，落在卡特夫人的幾步之後。而在她們後面蘭利先生絆到了自己的腳，差點跌倒。

「那是誰啊？」達克斯問。

麥西伯伯吸了好長一口氣。「那是盧克莉霞，卡特。她是壞消息。」

「就是贊助卡特鞘翅目收藏品的那個女人？」

「正是。」

「所以跑進她的庫房的人是**我們**？」

「就是我們。」麥西伯伯點頭。

「可是她是怎麼知道我們進去了？」達克斯問。「我沒看到監視器，除非……」

「是啊，她是怎麼知道的呢？」麥西伯伯答，把頭探出了廁所門。等他確定盧克莉霞．卡特走了，他就招手要達克斯跟上去。「裝作沒事人的樣子，」他扶了扶頭上的探險帽，給姪子安心的一笑。

兩人平靜的走出博物館，彷彿什麼事也沒發生。經過卡特夫人的車子旁邊，達克斯忍不住盯著看。車子的黑是閃光黑，光線會從車身上彈開，散發出綠光和紫光。車子是古典車款，彷彿從他的漫畫書裡鑽出來，車窗是黑色的，跟電影裡的車子一樣。達克斯覺得他好像看到後車窗有張女孩的臉，他停下了腳步，可是麥西伯伯抓住他的胳膊，拉著他走。

「別停啊，」他悄悄說。

等到轉過街角，離開博物館之後，麥西伯伯才放慢了腳步。「你還好吧？」他問。

達克斯點頭。「大概吧。」

「了不起。」麥西伯伯掏出了車鑰匙。「我得說，你真厲害，能看見那隻黃色瓢蟲，否則我們現在就會水深火熱了。」

達克斯回想黃色瓢蟲以及巴克斯特在果醬瓶裡的奇特行為。發現瓢蟲的不是他，是巴克斯特。兜蟲一直在警告他。為什麼？難道瓢蟲跟盧克莉霞．卡特那個女人有什麼關係？而且找到爸的眼鏡的也是巴克斯特……

達克斯把庫房裡發生的每一件事都回想了一遍，不由得皺起了眉頭。如果是狗對著瓢蟲叫或是找到眼鏡，就不算奇怪，可是兜蟲？他從來沒聽說過兜蟲——或是任何的昆蟲——會警告人類有危險。他不免好奇，而且還不是第一次好奇，巴克斯特在鑽進隔鄰史瑞克的褲管之前究竟是從哪裡來的。

麥西伯伯打開了車門，坐進駕駛座，再伸手幫達克斯打開了乘客座。達克斯坐好之後，就把背包拿下來，打開拉鍊，檢查巴克斯特。兜蟲好像睡覺了。不過也很難說，因為兜蟲沒有眼瞼，可是牠的腳動也不動，達克斯就把那當作是牠在休息的跡象。

麥西伯伯把鑰匙插入點火口，車子一下子就發動了。他高興的鼓掌。「真是再好不過了，是不是？」

「是發動了汽車？」達克斯問。「還是博物館？」

「都是！我們找到了巴弟的眼鏡，還把惡龍從她的巢穴裡引了出來……」

「惡龍？」

「我們也許不知道巴弟是如何消失的，孩子，也不知道他人在哪裡，可是你可以拿你的褲子打賭，那個蛇蠍女人一定脫不了關係。」他的眉毛跳啊跳的。「而且最棒的是，我跟可愛的瑪姬有了晚餐約會！」

5 家具森林

達克斯不能去上學，因為麥西伯伯跟學校請了病假，說他發高燒。

回家路上，他們在寵物店暫停，麥西伯伯幫他買了一袋橡木屑，讓他鋪在巴克斯特的箱子裡。回到公寓，達克斯把剛清理好的水族箱拿到麥西伯伯公寓後面的院子裡，放在水泥臺階上。臺階下本來是一片草坪，現在是過於茂盛的灌木叢。他先把水族箱的一半都鋪上橡木屑，然後又到院子裡找樹皮，再鋪一層。他在中央豎了三片樹皮，弄出一個隱蔽的角落，模仿他在紅皮書上看到的甲蟲棲息地。

「我怎麼會不知道爸很喜歡甲蟲？」達克斯大聲自問，一面在水族箱的周邊擺放樹葉樹枝。「真奇怪。我知道他喜歡蛋奶醬，貓和資源回收。」他轉頭看正在旁邊的水泥臺階上爬行的巴克斯特。「你不覺得很奇怪嗎？」他停下來，彷彿是在等巴克斯特回答，然後又甩了甩頭。「我來告訴你**什麼**奇怪，跟甲蟲講話，**那**才叫奇怪。」

他端起馬克杯，這是麥西伯伯去上班之前幫他倒的牛奶，他一飲而盡。媽死後，爸對什麼都提不起勁，有一陣子達克斯以為他什麼都不在意了，連他這個兒子也是。

所以他會失去對昆蟲的興趣也許就沒那麼奇怪了。

達克斯低頭看著巴克斯特。

「捕昆蟲應該滿好玩的吧？」他放下空杯。「等我們找到爸爸以後，我要叫他帶我們去。」

巴克斯特大步爬向達克斯的馬克杯，用角去撞。馬克杯搖搖晃晃。

「嘿！杯子又怎麼得罪你了？」

巴克斯特又撞了一下，把杯子撞翻了。達克斯看得入了迷。兜蟲把角插到杯子底下，把杯子抬了起來，不停的撞著水族箱的壁面。

「你這是什麼意思？」達克斯把馬克杯扶正。

巴克斯的角慢慢從左搖到右，然後又去撞杯子，又把杯子撞翻。他展開了翅鞘，飛上天，用爪子拉扯馬克杯的杯把。

「你要我把杯子拿起來？」達克斯猜測他的用意。「是這樣嗎？」

巴克斯飛進了水族箱裡，期待的抬起頭。

「放進去嗎？放你旁邊？」達克斯把馬克杯放到巴克斯特的旁邊。兜蟲就開始把馬克杯推進達克斯剛搭的樹皮帳篷裡，然後倒退著進出了幾次。

「咦，」達克斯嘲笑說，「這是臥室嗎？」

巴克斯特立起來，舉起牠的胸部和前腳，對著達克斯搖擺——好像很高興有人了解牠。

「還**真的**是臥室啊！」達克斯哈哈笑。「是從什麼時候開始，兜蟲也需要臥室了？」

巴克斯特歪著頭，好似在說你**懂什麼**。

達克斯差點想跟牠辯，然後拍了下額頭，咯咯笑了起來。他可不要跟一隻昆蟲吵架！有時候他真的覺得自己在跟兜蟲溝通，雖然那是不可能的事。但他就是知道巴克斯特要什麼，至少他自己這麼覺得。只要達克斯夠注意牠，兜蟲的一舉一動都是有意義的，有時候他很肯定巴克斯特有話要說，就像上回在博物館裡遇到那隻黃色瓢蟲的時候。

他很好奇，如果告訴麥西伯伯，不知道他會怎麼說——不過這可能不是好主意。麥西伯伯已經表現出不信任巴克斯特的樣子了，達克斯覺得很不公平。巴克斯特只是一隻甲蟲啊，牠比普通的甲蟲聰明，比牠們特別也不能怪牠啊。

換作是爸爸就會叫他證明。他老是跟達克斯說無論做什麼都要講究科學的方法。「生命是個奧祕，兒子，而科學就是了解它的工具，」這是爸對一切謎題的標準反應，即使那個謎題只是找出另一隻鞋子那麼普通。爸爸每次搬出這一句名言，達克斯都會哀哀叫，可是此時此刻，只要能再聽一次，他願意付出任何代價。

「對了！」達克斯坐得筆直。「我應該要做個實驗，看巴克斯特是不是真聽得懂我的話。爸就一定會這麼做的。」

他在臺階底下的泥巴裡翻找。如果他要證實巴克斯特跟他能心意相通，他就需要找另一隻普通的甲蟲來做對照測試。

他拿樹枝挖臺階邊的花床，一隻甲蟲也沒找到，所以他又掀開一塊石頭，找到了一堆在聚會的鼠婦。「你也可以，」他說，抓起了一隻，看著牠在他的掌心裡捲成一個球。「別害怕，我又不是要吃你。」

他用另一隻手把巴克斯特抓起來，把牠跟鼠婦面向同一級水泥臺階的後面放好。「好，等我放手，」他說，說得既慢又清晰，「我要你們待在原地不動。好……開始！」

兩隻都不動。

達克斯瞪著鼠婦，命令牠向前進。

一點動靜也沒有。

「好，這一次，」他說，把兩隻昆蟲都抓起來，「等我把你們放下，我要你們爬到臺階的邊緣，然後就停住。」

他又一次把昆蟲放到臺階的後面。一時間，兩隻都不動，但是後來巴克斯特開始向前爬。

「對了，加油，巴克斯特。」達克斯看著兜蟲朝他爬過來，心中湧起一陣喜悅。但是鼠婦也急忙向前爬。兩隻蟲都在臺階邊緣停住。達克斯抓抓腦袋，到目前為止，他什麼也沒能證明。

鼠婦轉身，沿著臺階邊緣爬。「哈！我叫你到了臺階邊緣要停止不動，不是向旁邊爬，」達克斯得意的對牠說，可就在這時，巴克斯特從邊緣跌了下去，仰天摔在地上，六隻腳亂抖。

「喔！你沒事吧，巴克斯特？」他把兜蟲抓起來，放回水族箱裡，覺得像洩了氣的皮球。「你還滿笨手笨腳的，你知道嗎？」

他決定放棄實驗了，就把麥西伯伯連同牛奶一起拿來的香蕉剝了皮，掰下一塊，放到巴克斯特旁邊。爸的甲蟲書說兜蟲吃水果和樹汁，而他發現巴克斯特特別愛吃香蕉。他看著兜蟲爬向香蕉，他想破頭還是不知爸人在哪裡，他的失蹤和甲蟲有什麼關係，還有盧克莉霞．卡特——那個拄著手杖的奇怪的、憤怒的女人——跟他的父親會有什麼關係。

他正在沉思，卻被花園圍牆另一邊傳來的撞擊聲和吼叫聲打斷了。隔壁鄰居又在吵架了。

「你這條出賣親人的毒蛇，把門打開！」很響的一聲砰。「你再不開，我就……我就把門撞開。」

「你撞得開就試試看啊，你這頭沒幾兩肉的黃鼠狼。」亨弗利哈哈大笑。

「市府這個週末就要派人來了。」

「那你不是應該快點打掃院子嗎？」

「都是你那個臭死人的臥室害的。」

「只要你把院子掃乾淨，我就會把我的房間掃乾淨。」

「**殺光那些該死的蟲子就對了**，你這隻**懶豬！**」

達克斯跳了起來。

蟲子？隔壁還有**更多**甲蟲？

他看著水族箱裡開心大吃香蕉的兜蟲。他從來沒想過巴克斯特來的地方還有更多的甲蟲。如果牠們也跟巴克斯特一樣特殊呢？

他跑到花園邊緣快崩塌的棚子那兒，踩在腐朽的窗臺上，再把身體撐到長滿青苔的屋頂上，然後急忙走向圍牆，平躺在牆頭上。他看著牆另一邊的院子，實在忍不住，驚訝的輕輕吹了聲口哨。

院子裡塞滿了家具。

麥西伯伯跟他說過鄰居很喜歡囤積，可是他從來沒看過這樣的。院子裡高高的堆滿了垃圾。

就好像是一堆愛吵架的家具被雷射槍凍結了，桌子和椅腿伸得長長的，它們的腳像緊握正要揮出去的拳頭。院子的南邊有一架勇敢的帽架正要掙脫，卻被牽牛花的觸鬚拉了回來。衣櫃瑟縮的躲在防水布下。光禿禿的立燈被繩子綁在一起。床墊的彈簧露了出來，一個超大的浴缸立在院子的中央，水龍頭上吊著一輛粉紅色的兒童踏板車。

「好酷喔！」達克斯低聲說，立刻就想去探險。

在屋子附近長了一棵高大的美國梧桐，枝椏經過了傳出叫嚷聲的窗戶。樹上的葉子足夠讓達克斯藏身，如果得拔腿逃跑，家具堆裡有很多可以躲避的空隙。天空飄滿了炭黑色的雲，日光也漸漸變暗。黑暗可以提供更多掩護。

他回頭看了看公寓，麥西伯伯要到六點之後才下班。達克斯想也不想就跳進了家具森林裡，決心爬上梧桐樹，看看那個房間。

他的腳剛踩到桌面，就聽見一聲極響亮撞擊木頭的聲音，他趕緊往旁邊一歪，吊著一張直立沙發的椅臂，順著豎起來的座墊往下滑，落在一堆褪色的靠枕上，靠枕還噴出了一團黴塵。

達克斯動都不敢動，豎著耳朵聽。

「**亨弗利**，你聽到了沒有？」

「你說什麼？」亨弗利發出像是貓咳出一團毛球的聲音。「你得再大聲一點。」

「**你明明就聽得很清楚，你這隻腦死的疣豬。馬上把這扇門打開。**」

「唉呀呀，你這樣子不太禮貌吧，」亨弗利回答的聲音像蜜一樣甜。「罵我是疣豬！」

達克斯鬆了口氣，他們沒聽見他。他爬下去，躲在木櫃的後面，朝聲音的方向前進。在一堆靠牆小桌的旁邊有一條窄縫，他把腿擠進去，用腳去感覺地面，然後像螃蟹一樣橫行，縫隙變寬了，可是他又被一個裝滿了漫畫書、腐爛的玩具和一盒盒卡帶的書架擋住了。

回憶如泉湧而出。他想起小時候窩在兩張飽滿的單人沙發中間。他跟著爸媽去拍賣會，趁他們不注意就爬進了家具間。他聽見他們用驚慌的聲音呼叫他，後來他從家具間探出頭來，跟他們揮手，他們兩人的臉上都露出如釋重負的表情，那個表情現在仍如在眼前。

忽然間，悲從中來。他搖頭甩掉回憶，蹲下來，從一條椅腳大道穿過去，從一株很茂密的薊草上方跨過去，毛衣被鉤到了，他咬著牙忍耐。

最後他站在一塊有碗櫃那麼大的空地上，上頭覆蓋著防水布，阻擋日光，保護一座高高的老爺鐘，鐘上的時間永遠停留在八點四十五分。他把鐘體的門打開，結果門和鐘竟然分家了。裡頭有個生鏽的鐘擺，一堆碎紙。一隻老鼠探出了尖尖的鼻子，還有兩隻黑色的圓眼睛看著他。

「抱歉，」達克斯低聲說，把門裝了回去。

在這堆家具中間可以蓋出一個超棒的祕密基地來，他心裡想，從一片衣櫃欄杆上垂下來的常春藤中跨了出去。**誰也不會知道你在裡面**。他忍不住猜薇吉妮亞和柏托特不知道會不會喜歡祕密基地。如果跟別人一起動手，蓋祕密基地更有趣。

達克斯一路走一路拉開抽屜、櫥櫃和箱子，找到了一堆夾子，一支有手把的漂亮鏡子，還找到一副假牙。他看過之後都放回原位，同時在心裡記住梧桐樹的位置。他滑過一張書桌，從床架下面溜過，結果迎面看到一隻狐狸。他們兩個大眼瞪小眼，都沒有動。狐狸眨眨眼，一點也不怕人，穿過一落畫框走掉了。

「我警告你，亨弗利．甘寶，這是你最後一次機會。」

「唉唷！救命啊！我好害怕喔！」

「不是你把門打開，就是我自己進去！」

現在聲音比較近了。

達克斯看到一扇黑色門，上頭釘了兩個銀色的數字：73。他轉動門把，門後是一個廚房碗櫃。他爬上了碗櫃，利用架子當做樓梯，發現爬上來可以看到院子的另一邊。梧桐樹就在三米之外。達克斯在心裡規劃出一條可以直接通到樹下的路徑。跳下來回到家具迷宮之後，他慢慢向前蹭，最後來到了一張折疊桌下，剛好在梧桐樹的正對面。

樹的後方有一堆腳踏車遮住了商店的後牆。他想起自己的腳踏車，就放在家裡的戶外小棚子裡，他的家在倫敦南區的水晶宮，如今空蕩蕩的。住在那邊的開心幸福，已是上輩子的事了。

熟悉的悲傷又湧上胸口，他想家，想念爸爸還沒失蹤前的時光。雖然不想掉淚，眼眶還是忍不住紅了。

他生氣的想把哀愁的感覺推開，匆匆走到空地上，朝梧桐樹疾奔。他往上跳，抓住最低的樹枝，把兩腿晃上去，輕巧的爬上了樹。爬到了窗戶對面的樹枝以後，他的心臟咚咚咚跳個不停。

起初，他想不通他看見的是什麼。

木窗框少了玻璃，怪不得他會聽到那兩個人在吵架。而在整個窗框上和四周的磚牆上布滿了幾百隻紅色瓢蟲，從底下看就不會注意到。有太多瓢蟲在窗框上爬，看起來就像是窗框在動。

達克斯微笑了。這些瓢蟲跟今天早晨他看見的巨大的黃色瓢蟲感覺不一樣，那隻黃蟲就讓人覺得怪怪的。

他從窗外往裡看。屋裡頭有個大胖子背抵著門坐著，他就是亨弗利，只穿著一條四角褲和一件網眼背心。旁邊放了個白色水桶，他正從桶裡舀起粉紅色的東西，塞進嘴巴裡，再把手指頭都舔乾淨。

可是讓達克斯瞪大眼睛的卻不是亨弗利。

乍看之下，那東西就像是房間裡的一座山，坐在花朵圖案的地毯上，向天花板伸展。達克斯原本以為那是某種模型，等他仔細再看一遍那片長滿了青苔的山坡，他才明白那是一堆長黴的茶杯。茶杯的間隙裡長滿了草和菌菇，還有那種會生長在牆壁隙縫的小小植物。面對窗戶的那一面還長出了蒲公英，峰頂上一株大葉醉魚草，紫色的花向下垂，好似一串串葡萄。

他瞪著那個不可思議的東西，一下子看茶杯的邊緣，一下子看茶杯的杯把，忽然注意到在杯子之間——還有杯子裡面——有觸角在抖動，還有鋸齒形的腳。他想起了馬克杯放進巴克斯特的水族箱裡他有多高興，馬上就明白了這些杯子裡**全都是甲蟲**。

他看見一隻有裂口的茶杯裡爬出兩隻鍬形蟲，然後是一隻兜蟲，比巴克斯特小，翅鞘是黃銅色的，倒退著進入一隻咖啡杯裡。一抹翡翠綠閃過，他的視線又被一群蟲子吸引了過去，他從紅皮書上的照片認出那是彩豔吉丁蟲。他看見了一隊長頸象鼻蟲在馬克杯間向上爬，笨拙的樣子真像是一排穿著紅黑雙色衣服的小丑，他用一手摀住嘴，以免開心得笑出來，結果差點就從樹上摔下來。

達克斯看見了這麼多品種的蟲子，一顆心快樂的飛揚。

那座甲蟲山是他見過最詭異最美麗的東西了。

門上咚的一聲。「我警告你，亨弗

利，」皮克林的聲音從門後傳來，「這是你**最後**的機會。」

達克斯看見亨弗利舔舔嘴脣，笑得露出了牙齒。他顯然很喜歡把他的表兄弟氣得七竅生煙。

亨弗利對著他肥肥的手指頭哈哈笑。

「**我現在數到三**，」皮克林大聲吼叫，「**然後我就要進來了。一……**」

「**二……**」

亨佛利向後仰。「進得來你就試試看，」他高興得怪叫。

「**三！**」

好響的一聲砰，斧頭砍破了門，就在亨弗利的頭頂上。

「王八蛋！」亨弗利向前一撲，四肢著地，爬著逃開，肚子上的肥油晃來晃去。

達克斯也吃了一驚，在門被撞開的時候抖了一下，險些失去平衡，幸虧他抓緊了樹枝，才沒掉下去。

皮克林高舉著斧頭立在門口。他朝表兄弟氣勢洶洶的逼近。「我警告過你，亨弗利，」他說，露出猙獰的笑容，「你就是不聽。」

「唉唷，皮克林，老兄弟，沒必要使用暴力嘛，對不對？」亨弗利現在跪著。

「你就是不肯聽。」皮克林的眼睛瞪得很大，眨也不眨。

「開個玩笑嘛，哥……你總不會連玩笑都開不起吧？」亨弗利發出虛弱的笑聲。

「開玩笑？**開玩笑？**」皮克林指著那座山。「你覺得**那是**在開玩笑？」

「只是一堆髒杯子嘛，」亨弗利口沫橫飛地說。「我馬上就洗，我發誓。」

「你讓我噁心，亨弗利．甘寶。」皮克林搖頭。「我真不敢相信我們是親戚。看看牆上潑的茶漬——那是什麼？」他指著。「黴菌的孢子！」他的胸膛上下起伏，達克斯覺得他快爆發心臟病了。「地板上到處都是蟲子在爬。」

達克斯向下看，這才發現他剛才以為是花朵圖案的地毯其實是一張露了線頭的破地毯，上面布滿了甲蟲。

「這個房間簡直就是健康的大敵！」皮克林的聲音越拔越高。「這下子你知道我為什麼**非得**寫信給市府了吧？」

「你還不是為了要擺脫我，」亨弗利就事論事說。

「哼，沒錯，」皮克林承認。「可是你能怪我嗎？你是一隻豬，把房間弄成這樣。你把髒杯子丟在角落裡多久了？」

亨弗利聳聳肩，咕噥著說：「從我們搬進來以後。」

皮克林轉身看著那座陶器山。「你連窗戶玻璃都砸破了……」

亨弗利也跟皮克林轉頭。

達克斯驚恐的發現兩個人都直勾勾的瞪著他。

皮克林的動作快得像閃電，一步就衝到了窗邊，伸手去抓達克斯的毛衣領子。達克斯的驚恐被畏懼取代，因為他發現自己懸在半空中。他用指尖去扶窗框，發出了被勒住脖子的尖叫聲，瓢蟲都被驚動飛走了，像一朵紅黑雙色的雲。沒有人能幫他。麥西伯伯不在家。

「**巴克斯特！**」他大聲喊，同時被拖進了窗子，扔在地板上，把甲蟲嚇得四散逃命。

6 達克斯與大角金龜

「唉呀呀，來看我抓到什麼。」皮克林矗立在達克斯面前。「是個來偷窺的小男孩呢。」他的眼睛眉毛都揪成一團，打量著達克斯。「我見過你，對不對？」他緩緩點頭。「昨天，在街上，你在看我。為什麼？」

「什麼男孩？」亨弗利說，仍然跪著。「什麼街？」

達克斯想抗議，可是他肺裡的空氣都在他撞上地板的時候撞掉了，而且他的身體非常需要氧氣。他的肺感覺像快要爆炸了。

「你為什麼從窗戶監視我們？」

「我、我……」達克斯大口喘氣，終於吸進了空氣。

「貓把你的舌頭咬了嗎？」皮克林冷笑著說。

達克斯的腦袋刺痛，著火的肺漸漸舒緩了，現在是下背部有種撕裂的疼痛。地板上已經沒有甲蟲，都撤退到杯子裡了。達克斯東看西看，忙著祈禱希望他沒壓扁了哪隻蟲子。

亨弗利發現皮克林的怒火不再針對他了，就爬起來，站到他像骷髏的表兄弟旁邊。

「說話啊，不然我們就把你砍成一塊一塊的，吃了你。」他猛咂嘴脣。

皮克林捏住達克斯的臉頰。「我知道你打的是什麼主意，你這個小兔崽子。別以為我不知道。」他用一隻手扣住了達克斯的下巴。「前天晚上也是你偷溜進來的，對不對？你是小偷！」

「什麼？不是！」達克斯想搖頭。「我很抱歉——從你們的窗戶往裡看，我是說——我只是……」

「你是在偵查。」皮克林加大了手勁。

「什麼？」亨弗利的唾沫飛濺。

「我沒跟你說，亨弗利，可是上個星期，你不在家，我聽見這裡有聲音。我進來看，就把小偷嚇跑了。」

「真的？」亨弗利詫異的東看西看。房間裡根本沒什麼東西，只有那座杯子山跟一張髒兮兮的粉紅色扶手椅，雖然有一張單人沙發那麼大，卻也不值得一偷。

「來了兩個。又大又醜的傢伙，穿了一身黑，在那堆噁心的垃圾那兒探頭探腦。」

皮克林瞪著那座山，鼻翼嫌惡的擴張。「他們戴著面罩和橡皮手套，因為這裡實在是**太髒**了！」皮克林放開了達克斯，向他的表兄弟逼近，握緊了斧頭。「我**恨透**了跟你住在一起，亨弗利。你知道嗎？我每天早上醒來都希望你已經在半夜死掉了。」

「你看見這個孩子跟那兩個小偷在一起嗎？」亨弗利趕緊說，還指著達克斯，想要分散皮克林的注意。「他也是其中一個強盜？」

「我沒看見他們的臉，」皮克林停下來思索，「可是我追的那兩個人是男的。這一個當時一定是躲起來了。」

「我**不是**小偷！」達克斯高聲說。

「真的？」皮克林轉過來。「那你就好好解釋解釋你為什麼在我的房子裡，爬在我的樹上，還用你那兩隻賊溜溜的黑眼珠從我的窗戶偷看。」他又衝回來，居高臨下盯著達克斯。「你想偷我的古董，是不是？你在計劃偷我的古董！」

「我根本就沒看過你的古董！」達克斯抗議，急急忙忙向後退，最後肩膀撞到了牆壁。

「你以為我會相信？你明明是從滿院子的古董裡鑽過來的。」他握住達克斯的臉。「你這個撒謊的小流氓。」

達克斯蠕動個不停，皮克林的指甲掐入了他的臉頰肉。

「哼，我該怎麼對付你呢？」皮克林說。

「我知道。」亨弗利熱心的走向前。「我來用他烤肉餅，這樣他就會學到教訓了。」

「少胡說八道，」皮克林說，放開了達克斯，任他摔在地上。「我們得把他綁起來。」

亨弗利半蹲下來，像隻興奮的狗一樣對著達克斯嗅來嗅去。「我得先剝了你的皮才能拿來烤肉餅，」他笑得露出了牙齒，「因為人皮還挺不好嚼的。」

達克斯全身發冷，焦急的希望這個胖子只是想嚇嚇他。

皮克林放下斧頭，離開房間，然後帶著一條繩子和一張廚房椅子回來。「坐在這上面，」他發號施令。

「你要把我怎樣？」達克斯緊張兮兮的問。

皮克林把他推到椅子上，把他綁住。

「綁架是犯法的，你知道嗎？」

「偷竊也是。」皮克林轉向亨弗利。「把你的蔓越莓醬拿過來。」

亨弗利搖搖擺擺走向門邊的白水桶。「我們要吃掉他嗎？」

「首先，我們要讓他招供，」皮克林對亨弗利說。「然後，等你把那個清乾淨了，」他的眼睛轉過去，看著那堆占據房間大部分空間的昆蟲棲息地，「那個……**玩意**，你愛把他怎麼樣都隨你高興。」

亨弗利開心的鼓掌。

「好了，」皮克林站在達克斯面前，兩手抱胸，「你要把你們那幫人供出來，還有他們計劃幾時來搶劫。」

「喂，皮克林，換你在發神經了吧。」亨弗利的臉咧出了大大的笑容。「哪個腦筋正常的人會想要偷外面那堆腐爛的垃圾啊。」

皮克林彎下腰，拿起了地上的斧頭。

「呃，我的意思是，」亨弗利急忙說，「他比較可能是市府派來的，搜集證據，好把我們趕出去。」

皮克林的眼睛倏地睜得老大，隨即又瞇成一條線，思索著這種可能。「那我們就絕對不能放他走了。」

「所以我就說要把他烤成肉餅嘛，」亨弗利熱心的說。

「等你把那些蟲子都清乾淨了，我就把他交給你，」皮克林說，向表兄弟伸出手。

「成交，」亨弗利嘻嘻笑，跟他握手。

「我不是市府派來的，不是幫派，也不是小偷！」達克斯大喊。「我只是小孩子。我聽見你們在吵架，又看到了甲蟲，所以——」

「你當然**會**這麼說，」皮克林打斷了他的話。「不過我們可不是白痴。」他看著亨弗利。「哼，**我**可不是白痴。」他撿起了地板上一件超大T恤，撕成條。

「嘿，那是我的衣服吔！」亨弗利抗議。

「真的？看起來像一條髒死人的破抹布，」皮克林說，把斧頭靠著扶手椅，拿布綁住了達克斯的嘴巴。

達克斯把頭往後仰，想要閃躲，可是恐怖的布蓋住了他的嘴巴，味道像是一隻發霉的死動物，害他想到了蛆，忍不住乾嘔。

「那，把那個大桶子拿過來。」

亨弗利乖乖聽話，還把蓋子撬開。

達克斯扭來扭去，想掙脫手腕上的繩子，可是繩子綁得太緊，手腕上的皮膚像著了火。他必須要逃走。麥西伯伯沒說錯，這兩個人很危險。

皮克林捧住雙手，舀起了一堆蔓越莓醬，堆在達克斯的頭頂上。果醬又冰又黏，緩緩沿著他的背往下滴，弄得他不停發抖。

「嘿，別浪費了，」亨弗利抗議。

「那是好東西吔。」

「我會再幫你買。」皮克林又彎腰舀了一次。「你給我聽好了，小子。這個玩意，」他捧著手掌舉到達克斯的鼻端，「是蔓越莓醬，而你絕對不會沒注意到你的後面有一座蟲子山，住滿了幾百萬隻會咬會螫會挖會抓的噁心蟲子，

你知道全世界的蟲子最愛吃什麼嗎？」皮克林把滿手的果醬抹在達克斯的臉上。「蔓越莓醬。」

冰冷的果醬從他的脖子胸口往下滴，達克斯打了個哆嗦。皮克林把他的綠毛衣袖子擄起來，把果醬抹在他的兩條胳膊上。

「好，如果你不說是誰派你來監視我們的，」他的鼻子頂著達克斯的鼻子，「我就要讓那些蟲子把你活活吃掉。」

達克斯瞪著皮克林。他想甲蟲會喜歡蔓越莓醬也不是沒有道理的，尤其是亨弗利在房間裡放了一整桶。巴克斯特也喜歡甜的水果。可是幸虧他的那本甲蟲手冊，達克斯知道一件皮克林不知道的事：有一大堆甲蟲是吃素的。

「蟲子會先把蔓越莓醬吃完，然後就會鑽進你的皮膚底下。」皮克林又舀了一抔黏答答的粉紅色果醬。「接下來牠們就會喝你的血，拿你的肉當飯吃，吃到最後你就會只剩下一堆小骨頭。」他把達克斯的褲管拉起來，把果醬抹在他的小腿上。「那些蟲子裡還有專啃骨頭的呢。」皮克林顯然是樂在其中。「所以這是你的最後機會。」他把達克斯嘴上的布拉掉。「你有什麼話想說的嗎？」

「我是隔壁來的，」達克斯堅決的說。「**我住在隔壁！**」

「**騙人！**」皮克斯又生氣的把他的嘴巴蒙住。「隔壁的教授沒有孩子。」

達克斯用力拉扯繩子，卻是白費力氣。

「說不定等蟲子扒了你一層皮以後，你會願意說實話。」皮克林發出恐怖的假笑。

「是我要剝他的皮吔，」亨弗利不高興的說。

「看！飛來了一隻又大又醜的，還有一隻大角呢。唉唷，牠看起來好餓呢。」

達克斯低頭看，發現地板上是巴克斯特朝他爬過來，差點因為放心而哭出來。這隻兜蟲——**他的**兜蟲——聽見了他的呼喚。他不需要對照組就知道巴克斯特聽得懂他的話。他立刻就覺得勇敢了些，在胸口如鳥翅驚懼亂拍的恐懼也平息了下來。

「我餓了，」亨弗利抱怨著，還瞪著達克斯。

樓下的前門響起了很用力的敲門聲。

「會是誰啊？」皮克林站得很直，扭過頭去，活像是一隻受驚的狐獴。

「誰知道。」亨弗利聳聳肩。

皮克林抓住表兄弟像麵團一樣的胳膊，帶著他走出房間。「我跟你還沒完呢，」他對著達克斯狂吼，用力摔上了門。

達克斯立刻就去解開綁住手腕的繩結，可是他的手指頭根本碰不到繩子。一個熟悉的重量落在他的肩膀上，巴克斯特爬向他的後頸，塞口布打結的地方。他感覺到兜蟲把角插進了布和他的皮膚之間，來回拉扯。他在把布**鋸斷**！

幾秒鐘後，布向下滑，達克斯把布吐掉，很開心能吸一大口的新鮮空氣。「巴克斯特！喔，真高興看到你！」他低聲說。「你能不能幫忙解開繩子？」

巴克斯特轉向那座杯子山，前腿摩擦翅鞘，發出一連串奇特的唧唧聲。達克斯以前沒聽過巴克斯特發出這種聲音，不過他靈光一閃，知道這一定就是書上說的「摩擦發音」。

房間裡充滿嘎嘎聲，就像把糖倒進罐子時那樣。甲蟲們從杯子山出現，朝他爬過來。

皮克林和亨弗利仍然站在門外吵架。

「我們不能讓別人進來，他們會發現那個孩子。」皮克林的聲音有些發抖。

「可是如果是警察呢？」亨弗利反問他。

「警察？」皮克林尖聲說。「為什麼會是警察？」

「呃……那個孩子不是說，說綁架是犯法的？」

「可是我們才剛綁架他，警察怎麼就知道他在這裡呢？」

「誰知道。」

「你下去應門。」

「為什麼是我？那我要說什麼？」

「說些蠢話啊！」皮克林挫敗的壓低聲音。

前門的人還是一直在敲門。

「好啦，好啦，我們一起下去，」皮克林宣布，達克斯就聽見他們咚咚咚的下樓梯。

甲蟲往他的腿上爬，達克斯覺得癢癢的。他吸了一口氣，不確定被甲蟲覆蓋住時心裡會是什麼感受，可是沒多久甲蟲就爬上了他的背，在他的脖子上到處爬，還鑽進了他的頭髮。小小的爪子在他的皮膚上趴趴走，他也直打哆嗦，沿著背脊一會兒上一會兒下。但是達克斯發覺他並不介意讓甲蟲在他的身上爬，不由得鬆了口氣。甲蟲滿重的——感覺像埋在沙裡——可是一大堆甲蟲爬在他身上的感覺還挺舒服的。他被搔得癢癢的，很想笑，卻拚命忍住，保持不動。他可不想要壓扁了哪一隻。

他閉著眼睛，從頭到腳被甲蟲覆滿，心裡想著他爸爸。**等我告訴你，你一定不敢相信**，他默默跟自己說。

不出幾秒鐘，他的左臂就能移動了。他拉了拉繩索——吔！兩隻手都自由了。他再動動腿，繩子也鬆開了；甲蟲又咬又鑽又切，把繩子割斷了。

達克斯站起來，動作很小心，一坨蔓越莓果醬掉在地上。他蹲下來感謝拯救了他的甲蟲，很開心看到那堆甲蟲中有一群紅色的長頸象鼻蟲，還有漂亮的吉丁蟲。可是最讓人一見難忘的是一隻巨大的大角金龜，達克斯從斑馬一樣的黑白紋路一眼就認出牠來。牠動也不動，觸角也幾乎不抽動，達克斯忍不住猜想牠是不是很老了。

沒有任何一本書上的圖片能夠捕捉住這些甲蟲的神韻。

達克斯摸著自己的臉，不會黏呼呼的吔。甲蟲不但解救了他，還順便幫他洗了臉！

「謝謝你們！」他低聲說。「你們真的太棒了！」

外頭，街燈亮了起來，黃色的光投射進房間裡，快六點了。麥西伯伯馬上就要回來了。

達克斯聽見樓下有聲音。皮克林和亨弗利一定把門打開了。冷不防間，甲蟲都在撤退，動作極快，像是陰影散開來，退回到杯子山裡。好像是有什麼嚇壞了牠們。只有大角金龜慢吞吞的。

達克斯悄悄走到窗邊，俯視著街道。他在博物館看見的流線型黑汽車就停在馬路對面。

恐懼像一隻手揪住了他的胃。盧克莉霞・卡特來了！為什麼？

他扭頭去看茶杯山，突然明白了。那是一座驚人的展覽品。盧克莉霞・卡特一定對甲蟲非常感興趣，否則她不會贊助歷史博物館的收藏。而且他今天早晨看到的那隻黃色瓢蟲也一定跟她有關係。麥西伯伯顯然就是這麼認為的。

盧克莉霞・卡特來這裡只可能有一個原因，就是為了這些甲蟲。可是她是怎麼知道這裡有甲蟲的呢？他想起了皮克林說有兩個一身黑、戴面罩和橡皮手套的人偷溜進來。難道他們是盧克莉霞・卡特的手下？

達克斯蹲下來，背抵著那張龐大的粉紅色扶手椅，腳跟用力，用全身的力量去推椅子，顫巍巍的把椅子推過地板。扶手椅非常重，也比門框還要寬，他用椅子卡住門把下方，這才轉過身來打量那座山。

「聽好了，」他焦急的說，「你們都有**大**麻煩了。盧克莉霞．卡特來了。她是壞消息。我不知道她要做什麼，可是，」他想起了抽屜裡那些被大頭針釘住的甲蟲，「我猜要是讓她看到你們，一定想殺了你們。你們聽得懂嗎？你們絕對不能讓她進來這裡！」他把巴克斯特捧起來。「我們得走了，可是我們會回來的。我保證。」

達克斯跑向窗臺，把巴克斯特往空中一丟，自己也向梧桐樹跳過去。他抓住了第一根樹枝，落在下面的一根樹枝上，然後往地上跳，落地時身體半蹲，巴克斯特也滑翔下來，降落在他的肩膀上。

7 拜訪

亨弗利慌慌張張的下樓，皮克林走在他後面，他用力扭開門把，打開了門。

「天啊！你真是臭死了！」一個女人很嫌惡的說。「而且你連衣服都沒穿！」

亨弗利彷彿是被人甩了一耳光，從鼻子噴了一口氣，張大嘴巴瞪著門階上這個令人吃驚的女人。她的嘴唇是金色的，皮膚像打磨的大理石一樣發亮；她留著黑色短髮，戴一副好大的太陽眼鏡，簡直就像是護目鏡。他覺得她說不定是電影明星呢。

他感覺到皮克林在打他的背，想看看是誰來了。

「你們不會就是皮克林．里斯克和亨弗利．甘寶先生吧？」女人不屑的問。

「正是！」皮克林擠向前，鞠了個躬。「皮克林．阿洛伊修斯．里斯克先生，聽候差遣。請問有何指教？」

這個女人，拄著兩支黑色手杖，穿著白色實驗袍，伸手到口袋裡，拿出來的時候手握成拳頭，指頭上的鑽戒照得人眼花。這兩個表兄弟瞪大眼珠，像被催眠，看著她放低拳頭，一鬆開，五片黑色指甲彈出來，簡直像是彈簧刀，而她的掌心裡有三隻死掉的甲蟲。一隻紅的，一隻綠的，一隻金黃的。

「認得嗎？」一道描過的眉毛跳到太陽眼鏡外。

亨弗利瞪著她的手看，完全搞不清楚狀況。「你是為那個男孩來的嗎？」他呆呆的問。

「什麼男孩？」

皮克林大叫一聲，把亨弗利推開，砰的關上了門。

「你是吃錯藥了喔？」亨弗利問。

「我吃錯藥？是你吃錯藥才對吧？」皮克林喘著氣，背抵著門。「你是想去坐牢嗎？什麼都別跟她說，尤其是那個男孩。」他的眼珠子滴溜溜亂轉。「她一定是市府來的。」

「她看起來不像是市府的人。你看到她的車了嗎，停在對面？」亨弗利吹了聲口哨。「那才叫性感尤物呢！」

「她一**定**是市府的……」

「我覺得她很喜歡我。」亨弗利像猩猩一樣捶胸膛。

「……否則，你要怎麼解釋那三隻蟲子？」

「什麼蟲子？」

「她手上的蟲子！」

「她手上的糖果？」

「那是甲蟲，不是糖果——而且也不是隨便的蟲子。」皮克林一手拍中額頭。「那是我三個星期前從頭髮裡抓出來的蟲子，我寄給市府了，讓他們知道你有多髒：紅的，綠的，還有金黃的。」

「我們可以把門打開，問個清楚，」亨弗利建議，還嗅聞著他自己的腋窩，吐氣檢查自己有沒有口臭。

「不行。」皮克林猛搖頭。「我們得擺脫她。」

「我聽得見喔！」門外女人說的話像刀子般刺過來。

皮克林慘叫一聲，向後跳。

亨弗利做了決定。漂亮小姐來敲門可不是每天都有的好事，而且他想跟她說話，所以他把皮克林撇到一邊，又打開了門。

「我致上最大的抱歉，」他說，一面鞠躬。「別管我表哥，他的腦袋不正常。」他裝出鬥雞眼，還伸出舌頭，表示皮克林是瘋子。「亨弗利．溫斯頓．甘寶先生任您差遣。」他伸出了黏答答的手。

「你是誰？」皮克林質問她。「你想幹什麼？」

「我是盧克莉霞．卡特。」女人抬高了下巴，彷彿覺得這兩個人理當聽過她的大名。亨弗利茫然瞪著她看，然後又看著皮克林，他顯然也沒聽過她的名字。

「聽著，你們有我要的東西，」她說。

「那還用說。」亨弗利把肚子往裡吸，挺起胸膛。

「我打算付你們錢，」盧克莉霞．卡特說，「一大筆錢。」

「說下去，」皮克林說。

「聽說這一區出現了外來種的甲蟲。」

皮克林瞇起了眼睛。「我一隻甲蟲也沒看過。」

她又把三隻甲蟲拿出來。「真的嗎？因為我相信就是你把這三隻蟲寄到市府的安全部門的吧？」

「這裡沒有甲蟲，」皮克林仍然嘴硬。

「里斯克先生，我不是市府的人。我是一位鞘翅目學家。」

「怎麼又扯上了眼科醫生了？」亨弗利說。

「不是眼科醫生，是鞘翅目學家，」她氣呼呼的說。「是蒐集研究甲蟲的人。我一直在追蹤一群稀有的節肢動物，幾年前牠們從我的實驗室逃走。」她又把死掉的甲蟲舉高。「這些甲蟲的DNA跟失蹤的那一些吻合。我相信我終於找到牠們的棲息地了，而且就是在這裡。」她極渴切的向前傾。「對不對？」

亨弗利點頭，嘻嘻笑。「你要參觀我的臥室嗎？」

皮克林把他拉到玄關裡。「不要像個傻瓜一樣猛點頭了，」他氣沖沖的說。「這很可能是陷阱。」

「里斯克先生，拜託，這不是陷阱。這只是很單純的商業交易。」她拿出一張黑色光亮的長方形東西。「這是我的名片。」

亨弗利和皮克林都向前去搶，結果被亨弗利搶到，皮克林差一點就要撞上盧克莉霞．卡特了，幸好他抓住了門框，可是他的鼻尖距離她別在實驗袍領子上的黑色胸針也只差了一毫米，胸針還接著一條很細的白金鍊子。

「**那是活的！**」皮克林尖聲叫，因為胸針竟然慢吞吞爬過盧克莉霞．卡特的白袍。

「這是一隻嵌上了黑鑽的鍬形蟲。黑鑽非常稀有，但是還比不上鍬形蟲稀有。」盧克莉霞．卡特用一根手指去撫摸那些閃閃發亮的黑色鑽石，那隻甲蟲就定住不動。「這是我個人的美貴奇，而且牠還是無價之寶。」

「美貴……什麼？」

「美貴奇（Maquech），鑲珠寶的甲蟲，一種活的胸針，源自墨西哥。很耀眼吧？」

「喔──是很，嗯，可愛。」皮克林皺著鼻子。

「真可惜那些外來種的甲蟲不在你的房子裡，」她歪著頭，鍍金的上唇往裡縮，「因為我會付錢買。」

「你要**買**蟲子？」皮克林問，驚得呆掉了。

「對。」

「全部？」亨弗利不敢相信自己的耳朵。

「是的，全部。」

「可是裡頭有上千……」亨弗利訝異極了。

「是嗎？真有趣啊。」盧克莉霞・卡特把頭向後仰，露出了完美的頸子。「牠們一定是繁殖了。」她嘆口氣，然後又向亨弗利湊過去。「牠們有沒有表現出什麼不尋常的行為？」

「嗯，呃……」他結結巴巴。

她強行把手杖伸進了門框，把身體往前盪。「你何不帶我去看看？」

「不行！」皮克林尖聲大叫，擋住了她的去路。「這裡沒有什麼好看的。」

亨弗利的腦袋突然亮起了一幅畫面：一個男孩子被綁在椅子上，全身還覆滿了蔓越莓醬。他也趕緊和皮克林聯手，擋住走道。

盧克莉霞・卡特挺直了身體，氣勢嚇人，轉眼間似乎變得非常高大。

「**讓我進去！**」

「很抱歉，你得離開了。拜拜，」皮克林驚恐的大聲吼。「謝謝你來拜訪。」

「隨便你，」盧克莉霞・卡特憤怒的說，退出了門口。「你們有我的名片。我就給你們一星期的時間仔細考慮。」

說完她就轉身去坐車了，兩個一身黑的男人下了車。一個穿過馬路來護送盧克莉霞・卡特，另一個則扶著車門。

皮克林瞪著他們。「他們好像是我上個星期從你房間追出去的那兩個人！」

達克斯儘可能快速通過家具森林，翻過牆頭，跑步上樓，到麥西伯伯的客廳，跑到窗邊跪下來，巴克斯特一直都緊緊抓牢他的肩膀。

汽車仍在馬路對面。

達克斯把窗栓打開，再推開窗。他聽到輕輕的一聲砰。他先前在博物館看到的那個司機正在開後車門。一個像玩偶一樣的女孩下了車，她穿無袖的黑色連身裙，頭巾圍住了盤在她頭頂的銀色鬈髮。連身裙在腰部收緊，裙子像降落傘一樣張開，裙襬剛好到膝蓋上方。她戴著白色皮手套，繫了白色腰帶，穿芭蕾舞鞋，手肘上掛著白色三角形皮包。她穿過馬路到報刊店，走路時左臂向上，像茶壺嘴，臀部搖來搖去。

達克斯忘了窗子是開著的，竟然

笑了出來，那個女生抬頭看。他整個人僵住，臉上掛著大大的笑容。女生舉起手，送給他一個飛吻，這才左扭右扭的進了佩托先生的店。達克斯覺得臉上變燙了。「她幹麼要那樣？」他發著脾氣，把半個身體都探出了窗外，可是那個女生已經進商店裡了。

他能聽到亨弗利和皮克林的門口有喃喃的說話聲，可是他完全聽不出他們在說什麼。他儘量把身體伸出窗外，看是不是能聽清楚一些。

銀鈴似的笑聲嚇了他一跳。那個女生出來了，立在馬路中央，舔著棒棒糖，抬頭看著他，從皮包裡掏出一張白色卡片，朝他揮舞，然後放在地上，走回汽車，頭也不回。

「等等！」亨弗利的聲音隆隆響。「你要那些甲蟲是要做什麼？」

達克斯低頭看。盧克莉霞・卡特扭頭看著那對表兄弟，金黃色的嘴唇露出猙獰的笑容。「殺掉，甘寶先生，全部殺掉。等牠們死了，我會把特殊的幾個做成標本，加到我的私人收藏裡。」

她俯靠在手杖上，身體慢慢盪開，不理會保鏢伸出的手。她的兩隻手肘都成九十度，好像是合掌螳螂的腳，她的黑色裙子在後面搖擺，活像是一條蜈蚣。**不知道她的腿是怎麼回事**，他心裡想，不由自主的打了個冷顫，看著她移動，恐懼感就像一層冷冰冰的霧包住了他的胃。

「你覺得她跑來這裡是為什麼，巴克斯特？」達克斯扭頭看，發現巴克斯特在咖啡桌上，翅鞘在抖動。

「你在幹麼？你是在躲嗎？」他把巴克斯特拿起來，抱在胸前，輕撫牠的翅鞘。「我不會讓她傷害你的。」

他瞪著下方的馬路。爸爸消失的那個房間門楣上有那個女人的名字。麥西伯伯說她是惡龍，而現在她為了甲蟲跑來這裡。嗯，她是絕對得不到他們的。達克斯默默發誓他會阻止她——還有隔壁那兩個人——不能讓他們傷害了那些奇異的甲蟲。他很確定，換作是爸爸也會這麼做的。

明天到學校之後，他會把博物館和甲蟲的事都告訴薇吉妮亞和柏托特，請他們幫忙。

引擎怒吼，達克斯看著盧克莉霞・卡特的汽車像一隻機械金龜子爬行在馬路上。

8 發誓

「我們是要去哪裡啊？」柏托特緊張兮兮的問，看著達克斯爬上棚屋的屋頂。

「到了你就知道，」達克斯說。「薇吉妮亞，幫他抬一下腿。」

柏托特手忙腳亂爬上了屋頂，鞋子陷進了排水槽，嚇得吱吱叫。

「這邊，」達克斯說，輕巧的跑向圍牆，爬上牆頭，坐在上面，兩腿懸空，伸出手幫柏托特。

他今天在學校都假裝不舒服。麥西伯伯說他可以再請一天假，讓他們編的藉口更可信，可是達克斯想去上學。他急著想見柏托特和薇吉妮亞。他唯一擔心的是在上學途中被皮克林和亨弗利看見，所以他借了玄關衣架上麥西伯伯的絨球帽和長圍巾，遮住了頭臉。他溜上街之前先查看了一番，還模仿了兩個生化人中的一個，駝著背，招搖的走到學校。

放學前，他邀請薇吉妮亞跟柏托特到麥西伯伯家，而且還神神祕祕的，不說理由。他擔心萬一跟他們說了實話，他們會笑他——或者更糟，可憐他編出這麼離譜的故事來。他需要讓他們親眼看見，說不定他們就會幫他了。

「我真不敢相信我會被你騙來做這個，」柏托特抱怨他，坐在屋頂上緩緩移動，儘量不往下看。

達克斯抓住他的胳膊，把他拽上牆頭。他指著隔壁的院子。「看那邊。」

柏托特的嘴巴張得好大。

「什麼東西啊？」薇吉妮亞邊問邊從達克斯的另一側爬上了牆頭。「我的媽呀！什麼東東啊！」

「我把它叫作家具森林，」達克斯鄭重其事的說。

「唉唷，幾時變詩人啦？」薇吉妮亞哈哈笑，把腿甩過圍牆。「來啊，還等什麼？」

「薇吉妮亞！」柏托特說。「那是別人家吔！」

「哎唷喂呀！」薇吉妮亞說，對著柏托特微笑，鬆開了手，跳到一個衣櫃的頂上。

「跟我來。」達克斯把身體向前一盪，兩腳撞到了直立的沙發，順著沙發墊往下滑，消失在家具森林裡。

他在桌子底下等薇吉妮亞和柏托特，沒多久兩人就爬了進來，坐在他旁邊。「這樣子真的好嗎？」柏托特低聲說，緊張的左看右看。「我們又不知道誰住在這裡。」

「我知道，」達克斯說。

「他們不凶吧？」柏托特滿懷希望的問。

「不算很和氣。」達克斯改變了話題。「喂，我帶你們來是因為我需要你們幫忙。」

「是不是跟你爸有關？」薇吉妮亞說。

達克斯點頭。

「我就知道！」

「發生了一些事，我還不知道有什麼關聯，可是我覺得我爸失蹤跟這裡有關係。」

他把背包放下，掏出了裝著巴克斯特的果醬瓶。

「那是什麼？」柏托特驚呼一聲，向前靠。

「哇！你去哪裡抓這麼大的一隻兜蟲啊？」薇吉妮亞跪下來，搶走了達克斯手上的瓶子，拿到眼睛前。「好帥喔！」

「你怎麼會知道？」

「知道什麼？」薇吉妮亞用指尖輕敲瓶身。

「知道巴克斯特是兜蟲？」達克斯很佩服。

「我知道的事情可多了。」薇吉妮亞露出笑容。「我有三個兄弟，祥恩愛死蟲子了。他養了兩隻竹節蟲，一隻塔蘭臺拉毒蛛，還有滿滿一架子昆蟲的光碟。如果能抓到這麼大的一隻兜蟲，叫他喝掉一桶檸檬原汁他都甘願。」

達克斯把瓶子拿回來，打開了蓋子。「我是前天找到牠的。」他把瓶子稍微傾斜。「各位，來見見巴克斯特，」他說。兜蟲爬出了瓶子，爬上了他的手。「巴克斯特，他是柏托特，她是薇吉妮亞。」

「牠會不會咬人啊？」柏托特問，動也不敢動。

「少白痴了。」薇吉妮亞推了他一把。「兜蟲吃水果和樹汁啦。」

「哼，我怎麼會知道。」柏托特氣呼呼的說。看著達克斯。「我不懂。這隻兜蟲怎麼會跟你爸失蹤有關係？」

「昨天我到博物館去，看了他消失的房間。」

「少蓋了！」薇吉妮亞瞪大了眼睛。「你找到什麼線索了嗎？」

「警察早就澈底搜查過了。」柏托特轉頭看著她，鏡片後的眼睛不以為然。

「其實呢，我還真的找到了。」達克斯說，一隻手指輕撫巴克斯特的胸部。「其實應該說是巴克斯特找到的。」

「是**兜蟲**找到的線索？」薇吉妮亞一臉懷疑。

達克斯敘述了他如何找到巴克斯特的，然後也說了到博物館的經過。

「我昨天沒生病。」達克斯說。「是麥西伯伯找的藉口。」他描述了放滿了甲蟲標本的庫房，神祕的空抽屜，找到他父親的眼鏡，以及盧克莉霞．卡特跑來博物館。

「結果我爸消失的房間就是卡特鞘翅目庫房。」

「你看見她了？」柏托特問，非常吃驚。「盧克莉霞．卡特本人？」

達克斯點頭。「我看見她兩次，不過我等一下再告訴你。」

「兩次！」柏托特吱吱叫。

「誰是盧克莉霞·卡特啊？」薇吉妮亞問。

「我也不知道。」達克斯聳聳肩。「我只知道她很有錢，她有一輛最炫的汽車，而且她非常迷甲蟲。麥西伯伯覺得我爸失蹤跟她有關係。」

「你們沒聽說過盧克莉霞·卡特？」柏托特問，極為驚愕。

達克斯跟薇吉妮亞都搖頭。

「卡特屋是全世界數一數二的時裝品牌，盧克莉霞·卡特號稱『時尚界的瘋狂科學家』，」柏托特說。「她是天才，也是一個很有權勢的商人。」

兩人茫然回瞪著他。

「你們一定在皮包那些東西上看過有翅膀的金龜子商標吧？」他的手在空中劃了個圈。

「你對時裝怎麼會那麼了解啊？」達克斯問，很是驚訝。

「是我媽在看雜誌啦。」柏托特臉紅了。

「那這個時裝設計師又怎麼會跟甲蟲扯上關係了？」薇吉妮亞奇怪的說。「又怎麼會扯上你爸爸？」

「上一季她用蜘蛛絲為聖女貞德的鬼魂做了一套盔甲，」柏托特說。「搞不好她是想用甲蟲來做衣服呢。」

「好噁喔！」薇吉妮亞拉長了臉。「用蟲子來做衣服。」

「我真不敢相信你見過她，」柏托特跟達克斯說。「她很少公開露面，從她發生意外以後。她連自己的時裝秀都不出席呢。」

「意外？」

「她大概一年前出了車禍，很嚴重。」柏托特的高八度聲音陡然下降，變成了耳語。「報上說她再也不能走路了。」

「我看到她的時候她撐著手杖，」達克斯說。「她走路的樣子很怪，可是可以走。」

「聽說她差一點就死掉了，」柏托特說。

「唉，報上的話不是每一句都能信的，」達克斯喪氣的說。「反正啊，麥西伯伯說她是壞消息。」

柏托特一臉的沮喪。「為什麼？」

「我也不知道。我猜她一定認識我爸，因為麥西伯伯跟我說爸以前是甲蟲專家。可是聽好了，還有更多。」

達克斯接著描述他聽見鄰居吵架，發現了家具森林，爬上樹發現了住滿了甲蟲的茶杯山，然後被捉到。柏托特一臉緊張聽著他訴說如何逃脫，以及盧克莉霞・卡特的到訪，還看見那個女生下車，把名片放在地上。達克斯省略她送他飛吻這段，太難為情了，他知道薇吉妮亞一定會取笑他。

「要是你們不相信，」——他從口袋裡掏出一張長方形的白色名片，伸了出來——「就是這張。」

柏托特接過名片，唸了出來：「**諾娃．卡特，演員。倫敦攝政公園陶靈大宅。**」他抬起頭。「好高級的地段喔。」

「等等。」薇吉妮亞舉起了雙手。「這件事也越來越誇張了。你是說巴克斯特飛進來幫你忙，就跟某種超級蟲子一樣？然後還叫別的蟲子一起來咬穿繩子，幫你逃走？」

「對。」達克斯的眉毛揪在一塊，他看得出薇吉妮亞並不相信。「喂，我需要你們幫忙。我覺得我好像在拼一幅連連看的拼圖，可是一大堆的點都是沒有編號的，而且我想不通應該要怎麼連接。」

「喂，我知道情況很複雜，可是一隻兜蟲有超能力？」薇吉妮亞抿緊了嘴脣，挑高了眉毛。「你在唬弄我！」

「我知道聽起來像是我亂編的，可是我真的沒有開玩笑。」達克斯搖頭。「我沒辦法跟別人講。麥西伯伯對巴克斯特已經有一點怪怪的了，要是讓他知道昨晚發生的事，他會宰了我。他可能會叫我把巴克斯特丟掉。」他看看薇吉妮亞又看看柏托特。「我需要你們兩個相信我。所以我才把你們帶來這裡，讓你們自己看。」

「看什麼？」薇吉妮亞問。

「巴克斯特，」達克斯把手伸得老遠，「該你秀一下了。飛到我的肩膀上。」

兜蟲的翅鞘向上掀，下翅也張開來，振動幾下，跳上空中，飛上了達克斯的肩膀，降落後向後轉，坐在他最愛的地方。

柏托特和薇吉妮亞的表情簡直是震驚到不行。

「你是怎麼弄的？」柏托特吱吱叫，震驚極了。

達克斯聳聳肩。「我什麼也沒做啊。」

「再來一次，」薇吉妮亞說，聲音低沉，非常堅持。「不對，叫巴克斯特做別的事，難一點的。」

「巴克斯特，」達克斯低聲說，「飛起來，翻個觔斗，」他用手指在空中比劃，「然後降落在薇吉妮亞的手上。」他伸出手去拉住薇吉妮亞的手，要她張開五指，手心朝上。「準備好了嗎？好，開始！」

巴克斯特跳上天空，翻了個觔斗，這才降落在薇吉妮亞的手心上。

「**啊啊啊！不可能！**」她開心的尖叫。

「**噓！**」達克斯趕緊制止她。

「你說上面還有更多這種蟲子嗎？」柏托特指著大賣場。

「牠們不是每一隻都像巴克斯特，」達克斯說，「可是，對，還有幾千隻，上面搞不好還有幾千隻不一樣的甲蟲呢。」

「太神奇了！」薇吉妮亞說，瞪著手心上的兜蟲。

「這下子你終於相信了吧？」達克斯問，覺得很得意。

「還用說！」薇吉妮亞看著他，眼中閃著興奮的火花。她把手伸向達克斯的肩膀，讓巴克斯特爬回去。

「那你是願意幫我了？」

薇吉妮亞點頭。

達克斯看著柏托特。「你呢？」

他把眼鏡往鼻梁上推，緊張的嚥口水。「我會盡全力。」

「那，你有什麼計畫？」薇吉妮亞問。

「盧克莉霞．卡特想要樓上這個房間的甲蟲，」達克斯說，「等她得到以後，就會把甲蟲都殺掉。我聽見她這麼說的。」巴克斯特的翅鞘張開來又合上。「沒關係，巴克斯特，我們不會讓她得逞的。」他看著薇吉妮亞。「我對那些甲蟲知道的不多，可是只要有一隻像巴克斯特，那牠們就很特別，應該拿來研究，不是殺掉。」達克斯覺得越說越生氣。「我們需要多多了解這些甲蟲。它們是哪裡來的？為什麼盧克莉霞．卡特會想要？還有最重要的是，我們需要查出來她是怎麼認識我爸的，我爸的工作跟這些甲蟲有沒有什麼關聯。」他的腦海中突然閃過了伯伯腋下夾著檔案夾的畫面。「我覺得可能跟一個叫法布林的計畫有關。」

「你聽聽看你現在說的話有多誇張。」薇吉妮亞咯咯笑。

「這件事一點都**不好笑！**」達克斯發現自己在吼叫。

「噓！」柏托特一臉驚嚇。

「哇！冷靜一點。我知道了啦。」薇吉妮亞舉手投降。「我們現在要出一個保護甲蟲任務，對抗邪惡的時裝業大亨，她可能，也可能沒有，為了跟甲蟲有關的原因綁架你爸，這一點我們還要查一查。」她微笑。「算我一份！我剛才說聽起來很誇張。」她向前靠，嘻嘻笑。「可是誇張最酷了。」

柏托特伸出手，按住達克斯的胳膊。「我會盡一切力量幫你找到你爸，達克斯，」他誠摯的說。

「謝謝。」達克斯突然覺得像洩了氣的皮球。從他去過博物館後，他的思緒就像陀螺一樣轉個不停，現在他終於可以把心事都向薇吉妮亞和柏托特傾吐了，他也明白自己說的話有多詭異。「對不起剛才吼你。」

「啊，沒事啦。」薇吉妮亞捶了他的胳膊一下。

「我其實沒有計畫，」他承認。「可是我不能讓盧克莉霞．卡特進去那裡，把蟲子都殺掉。」

「我們來發誓。」薇吉妮亞伸出了一隻手。

「發誓？」

「我，薇吉妮亞・華勒斯，鄭重發誓會幫助達克斯・卡托完成他的任務，找到他的父親並且拯救那些甲蟲。」

柏托特也把手掌平放在薇吉妮亞的手背上。

「我，柏托特・羅勃茲，鄭重發誓會幫助達克斯・卡托完成他的任務，找到他的父親並且拯救那些甲蟲。」

達克斯也一樣。

「我，達克斯・卡托，鄭重發誓——除非我找到了我爸而且拯救了那些甲蟲，否則我永遠不會罷休。」

巴克斯特飛下來落在達克斯的手背上。

三個人看看彼此，再看著兜蟲。

「好了，」薇吉妮亞說。

「我們都發過誓了。現在該動手了。」

9 基地營

他們決定第一件事就是在家具森林建立基地營，以便監視大賣場。薇吉妮亞想要爬到梧桐樹上看看甲蟲，可是達克斯覺得他們應該等到亨弗利和皮克林不在家的時候，而柏托特也極力附議。

「我們三個人既然要一起冒險，」柏托特說，「不是應該取個名字嗎？像驚奇四超人或是五小俠之類的。」

「才不要哩！」薇吉妮亞的五官揪成一團。「我們才不要取名字咧！」

「我們可以叫作三甲蟲客啊，」柏托特說，「跟三劍客一樣，只是把劍換成甲蟲。」

「喂，你只有七歲嗎？取名字很遜吔。」

柏托特沒在聽。「不然我們就叫甲蟲男孩。」他頓了一下。「和女孩。」

「我可以把他的嘴巴貼起來嗎？」薇吉妮亞說。「他越來越討厭了。」

達克斯哈哈笑。

「那蟲子偵探團怎麼樣？」柏托特歪著頭，一臉的希望。

「我寧可吃掉自己的腿，也不要加入一個叫蟲子偵探的幫派。」薇吉妮亞搖頭，趕快改變話題。「我們要在哪裡建基地營？」

「那個地方應該要離大賣場夠遠，這樣我們吵一點也不會被發現，可是視線要夠清楚，才能看到窗戶裡面的情況，」達克斯推論著說。

「那就是左後方的角落，」柏托特說。「梧桐樹擋住了右邊的視線。」

「我們需要在家具間開出一條路來，」達克斯說，「這樣才能迅速移動，必要時還可以消失。」

「我們可以做陷阱嗎？」柏托特問。「萬一有人想跟蹤我們進來？」

「好主意。」達克斯熱切的點頭。

「會爆炸的怎麼樣？」柏托特的鼻翼賁張。「我是說在陷阱裡面。」

「呃，這些家具好像都是易燃的，」達克斯皺著眉回答。

「對。」柏托特搔搔腦袋。「不然就放一點鞭炮。」

「那就來吧。」薇吉妮亞用四肢爬行，穿過了一個沒有背板的碗櫥。「動起來吧。」

三個人就在家具森林裡爬來爬去，摸清小路和死胡同，悄然挪開物件，清出通路，創造出一個迷宮，只有他們知道其中的竅門。他們彼此打手勢，挪開椅子，抬起箱子，把架子推走，闢出了隱藏的門洞，更寬的通道以及死巷子。

他們在院子的南邊一角貼著圍牆開闢了一個房間，這裡距離大賣場最遠。他們利用高大的家具和防水布當屋頂，把老爺鐘拖進來，住在鐘裡的老鼠當然也一起搬了過來，再把有銀色73的那扇黑色門拿來當入口。

「我們應該叫這個地方基地營，」柏托特建議，一面把一張圓形咖啡桌推到中央。「登山的人在攻頂以前，都會在山坡上建一個基地營。」

達克斯重組金屬架，當作牆壁。「基地營。」他唸了一遍。「好。」

「看我找到什麼神奇的東西。」薇吉妮亞從門口進來，抱著一堆東西，全都放在沙發上。「用來監視的望遠鏡，一盞油燈，一些繩子——繩子一定有用——一面鏡子和一個汽車電池。」

「這個真好。」柏托特拿起了銅製望遠鏡看。「我們可以用這個看到大賣場裡面。」

「難怪人家叫他愛因斯坦，還真不是隨便亂叫的，」薇吉妮亞取笑他。

「不知道皮克林跟亨弗利昨天晚上有沒有進去房間。」達克斯說。他為那些甲蟲擔心了一整天。「那張扶手椅真的很重，我用椅子卡住了門把，讓它不能轉動。」

「我們可以用望遠鏡來看啊？」薇吉妮亞把柏托特手裡的望遠鏡搶下來。

達克斯點頭，東張西望。「我們的基地營也差不多建好了。」

柏托特聳聳肩。「好吧。」

三人鑽過新建好的隧道，到了一個瞭望哨，這裡好像跟亨弗利和皮克林的廚房窗戶平行，在二樓。

「那，你們看！」柏托特指著一個黯淡的水晶吊燈，它從行李箱裡伸出來。「回來的時候可以順便拿回基地營嗎？」

薇吉妮亞已經爬上了一個高五斗櫃，把望遠鏡從防水布上的一個洞伸出。「我看到有一個人在廚房裡，」她低聲說。「他在穿外套。」她轉過頭來。「你覺得他是要出去嗎？」

「我們可以繞到前面去看，」達克斯建議。

薇吉妮亞從五斗櫃上跳下來。「快快快，不然他就不見了。」

三個人爬向他們綁在牆上的梯子，爬上去，再從另一頭滑下來，跑進麥西伯伯的公寓，再跑到街上，上下張望，卻看不到鄰居的影子，所以他們又衝到馬路對面，闖進空蕩蕩的洗衣店，趴在臨窗的那排洗衣機後面。

「在那裡！」達克斯說，上氣不接下氣，指著對街。「那個瘦子，他叫皮克林。」

薇吉妮亞和柏托特從洗衣機的上方探出頭來，看見一個又高又瘦的人，穿著破舊的防水外套，從商店旁被木板封起來的門出來，匆匆的走在街上。達克斯突然想起來他跟皮克林說他就住在隔壁，慌得一下子腦筋空白。他希望皮克林仍然相信他是在說謊，不然就是忘掉了他說的話。他正要跟薇吉妮亞和柏托特說，灰色那扇門又打開了。

達克斯趕緊把他們拉下來躲在洗衣機後面。

「那是另一個，」他低聲說。「那是亨弗利。」

「他超大隻的！」柏托特倒抽一口氣，從洗衣機的間隙往外看。亨弗利跟皮克林走的方向正好相反。

「我知道！」達克斯附合他的話。「就是他說要把我烤成肉餅的。」

「等等！」薇吉妮亞看著他。「他們兩個都出去了，現在不就是去看甲蟲跟那座山的最好機會了嗎？」

柏托特嚥了嚥口水。「嗯，那樣不就是闖空門嗎？」

「只要不打破東西就好了啊，」達克斯說，對著薇吉妮亞嘻嘻笑。

「我們又沒有要偷東西，只要我們的動作快，就可以在他們回來之前離開，」薇吉妮亞想讓柏托特放心。

「很危險吔，」柏托特擺明了說。

「危險是本山人的第二個名字。」

「才不是咧，」柏托特嘟嘟囔囔著說，緊張的玩著垂在他的運動外套袖口上的一條線頭。「是溫妮芙才對。」

「好啦，柏托特，」達克斯哄他。「我發誓，你絕對沒看過那種東西，而且搞不好還可以幫到我爸呢。」

柏托特的頭只像蜻蜓點水似的動了一下，而且表情不開心到了極點。

10 甲蟲山

「就是這扇窗。」達克斯在梧桐樹的枝枒間指著上方。「你需要爬到對面的樹枝上，然後跳進去。」他看著肩膀。「巴克斯特，你可以飛上去。」

「我還是覺得不太好。」柏托特緊緊揪著薇吉妮亞。「我不是很喜歡高的地方。」

「你難道不想看？」

柏托特不情不願的點頭。「想啊，可是……」

「你覺得最壞的可能是什麼？我們爬進去，卻發現只是一個茶杯裡有一小撮很普通的甲蟲？」

「不是。」柏托特一臉嚴肅。「是我們摔下來，摔斷了脖子，或是被逮到，結果去坐牢。」

「如果我們被逮到，我們就跟警察說我們去是救達克斯的。他們綁架了他，記得吧？我們會變成英雄。」

「要是**我們**也被綁架了呢？」

「你聽好了，他們出去了——要是他們回來了，我們可以在幾秒鐘之內就從窗戶逃出來，下來這裡，」達克斯跟他保證，盪到樹枝上，再回頭伸手要拉薇吉妮亞。她卻冷笑一聲，雙手抱住最矮的樹枝，兩隻腳走上樹幹，然後變換成坐姿，坐在他旁邊。

兩人低頭看著柏托特，他正跳上跳下，想抓住樹枝，卻搆不著。薇吉妮亞跟達克斯都彎下腰，各自抓住了柏托特的一隻手，把他拉了上去。

「謝謝。」柏托特把眼鏡向上推，道歉似的對兩人笑一笑。

達克斯領頭，爬到面對亨弗利的房間的樹枝上，身體一甩就進了窗戶。甲蟲都躲在茶杯山裡，只露出後腿或是觸鬚，他一看見粉紅色扶手椅仍然卡著門把，就鬆了口氣。

「哈囉，」達克斯低聲說，從地板上站起來。「我回來了。」

巴克斯特輕輕落在他的肩膀上。他能聽到輕輕的走動聲和擦擦聲，別的甲蟲開始從茶杯山出現。

「過去一點。」薇吉妮亞蹲在窗臺上。「這扇窗爬滿了瓢蟲。」

「我看我還是留在這裡好了。」柏托特仍然攀著樹枝。

「來啦。」薇吉妮亞伸出了手，柏托特一躍，撲進了她的懷抱，兩人就從窗戶跌進了地板上。

「對不起，」柏托特低聲說。「只要是爬樹，我天生在身高上就吃虧。」

「這裡面好暗呵。」薇吉妮亞東張西望。

「這裡沒有燈，」達克斯回答她，指著天花板上少了電燈泡的燈。「真可惜沒帶手電筒來。」

一個輕輕的嗡嗡聲回答了他，幾千朵閃爍的黃光飄向了天花板。

「哇！」達克斯抬頭看。

「火金姑吔！」薇吉妮亞驚呼。

「火什麼？」達克斯問。

「螢火蟲啦，」薇吉妮亞說，兩眼發亮。「我們專用的星光。」

「螢火蟲！」柏托特跟著叫。「哇，**牠們**好漂亮呵！」

「歡迎來到甲蟲山。」達克斯得意的走向那座茶杯山，幾百隻甲蟲從杯子裡探出頭來，他開心的看著薇吉妮亞和柏托特的表情。巴克斯特飛起來，落在大葉醉魚草上。

「哇，那些甲蟲**好大**呵！」薇吉妮亞走上前去看個仔細。

「別動！」達克斯指著。「看下面。」

她腳前的地板上像是鋪著地毯，其實不是，達克斯知道，那是活生生的甲蟲爬上爬下織出來的花樣。

「我該怎麼辦？」她問達克斯。

達克斯跪下來。「可以讓我的朋友通過嗎？」他很有禮貌的問。

薇吉妮亞腳邊的甲蟲向後退，開出了一條路。

「太帥了！」她開心的笑，小心翼翼走在達克斯旁邊。

達克斯指指杯子裡的甲蟲，有些裡面還有幼蟲。他在幾個杯子裡看見蔓越莓醬，不同的杯子之間長出了青綠色和牛奶糖色的絲狀菌，讓人簡直看呆了。他抗拒想著去拔的衝動，轉而注意不同的甲蟲會用不同的東西裝飾杯子，像是小樹枝，或水，有一隻杯子裡還有一隻舊襪子！

「等我告訴我哥哥祥恩，他一定會瘋掉，」薇吉妮亞說，凝視著杯子。「看！有一隻**接骨木天牛**吔！」她指著一隻黑色的甲蟲，牠的觸角長得不得了，翅鞘還鑲了明亮的金邊。「這些是瀕臨絕種的昆蟲吔。喔，那裡有一隻鍬形蟲——還有一隻芫菁！這個房間應該變成保護區。」

「嘿，你們兩個……」柏托特的聲音拔高了八度。「救命啊！」他吱吱叫。

「放心啦。他們如果回來了，我們會聽到開門聲的，」達克斯說。

「不是啦，看！」柏托特眼珠子向上翻。「蟲子！」

「我知道。」薇吉妮亞含笑看著上面的螢火蟲。「很神奇，對不對？」

「不是啦！」柏托特哀哀叫。「是我的頭上！」

「哇！那是什麼？」薇吉妮亞高聲叫。「好大隻呵！」

「是嗎？」柏托特的樣子像是要暈倒了。

落在他白金色鬈髮上的是那隻龐大的斑馬紋甲蟲。

「沒關係啦。」達克斯微笑。「那是大角金龜，我昨天才認識牠的。牠不會咬你的。」

「把牠拿走，」柏托特懇求他。

達克斯輕輕的把手伸到柏托特的額頭前，大金龜就爬上了他的手。柏托特癱靠著牆，閉著眼睛，放心的嘆了口氣，等他再睜開眼睛，卻發現一群薄荷綠的薰衣草金花蟲就在他的鼻尖底下在吃一潭潑出來的茶水。他尖叫一聲，慌忙向後跳開。

薇吉妮亞不以為然的發出嘖嘖聲。「別那麼神經兮兮的好不好，你要小心，別踩到牠們。拜託，你難道看不出來這些傢伙有多神奇嗎？」

柏托特低下頭，很不好意思。「對不起。」

「啊！看！糞金龜吔！」薇吉妮亞用手比著。

「唉唷！好噁喔！」柏托特做個鬼臉。「看牠們在推什麼！」

達克斯看見一個褐色的板球從壁腳板上的洞滾出來，由兩隻黃銅色的甲蟲在操控。有一隻非常辛苦，靠前腳支地，用後腳推球，而另一隻則假裝在幫忙，實際上卻是坐在球頂上，搭順風車。

「你覺得是不是人類的糞便？」柏托特問。

「你覺得在樓上這裡會有什麼糞便？」薇吉妮亞咯咯笑，笑柏托特的恐懼。「喔，拜託，誰不大便啊，要是沒有這些蟲子來幫忙處理，我們搞不好早就滿地是大便了。」她看了房間一圈，看見了骯髒的扶手椅，斧頭，椅腳上還有繩子的木椅。「你說的都是真的！」她跟達克斯說。

「你不是說你相信我嗎？」

「我是相信啊——相信一點點啦。」她驚異的搖頭。「可是這也實在是太誇張了。」

「我知道。」他點頭。「我從來沒看過像這樣的甲蟲。」他把大角金龜輕輕放在茶杯山上。「而且牠們需要我們幫忙，牠們現在有危險。」

巴克斯特從大葉醉魚草上飛下來，落在大角金龜附近，向牠爬去，觸角不停抽動，在默默溝通。

「可是……」薇吉妮亞搖頭，「……甲蟲沒有蜂巢意識，牠們不會像你說的一樣，分工合作。」

「這一些搞不好會。」他看著他的朋友們。「這個房間裡發生了很重要的事，我不知道究竟是什麼事，可是我知道我們必須保護這些甲蟲。爸一定也會這麼做的。」

「你要告訴你伯伯這個地方嗎？」柏托特問。

「不知道吔。」達克斯皺著眉頭。「還不要吧。」

「我覺得你應該說，」柏托特小聲的說。

樓下傳來震天響的一聲砰，三個人嚇得面面相覷。

會把人嚇得血液凝固的笑聲傳到了樓上。「**你**又是什麼德性？」亨弗利大聲吼。

「**我**？」皮克林不客氣的說。「拜託你去照照鏡子，你就會清清楚楚的看到你的汗流得像一頭疣豬。」

「你的領帶活像是被猴子吐了香蕉！」亨弗利的聲音從鼻子裡面出來。

表兄弟回來了。

達克斯全身都冒出了雞皮疙瘩。「該走了，」他著急的低聲說。「我們可不想被抓到。」他伸手給巴克斯特，他立刻飛過來。

三人跑到窗邊。薇吉妮亞爬到窗臺上，探出上半身，抓住了樹枝，一盪就跳到了地上。

「要是我抓不到呢？」柏托特害怕的緊緊抓住窗框。

「不會的啦，」達克斯說，「只要身體用力向前推就對了。」

柏托特鼓起勇氣，閉上眼睛，從窗臺往外一躍，雙臂張開，像一隻飛鼠。他超過了第一根樹枝，尖叫著撞上了第二根，死命抓住，唯恐會摔死。

薇吉妮亞不到眨眼的功夫就爬上了樹，抓住了柏托特，幫助他爬下來。

「回基地營去。」她推了他一把。「快點！」

「嘿！」

「你剛才尖叫的聲音跟防空警報一樣，快點爬到桌子底下去，快點，免得我們被發現了。」

柏托特手腳並用爬進隧道。有隻螢火蟲飛到他的面前，為他照路。

達克斯正從樹上爬上來，巴克斯特趴在他的肩上，這時甲蟲山樓下的房間開了一扇窗。那對表兄弟在廚房裡。達克斯嚇得動都不敢動。

皮克林探出了頭。「我絕對有聽到聲音。」

「你聽到了才怪，」亨弗利說。

「不，我聽到了。」皮克林掃瞄院子。「外頭有東西。」

達克斯屏住呼吸。**拜託別看上面……**

「大概是狐狸啦。」亨弗利的頭也伸出窗外，就在皮克林的旁邊。「什麼也看不到——只看到堆滿了垃圾的院子。」

「那些**不是**垃圾！」皮克林大聲喊，砰的關上了窗。

達克斯跳到地上，以最快的速度爬進家具森林。柏托特和薇吉妮亞就在裡面等他。

「走吧，回基地營去，」他說。

「等等！那扇門是通哪裡？」薇吉妮亞指著梧桐樹另一邊的破木門，有一半被一堆家具擋住。

「不知道，」達克斯承認，上氣不接下氣。「我根本就沒注意過。」

「可能通往封閉的商店裡面。」

「那我們就不要走那裡。」柏托特看著達克斯，清楚希望他會同意。「對不對？因為我們就會進到他們家，可是他們現在已經回來了。」

「搞不好鎖上了，」達克斯說。

「也可能沒鎖。」薇吉妮亞歪著頭。「如果我們要保護那些甲蟲，我們就需要把屋子裡每一條可能的逃生路線都摸清楚，以免盧克莉霞．卡特跑來。」

達克斯點頭。「好，我們就去看一看。」

在有人抗議之前，他已經又衝過院子，巴克斯特仍然趴在他的肩上。走到門邊後，他轉動門把，用力一拉。浮脹的木門吱呀一聲離開了門框，達克斯拇指向上比了一比，就溜了進去。

柏托特一看見達克斯消失就忍不住呻吟。

「你留在這裡，」薇吉妮亞說，扭動著從他面前過去。「負責把風。」

「好！」柏托特說，顯然是如釋重負。

「要是你看到他們過來，想辦法引開他們，讓我們有時間逃走。」薇吉妮亞從桌子底下張望。

「等等。」柏托特慌亂的眨眼睛。「要怎樣引開他們？」

「弄出一堆聲音。」她用手一比。「把那堆椅子推倒。」說完她就追著達克斯去了。

柏托特抬頭看著在他的頭頂盤旋的螢火蟲。「我是把風的，」他說。

薇吉妮亞發現自己站在黑白格紋地板上，看著一間汙穢的小廚房。右手邊是無人打掃的馬桶，馬桶前方的地上有一個人孔蓋。

不知道是不是通往下水道，她心裡想，想起了糞金龜。

她跨過人孔蓋，走進廚房。暗色的窗子下方有個洗手臺，光線被外頭的家具擋住了。對面是嵌入式櫥櫃，門上的釘子掛著一件破舊的碎花圍裙。

「達克斯，」她壓低聲音喊，「你在哪裡？」

「這邊。」他的聲音從左邊的拱門傳過來。「過來看。」

他站在商店的正中央，四周是一堆縫紉機的零件。一個粉藍色的招牌——寫著**芬妮・芙魯特編織縫紉大賣場**——倒在破碎的陳列櫃旁，裡頭放著一個覆滿了蜘蛛網的黃色毛線球。在收銀機後面的牆壁上用紅色寫了一個大大的字：**派**。下面還用黑色簽字筆寫了幾個細長的字：**讓你胖！**

到處都有昆蟲生活的痕跡。椅腳被啃蝕，樣子像是燃燒過的火柴棒。黑色的蟲子在凹洞和裂縫裡爬進爬出，忙著自己的營生，在半明半暗的光線中閃著光。

達克斯看著薇吉妮亞的後面。「柏托特呢？」

「在幫我們把風。我們可不想在這裡被抓到。」

達克斯點頭。「要是我們能把那個打開，」他指著商店門，「我們就可以逃到街上了。」他走向大門，拉開了門閂，轉動門把，可惜鎖住了。「你應該不會開鎖吧？」

薇吉妮亞搖頭。

達克斯踮著腳，摸索門框的上緣，停下來，咧開嘴笑，從灰塵和蜘蛛網中拿出了一支鑰匙。

「爸都會把備用鑰匙放在門上面，以免忘記帶鑰匙，」他說。把生鏽的鑰匙插進鎖眼裡，轉動。鎖開了。「吔！」他低呼一聲，把門用力拉開一吋，在門撞到天花板上垂下來的金色小鈴之前就停住。

薇吉妮亞舉起手來，準備要跟他擊掌慶祝。達克斯愣了一秒才明白她是要做什麼，趕緊舉手跟她互擊。他把門關好再鎖上，把鑰匙放回口袋裡，就跟著薇吉妮亞回到廚房。

薇吉妮亞打開了門上吊著圍裙的那個櫥櫃，低聲說：「你看。」門後是一道樓梯。兩人把頭探進了樓梯間，聽見了皮克林和亨弗利的聲音。

「**我**有盧克莉霞．卡特的名片，而且蟲子都是**我的**，」亨弗利大聲喊叫。「蟲子在我的房間裡，所以都歸我。」

接著是砸碎陶器的聲音。

「這裡通往他們的廚房！」薇吉妮亞用嘴形說。

「你忘了一件事吧。」皮克林的聲音酸得好像滴得出醋來。「我們不能打開你房間的門，除非是我記錯了，不然裡面還綁著一個男孩子呢。要是有人報了警，不知道警察會怎麼說？」

「人是**你**綁的啊！」

「喔唷，他可是在**你的**房間裡，而且他可不會忘記你想把他烤成肉餅呢。我**相信**警察一定會很感興趣的——那可是叫謀殺喔。」

亨弗利咆哮。

「我只是在建議我們兩個合作，」皮克林說。「你剛才想把門撞開，可就是撞不開，而我的斧頭也在裡面，也就是說只能爬窗子進去了。所以除非你是想繼續睡在走廊的地板上，你就需要靠我來爬窗子進去。」皮克林的聲音很得意。「要是我進去了，把那個男孩處理掉，那我們**兩個**就要一起跟盧克莉霞．卡特打交道。同意嗎？」

一陣寂靜。

「成交，」亨弗利不甘願的說。「只要讓我把他烤成肉餅。」

薇吉妮亞關上了櫥櫃門。「快點離開吧。」

11 牛頓

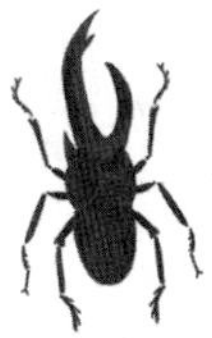

「你跑哪兒去啦？」麥西伯伯從樓上往下喊。「我就正擔心你。」

達克斯招手要薇吉妮亞和柏托特進入公寓。「嗯，沒有去哪裡啦，」他回答，爬樓梯到客廳去。

「哦，沒去哪裡？」麥西伯伯出現在門口。「通常那就表示是很好玩的地方……」他看見了薇吉妮亞和柏托特就打住不說了。「嗨！哈囉！我是達克斯的伯伯，麥西米廉・卡托教授。」他伸出了手。「很高興認識你們。」

「柏托特・羅勃茲。」柏托特跟麥西伯伯握手。

「薇吉妮亞・華勒斯。」薇吉妮亞揮揮手。「我們，嗯，我們來幫達克斯寫功課，因為他是新來的，進度有點落後。」

達克斯瞪了薇吉妮亞一眼。

「啊，真好。」麥西伯伯微笑著後退。

「你幹麼那樣說？」達克斯壓低聲音跟薇吉妮亞說，魚貫經過麥西伯伯面前，進入客廳。

「不然你是想告訴牠我們在做什麼嗎？」

達克斯搖頭。

薇吉妮亞投給他會心的一笑。「我就知道。」

「進來，進來。喔，我看到巴克斯特跟你在一起。達克斯，你沒把兜蟲帶到學校去吧？」

「當然沒有。」

「好。」麥西伯伯兩手握在一起。「唉呀，這樣不是很棒嗎，有客人來。」他的笑容燦爛。「對不對，達克斯？」

達克斯笑得很彆扭，點了點頭。

薇吉妮亞跪下來看放在玻璃瓶裡的船。「你這裡的東西還滿酷的嘛，」她跟麥西伯伯說。

「喔，謝謝，薇吉妮亞，多謝你的誇獎。」麥西伯伯一臉高興。「這些舊東西部分是我在旅行的途中找到的。」他對著四散在客廳裡的各種珍奇物品揮揮手。「這些是亂七八糟的收藏，可是我喜歡。讓我想起去過那裡。」

柏托特盤腿坐在地板上，旁邊是紫色的水煙筒。「看！我是**《愛麗絲夢遊仙境》**裡面的毛毛蟲！」他假裝在抽水煙筒，吐出煙圈。

薇吉妮亞哈哈笑，達克斯也笑著看麥西伯伯。可是麥西伯伯沒在看他，反而皺著眉頭，輕輕朝柏托特接近，俯視著他白金色的鬈髮。「別動，孩子，」他說。「你的頭髮裡有一隻很大的蟲子。」

「又來了！」柏托特哀哀叫，放下了水煙筒。「為什麼蟲子這麼喜歡我的頭髮？」

「別慌，」達克斯說，靠了過去。

「是一隻螢火蟲！」

「很大的一隻，」薇吉妮亞接著說，「肚子好像是一塊燃燒的煤炭。」

「螢火蟲？」柏托特抬頭想看。

「喔，那沒關係。螢火蟲很漂亮！」

「要我抓起來嗎？」麥西伯伯說。

根本不需要。螢火蟲從柏托特的頭髮上起飛，讓他的臉沐浴在金色光芒中。柏托特遲疑的伸出手，讓螢火蟲降落。螢火蟲又長又細，紫銅色翅鞘有金邊，中間有一條白色直紋。牠的臉很小，大顎粗粗短短的，樣子很像八字鬍。

「從上往下看，看不出是螢火蟲，因為光是從牠的腹部發出的，」薇吉妮亞傲慢的說。「要等牠飛你才會看到。這個就叫作生物發光。」

「牠好漂亮喔，柏托特，」達克斯開心的說。「這下子**我們**兩個都得到自己的甲蟲了！」

「我得到了甲蟲？」柏托特的眼睛變得好大。「你怎麼知道？」

「你看牠，」達克斯說。「看牠的嘴巴張開著，牠是在對你笑。巴克斯特有時候也會像那樣看著我。很可愛吔。」

「哈囉，」柏托特對螢火蟲低聲說。「我叫柏托特，你叫什麼名字？」

螢火蟲動也不動，抬頭看著他，對他微笑。

「我叫你牛頓可以嗎？」柏托特說。「他是我最愛的科學家。他發現了光是由各種顏色組合而成的。」

螢火蟲飛上了空中，腹部閃爍。

「這裡的每一個人都有一隻寵物甲蟲嗎？」麥西伯伯氣呼呼的問。

「我沒有，」薇吉妮亞悶悶不樂的說。「真希望我也有。」

「你為什麼不養隻狗，或是兔子？」

「那不夠酷啦，」薇吉妮亞回答他，好像麥西伯伯問的問題有夠笨。

可是麥西伯伯瞪著螢火蟲，達克斯看得出來他有心事。「怎麼了，麥西伯伯？」

「沒什麼，我只是不懂這些蟲子是從哪兒來的。」麥西伯伯抓頭髮。「牠們比平常的甲蟲要大，而且似乎，嗯……似乎是……」

「怎樣？」達克斯向前傾。

「嗯，我也說不上來。大概是我的想像力太豐富了吧。」麥西伯伯搖頭。「腦袋秀逗了，一定是我上了年紀了。」他嘆口氣。「唉呀，看我高興得都忘了禮貌了。真是差勁的主人！你們要喝點什麼嗎？」麥西伯伯看看薇吉妮亞又看看柏托特。「咖啡？薄荷茶？有沒有人想來根甘草糖？」

「薄荷茶就可以了，卡托教授，」柏托特客氣的說。「謝謝。」

「我可以喝柳橙汁嗎？」薇吉妮亞問。

「柳橙汁——好，沒問題。呃，我們剛好沒有了。也許我應該下去佩托先生那兒買點東西。什麼跟柳橙汁最搭啊？」

「餅乾，」薇吉妮亞說。「蛋奶醬夾心的，或是巧克力的。」

達克斯和柏托特都點頭。

「好極了。咳，別讓我耽誤了你們寫功課。我這就出去買東西，立馬就把點心送過來。」麥西伯伯退出了客廳，對每個人都笑得很愉快。

「他人很好，」薇吉妮亞說，確定他走了以後。「我還沒看過有哪個大人那麼高興看到小孩子帶朋友回家呢。」她哈哈笑。

達克斯覺得臉頰變燙了，就改變了話題。「你為什麼要柳橙汁和餅乾？」

「哎，我是不知道你們啦，可是我不喜歡薄荷茶和甘草糖。」薇吉妮亞揚起一道眉毛。「我比較喜歡柳橙汁和餅乾。再說，我們不是需要私底下談一談嗎？那就趕快談吧，趁他不在。」她兩手架在臀部。「首先我想知道柏托特是怎麼給自己弄到一隻甲蟲的？」她瞪著他。「是你捉的嗎？」

「不是！」柏托特一臉驚嚇。「我們離開甲蟲山以後這隻螢火蟲就在隧道裡，牠跟著我們。你們跑進商店裡，我就跟牠說了幾句話，因為……」柏托特看著地板，「……我不喜歡一個人待在黑漆漆的地方。跟螢火蟲講話讓我覺得沒那麼害怕。」他轉向達克斯。「你們回來的時候牠就不見了，我還以為牠飛走了，可是牠一定是躲進了我的頭髮裡。」

「搞不好是牛頓選擇了柏托特，就跟巴克斯特選擇了我一樣，」達克斯說。

薇吉妮亞鼻孔張大哼氣，很討厭他的說法。

「達克斯，」柏托特眨眨眼，「你都怎麼跟巴克斯特講話？」

「我也不知道，就講啊。」

「你能不能教我怎麼了解牛頓，像你了解巴克斯特一樣？」

「我也不是很清楚。」達克斯看著他的兜蟲爬過咖啡桌，皺起了眉頭。「我還真沒想過我是怎麼做的呢。」

「那你是**怎麼**聽懂他跟你說的話呢？」

「牛頓可以給我一下嗎？」達克斯問。

「好啊。」柏托特把彎著的手伸向達克斯。

達克斯輕輕抓起牛頓，把它放在掌心上，舉到眼前。「哈囉，牛頓，很高興認識你。」

螢火蟲張開翅膀，對著達克斯亮起腹部。

「喔，謝謝。」達克斯對螢火蟲點頭，仔細看著他的臉和胸部。「柏托特，我覺得牠是用腹部在溝通吔。你來看。」他回頭看螢火蟲。「你可以閃一下表示是，閃兩下表示不嗎？」他問。

螢火蟲閃了一下。

薇吉妮亞和柏托特都倒抽一口氣。

「太神奇了！」柏托特樂得吱吱叫，顯然無法壓抑心裡的激動。

「巴克斯特用身體跟我說話，」達克斯說。「牠的角會搖或是會點，觸角會抖，或是搖他的腳。如果你很仔細看，你就會了解。」

柏托特佩服得不得了。他伸出手去把牛頓要回來。

「我在大賣場找到了一道樓梯，」薇吉妮亞說，急著想講別的事情，「通到樓上的公寓，達克斯還找到了大賣場的大門鑰匙。」

「我們聽到他們說話，」達克斯跟著補充。「他們以為我還被綁在亨弗利的房間裡。他們打算要從窗戶爬進去，把我處理掉，再把甲蟲賣給盧克莉霞．卡特。不知道等他們發現我不在樓上，他們會有什麼反應？」他微笑。

「他們笨死了，大概會以為是甲蟲把你吃掉了！」薇吉妮亞哈哈笑。她看著隔開麥西伯伯和隔壁鄰居公寓的那面牆，牆上全都是塞滿了書的書架。「一想到那麼多甲蟲就在這面牆的另一邊，感覺還真詭異。我是說，當初牠們是怎麼進去的？」她轉頭看達克斯，若有所思。「如果盧克莉霞・卡特跟你爸失蹤**真的**有關係，而她跟你爸的關係**又跟**甲蟲有關，**你的**隔壁又住了一座超級甲蟲山，你不覺得很詭異嗎？」

達克斯的眉毛揪在一起。他倒沒有這麼想過，可是這麼多巧合也確實不太可能。「可是我才剛搬過來幾個星期啊，」他說明。「甲蟲住在隔壁一定很久了，看那座山有多大就知道了。」

「你伯伯住在這裡多久了？」柏托特問。

「喔，好幾年了，我還沒出生他就住在這裡了。」

「甲蟲會不會跟他有什麼關係？」柏托特問。

「不知道。」達克斯聳聳肩。「他每次看到巴克斯特確實都怪怪的。」

「我們應該問他，」薇吉妮亞說。

「如果要問他，不就要跟他說我們闖進了隔壁的房子？」達克斯反問。

「那再說吧，可是你真的應該問問他更多盧克莉霞・卡特的事。要是你伯伯認為她跟你爸被綁架有關，意思就是他們一定認識。」

「我問起她，他都會閃爍其詞，我覺得他瞞著我很重要的事情。像是，在博物館裡他跟瑪格麗特說，別提爸的工作快給別人了。他覺得如果跟我說實話，我會受不了。」

「笑死人了，」薇吉妮亞冷笑著說。「什麼都不知道才更糟糕呢。」

「還用說，」達克斯嘆著氣說。

「那我們就再試一次，我們三個，一起。等你伯伯買柳橙汁回來以後，我們一起問他。」

彷彿是聽到了入場的信號，麥西伯伯在樓下用鑰匙開門。五分鐘後，他用托盤端著柳橙汁、餅乾、給柏托特的薄荷茶進來了，放在咖啡桌上。

「謝謝，卡托教授，」薇吉妮亞說，拿起一杯果汁，向他露出天真的笑容。「達克斯剛才跟我們說他爸爸失蹤了，還說你們兩個要解開這個謎。聽起來好像很刺激。」

「嗯，我不會說是——」

「柏托特跟我也想幫忙，對不對，柏托特？」

「喔，對！」柏托特熱心的點頭，一面伸手去拿餅乾。

「你們真的很好心，可是——」

「我們聽說了到博物館去的事，」薇吉妮亞說，想說動麥西伯伯，「也聽說了達克斯是怎麼找到老花眼鏡的，還有那個拄手杖的女士出現；結果你知道嗎？柏托特知道她吔，對不對，柏托特？」

「對，盧克莉霞・卡特。」柏托特點頭。「每一本雜誌都有她——他們叫她是時尚界的瘋狂科學家。」

「咦，是嗎？」麥西伯伯的樣子活像是房間裡有什麼臭味。「嗯，既然帽子合適那就戴上唄……」

「可是我們在想……**你**是怎麼知道她的？」薇吉妮亞問。

「你說什麼？」

「我不是要故意沒禮貌，卡托教授，可是我不覺得你會是一個注意伸展臺和時裝雜誌的人吔。」

「薇吉妮亞！」柏托特責怪她。

「所以，我就在想，」薇吉妮亞接著說，「你在博物館裡看到盧克莉霞・卡特，你是怎麼認出她來的？」

麥西伯伯張大了嘴巴，又趕緊閉上。

「對啊。」達克斯向前傾。「你是怎麼認出來的？」

「你認識她嗎？」薇吉妮亞不依不饒，咬了一口餅乾，等著他回答。

麥西伯伯看著三個小孩，然後重重嘆口氣，坐在沙發上。「唉，其實呢，沒錯，我是認識她，以前。」

「是在她出名以前嗎？」薇吉妮亞得意的斜睨了達克斯一眼。
「對，對。」麥西伯伯拉拉耳垂，看著遠方。
「你們是怎麼認識的？」達克斯問。
「巴弟介紹的。」麥西伯伯承認了。「他在派對上介紹我們認識的。」
「可是爸怎麼會認識盧克莉霞．卡特的？」達克斯問。
「他們是在大學裡認識的。」
「爸跟盧克莉霞．卡特念同一所大學？」
「可以這麼說。」麥西伯伯搖頭。「那是很久以前的事了，達克斯。你父親跟那個女人有超過十五年不說話了。」
「那她為什麼會跑到博物館去？」達克斯問。「爸失蹤的房間為什麼會刻著她的名字？」
「達克斯，要是我知道這些問題的答案……我早就跟你說了。」
「達克斯的爸爸跟盧克莉霞．卡特在大學裡做的東西……」薇吉妮亞說，「……是不是跟甲蟲有關？」
麥西伯伯眨眨眼，思索著該如何回答。「巴弟的專長是甲蟲，可是盧克莉霞．卡特是另一種科學家，遺傳學家。我覺得她會對甲蟲感興趣是因為認識了巴弟。他對甲蟲的熱情很有感染力——他只要一開口，你絕對會聽得入迷。」

「那你呢？」薇吉妮亞問，身體向前靠，又拿了一塊餅乾。「**你**跟甲蟲也有什麼關係嗎？」

「沒有。」麥西伯伯搖頭。

「那你的公寓裡從來沒有出現過甲蟲嘍？」達克斯問。

「我……呃，嗯……」麥西伯伯非常不自在的樣子。「唉呀！餅乾快吃完了。」他跳了起來，匆匆離開客廳。

「你說得對，達克斯。他有事情沒告訴我們，」薇吉妮亞低聲說。「明明就還有一大堆餅乾。」

「他沒把你爸跟盧克莉霞．卡特的關係說清楚，」柏托特說。「一定不止是在大學認識，還愛聊甲蟲而已。」

「對，我們需要再多挖一點。」薇吉妮亞點頭。

「我知道該怎麼做。」達克斯站了起來，一手插進長褲口袋裡，掏出一張白色的長形卡片。「我來問諾娃．卡特。」

「你要到陶靈大宅去？」薇吉妮亞的眉毛倏的向上飛。

達克斯點頭。「星期六早上。」

「達克斯！」柏托特驚呼。「那樣太危險了，而且她可能什麼都不知道。」

「對，」薇吉妮亞歪著頭，「可是，**也有可能**她知道。而且我敢打賭她可以跟我們說別的事情——像是她媽媽**到底**為什麼要那些甲蟲。」她看著達克斯。「不過，你可不能信任她。她是敵人的女兒。她可能會騙你——搞不好還會把你交給她媽媽。」

「我不怕她，」達克斯說，頭髮都豎起來了。「如果盧克莉霞・卡特跟爸失蹤有關，那我一定要弄清楚。」

星期四、五放學後，達克斯、柏托特和薇吉妮亞到基地營去忙。他們畫了一張家具森林的地圖，貼在一個衣櫃的後面，標出了他們在基地營四周設的陷阱，萬一敵方陣營接近，就會啟動警報系統，那是用瓶蓋串在繩子上，一拉扯就會嘎嘎響。

日子就在清掃、建築、計畫之中匆匆度過。牛頓在柏托特的頭髮上找到了永久的家，而一隊螢火蟲——牛頓的親戚朋友——也跟著牠離開了大賣場，住進了基地營。

星期六早晨到了，柏托特和薇吉妮亞在大賣場外會合。

「你戴了蝴蝶結！」

「你不喜歡嗎？」柏托特看著自己的胸口。

「有點花俏吧？」

「跟我的背心很搭啊。」

柏托特從鏡片後打量她的衣服，很不以為然。

薇吉妮亞低頭看著自己的紅色運動服。膝蓋部分褪色了，鬆垮垮的，是她姊姊莎琳娜傳下來的。她把柏托特朝大賣場門口推。「走了啦，快點把門打開，免得被別人看到。」

他們用鑰匙開門進去，鬼鬼祟祟穿過商店，從另一邊出去，鑽進家具森林裡。進入隧道之後，他們就循著熟知的路徑到基地營去。雜亂無章的牆壁上閃著亮光，上千隻螢火蟲定居在柏托特縫在防雨布頂篷上的大吊燈裡，放出光芒來迎接他們。

薇吉妮亞把架上的油燈拿下來，擺在桌上，點燃了燈芯。柏托特坐在他的工作臺上——是兩個箱子架著的一塊鐵板——薇吉妮亞坐在沙發上，拿著達克斯的甲蟲書。

「這本書真好玩，」她說。

「可是你覺得達克斯全都看過了嗎？」

「誰知道。怎麼了？」

柏托特正在弄新的陷阱。老爺鐘的鐘擺要設置在隧道裡折疊桌的後面，如果有誰跟蹤他們進來，就會被鐘擺打倒。

「這裡有一章……」薇吉妮亞欲言又止。

「怎樣？」柏托特把螺絲起子放下來。

「說的是甲蟲的平均壽命。」薇吉妮亞皺著眉頭。「不是很

長。」

柏托特抬頭看著牛頓，以及在他頭頂上閃爍的那一朵螢火蟲雲。「我不想知道，」他說，又拿起了螺絲起子。

薇吉妮亞嘆口氣，把書放下，走過去看他們貼在地圖上方的報紙和雜誌剪報，全都和盧克莉霞．卡特有關。她瞪著一張諾娃和她母親走紅毯的照片。「不知道達克斯怎樣了，他現在應該到陶靈大宅去了。」

「我還是覺得我們應該跟他一起去，」柏托特說。

「我也是，」薇吉妮亞說，「可是他不想讓我們去。」

達克斯在攝政公園下了公車，沿著欄杆走。左手邊的樹和公園一直向倫敦動物園的門口延伸。對面的馬路矗立著豪華的獨棟白色房屋，有的有名字，有的有號碼。他一直走，最後來到一幢富麗堂皇的樓房前，大柵門上方寫著「陶靈大宅」，他這時才猛的想到他不知道要跟諾娃．卡特說什麼。

院子有圍牆屏擋，大約和達克斯的身高差不多。牆後有大約八呎高的銅山毛櫸樹籬遮住了房屋。大柵門的門柱上有對講機。通過柵門，白色碎石車道彎向房屋的左邊。

前院在右邊，鋪著黑白雙色的石板，很像是棋盤，巨大的花盆圍繞著光亮的黑色門，花盆裡紅色百合怒放著。

達克斯來回踱步，自言自語，想要找個好辦法問諾娃．卡特，她的媽媽是不是綁架了他爸。各式各樣荒唐的句子從他的口中溜出來。他咒罵自己沒跟薇吉妮亞和柏托特先練習幾遍。

他穿過馬路，從柵門的欄杆間看過去。他甚至連該跟對講機說什麼都想不出來。這樣可不行。他得回基地營去問薇吉妮亞和柏托特該怎麼辦。他朝公車站牌走了兩步，忽然僵住。前方，皮克林和亨弗利正筆直朝他走過來，一個穿黃色套裝，一個穿紫色的，可笑極了。想也不想，達克斯就攀住牆頭，用力翻過牆，跳進了陶靈大宅的銅山毛櫸樹籬裡。他能聽到那對表兄弟在吵架。

「你最好別毀了這樁買賣，亨弗利。」

「少囉嗦，皮克林，別讓我後悔帶你一起來。」

「我們已經說定了。我不是幫你開了條路了嗎？」

達克斯屏住呼吸，聽著聲音接近。他的脖子被灌木叢刮傷了，可是他動都不敢動。

他聽見了對講機嗡嗡響，兩人報上了姓名。黑門打開，一點聲音也沒有，一個管家走出來，他的黑色頭髮向後梳，表情像是家裡死了人。他走向柵門，步伐僵硬穩定。

「我們跟盧克莉霞．卡特約好了，」亨弗利大聲喊。

「甘寶先生與里斯克先生，是的，我知道，」管家以法國腔回答。他現在走近了，達克斯才看清楚他的灰色眼睛底下有黑眼圈。

「沒錯。」亨弗利挺起了胸膛，皮克林一個勁兒的點頭。管家鍵入號碼，打開了柵門，表兄弟兩人跟著他穿過前門，門隨即關上。

達克斯從樹籬的另一邊鑽出來，渾身都是刮傷。他面對房屋而立。單獨一個人來實在是大錯特錯。他需要回去基地營。

他跑向柵門，可是門關上了。他挫敗的拉扯欄杆；他不是得爬過去，就是得回去鑽樹籬，弄出更多的刮傷來。他正爬柵門爬到一半，就聽見後面的門開了，有人說：「喂！孩子。」達克斯全身僵住。是法國腔：那個管家回來了。「下來。」達克斯乖乖聽話，卻沒有轉身。「小姐現在要見你。」

達克斯扭過頭去。「**我**？」

「對，**你**。」

「可是我沒跟她約時間啊，」他結結巴巴的說。

「你不需要。你是受邀的客人。」管家的表情像一片白紙，眼睛也眨都不眨。「來吧，孩子。你難道不知道不該讓女士久等嗎？」

達克斯拖著沉重腳步走向盧克莉霞．卡特家的門，心臟用力撞著肋骨。

12 陶靈大宅

管家護送達克斯進入陶靈大宅。這裡像白色大教堂，偶爾會看見擦得晶亮的鋼鐵，光澤的黑色燈具和紅色的地毯。達克斯覺得很像是現代藝術畫廊。他被帶著走向一道彎曲的樓梯，爬了兩層才到三樓，經過的平臺都陳列著玻璃和鋁製的球狀雕塑。

管家指著前方平臺上的一扇門，達克斯走上前，管家則向後退，消失無蹤。達克斯敲門，一顆心都快跳出喉嚨。沒人回應，所以他就輕輕一推，門開了。

「哈囉？」房間裡黑漆漆的。

「我知道你來了。」黑暗中傳出了說話聲。

「你知道？」達克斯伸長了脖子想看清是誰在說話。

聚光燈亮起來，照亮了房間中央的波斯地毯。

「我們兩個第一次眼神交會，我就知道你會追隨我到天涯海角。」

諾娃．卡特踏入光圈之中。

她穿著白色及地長禮服，白金色鬈髮框著她的臉，肩披著鴕鳥毛長圍巾，用纖纖玉手的手背貼著額頭，羽毛圍巾的另一頭掉在地上。

達克斯鬆了一口氣，向房間裡走，把圍巾撿起來，張開口要說話。

「不，」她低聲說，用手摀住了他的嘴。「別說。我們兩個是不會有結果的。我已經名花有主了。」

「**嗄**？」

「別假裝你不愛我。」諾娃握緊雙手，舉在胸口，好似她的心臟想飛走。

「抱歉，可是……」達克斯把圍巾放下，向後退，「……你、你、你搞錯了——」

「你這個沒心沒肺的冤家。」她直勾勾看著他。「你的眼睛，」她伸出了雙手，「在呼喚我。」

「有嗎？」達克斯拖著腳向門口退。「我不是故意的。」

「你不能走。」諾娃忽然跪倒，哭了起來。

「呃，拜託別哭。」達克斯緊張的東看西看。「我相信你是非常好的一個人……可是，呃，我又不認識你。」

「我是諾娃．卡特，」她哽咽著說。

「我知道你的名字。」

「你把我的名片撿起來了？」

達克斯點頭，心裡在猜現在是不是提起甲蟲的好時機。

「而你來了這裡。」諾娃的眼睛閃著淚光。「為什麼？」她低聲說。

「聽起來可能很奇怪……」

「你不需要解釋，」她說，跪行著靠過來。「你是來救我離開這座牢獄的。」

「你被監禁了嗎？」達克斯緊張的四下張望。房間覆著窗帘，黑漆漆的。他看不見窗戶是不是有鐵窗。

「我們一起逃走吧，到非洲去。我們可以獵獅，在星光下露宿，」諾娃以夢幻的聲音說，跪行著越靠越近。

「你為什麼說一堆莫名其妙的話？」

「喔，達令！」她抱住了達克斯的腿。「你愛我，我知道你愛我！」

達克斯驚慌失措，想掙脫她的手，情急之下失去平衡，反而跌在地上。

「放手！你在幹什麼？」

「說你愛我！」她哭喊，緊緊抱著他的腳踝。

「不要，我才不要。走開！」達克斯很不高興的喊。「我**不**愛你。」他想爬開。「我本來是想請你幫忙的，可是你顯然是頭殼壞掉了。」

「用不著這麼粗魯，」諾娃很不客氣的說，放開了他。站了起來，撢了撢衣裳。「你至少應該要**假裝**一下你愛我。」

「可是我根本就**不**愛你啊！」

「我聽得很清楚，你不必再說第二遍。」她轉過身。「沒必要在傷口上灑鹽。」

達克斯從來沒有這麼迷惑過。

「我看見你站在對街，一臉的相思……」

「我**沒有**相思……」

「……我還以為你來見我是因為我送給你的飛吻。人家還換上了最好的一套衣服呢。」她撫平了緞料裙子。「我看見你在那兩個怪人進來的時候躲進樹籬裡，我覺得好浪漫喔，所以我才叫傑拉德去叫你進來。」

「傑拉德？」

「我們的管家，」諾娃說。「我以為你是來告訴我你愛我的。」她撿起了羽毛圍巾。

「我不是因為這個來的……」

「顯然不是。」

「是你媽，是這樣的，她想買我鄰居家的甲蟲——」

「她不見小孩，她根本不喜歡小孩。」諾娃走向門口。「不過我會通知傑拉德你是來見她的。」

「不，等等，」達克斯在後面喊。「我是來找**你**的。」

諾娃發出了氣惱的嘆息，忽的轉過來。「快點決定。」

達克斯站起來。「我需要妳幫忙。」

「真的？」諾娃譏誚的說。

「對。」達克斯走向她。「請聽我說。我爸……」他謹慎的遣詞用字，「……失蹤了，我覺得可能跟我在隔壁發現的甲蟲有關係，而你媽媽想要買那些蟲子，所以——」

「甲蟲？噁！」諾娃皺了皺小小的鼻子。「噁心骯髒、到處亂爬的東西。」

「那些甲蟲很特別，而且如果牠們跟我爸失蹤有關，那我一定得保護牠們。」達克斯看得出來她懶得再聽了。「我想你也許可以查出更多的線索，或是勸你母親不要去動那些蟲子。」

諾娃發出一連串難聽的笑聲。「睜開你的眼睛，小子。」

「我有名字。」

「什麼名字？」

「達克斯。」

「那好，達克斯，」諾娃斜著走向電燈開關，「仔細看看。」剛才還隱藏在黑暗中的牆壁，現在突然明亮了起來。

達克斯旋轉了一圈。他是在一間貼著橡木鑲板的圖書室裡，到處是皮面精裝書和堅固的木家具。壁爐上掛著一幅氣勢不凡的肖像，旁邊是一張飽滿的皮椅。壁爐架上有一塊琥珀，琥珀中心是一隻長角的甲蟲，樣子就像是一隻迷你公牛。

諾娃順著他的視線望過去。「那是**牛犄閻魔金龜**。」

「嗄？」

「是糞金龜的一種，牠可以拉動比自己的體重重一千倍的東西，」諾娃的語氣很無聊，「就等於你拉動六輛倫敦公車。牠是全世界力量最大的昆蟲。」

「好漂亮喔，」達克斯說。「真可惜他死了。」

「瑪泰到非洲狩獵的時候捉到的。她把牠浸到樹脂裡，做成了紀念品。」

「誰是瑪泰啊？」

「你都不念書的嗎？」諾娃嗤之以鼻。「**瑪泰**是拉丁文的母親。盧克莉霞・卡特不喜歡被人叫媽媽，除非是用拉丁文。」

「你不叫她媽媽？」

「對，」諾娃回答，清楚表示這段對話到此為止。

達克斯換個話題。「她去狩獵甲蟲？」他心裡想狩獵甲蟲是不是就跟捉昆蟲一樣。

「一年一次，」諾娃說。「她總是會帶新的品種回來收藏。」

「是不是就是自然歷史博物館的那些？」達克斯問。

「哈，才不是。那是她贊助的，可是東西不屬於她。她身為贊助人，可以決定讓誰看，還可以查出他們是在研究什麼。**這裡**才是她放私人收藏的地方。」

「那是誰啊？」達克斯指著肖像。

「那是**查爾斯・達爾文爵士**，葛瑞琛父子的作品。是由金龜子的胸部和翅鞘做的。」聽諾娃的語氣她好像是在念教科書。「那些抽屜裡，」她指著一個很深的櫃子，占據了一整面牆，「是一九〇三年的卡爾森鞘翅目標本蒐藏，包括了東亞的甲蟲。」

達克斯拉開了一個扁平的木抽屜，裡頭有幾百隻色彩鮮豔的甲蟲排成一列又一列。每一隻的右翅鞘都插著大頭針，就跟博物館裡的標本箱一樣。

「地毯和窗帘，」諾娃扮起新聞主播，用唱歌式的聲音誇張的說，「是由蠶絲織成的，用胭脂蟲的血染色；胭脂蟲並不是甲蟲，很多人都誤解了。」

達克斯環顧四周。這個房間，掛著厚重的紅窗帘，擺著褐色皮扶手椅，比博物館那個房間要富麗堂皇多了，可是認真說起來還是一樣——都是放滿了甲蟲屍體的房間。

「這裡面，盧克莉霞・卡特的私人圖書館裡的每一本皮面精裝書，」諾娃繞著房間跳起舞來了，「都是極其珍貴的科學收藏，摹畫出了甲蟲進化史。」

「這麼多甲蟲的屍體，」達克斯小聲的說。

「對，害我起雞皮疙瘩，」諾娃說，恢復了正常的聲音。「可是我寧可牠們是死的也不要是活的。」

「你怎麼能這麼說？」達克斯驚訝的問。「甲蟲很奇妙吔。」

諾娃的眼睛鼻子都擠在一起。「才怪。牠們都是到處亂爬的噁心東西。」

「你看的角度不對。」

「我每天都會看見一大堆的甲蟲，不勞你指教。」

「死的？」

「當然是死的啊，笨蛋。」諾娃氣惱的嘆氣。

「可是我不懂。你既然不喜歡甲蟲，為什麼把我帶到這裡來？」

「因為這個樓層以上的房間都不准訪客進入，而瑪泰在樓下有客人。我能瞞著她使用的房間只有這一間。」

「她已經有這麼多的甲蟲了，為什麼還要更多？」

「誰知道。」諾娃聳聳肩。「瑪泰是很認真的收藏家，她簡直是走火入魔。我每天都要上一堂昆蟲課，她說對我的未來很重要，所以我才會知道牠們的拉丁名。」

「她是想把我的甲蟲怎麼樣？是要插上大頭針，放進抽屜裡嗎？」

「誰知道。大概吧。」諾娃草草點個頭。「除非是工作上需要。」

「她是甲蟲殺手嗎？」

「你真的很笨吔，」諾娃吃吃笑。

達克斯也微笑。「謝謝。」

「瑪泰擁有卡特女裝，你知道，有金龜子商標的？」

達克斯點頭。「柏托特跟我說了，可是時裝跟甲蟲有什麼關係？」

「誰是柏托特？」

「我的朋友。」

「喔。」諾娃吸了吸鼻子。「卡特女裝是全世界最大的時尚品牌，設計服裝和別的東西，而瑪泰所有的產品的祕密原料都來自於昆蟲。算了，說這個很無聊。可是精采的來了，她現在也開始投資電影。已經成為電影製片了，而我會變成一位超級巨星。我已經演出第一部電影，還獲得某個獎提名呢。」

「真的？」

「我難道看起來不像明星嗎？」諾娃轉過身，扭頭回望，給了他一抹炫目的好萊塢笑容。她擺出這個久經練習的姿勢，定住不動，時間長得嚇人。

「大概吧。」達克斯抓抓頭，看了房間一圈。「可是我不懂這跟我的甲蟲有什麼關係。」

「誰在乎？甲蟲很無聊。」諾娃走向窗戶。「達克斯這個名字很適合情人。你應該不是馬廄的小廝吧？在故事裡，馬廄小廝總是會拯救美麗的少女，而到最後小廝會變成王子。」

「不是，我到學校念書，跟所有的男生一樣。」達克斯從鼻孔出聲。

「你確定你不想吻我嗎？」諾娃說，把臉藏在窗帘後又露出來。

「不想。」

「一點都不想嗎？」

「喂，你人真的很好，可是——」

「喔，你真是無聊死了！」諾娃沮喪的兩手拍著裙子。「你幹麼還不走？」

達克斯不理她。「你看見的那兩個怪人——就是他們的房子裡有甲蟲。他們是來把甲蟲賣給你母親的。」

「那一定是很不尋常的數量，」諾娃詫異的說。「瑪泰沒做防治病蟲害這一行啊。」

「是她請他們來的，」達克斯說，「就在你看見我在窗口的那天……」

「我還奇怪怎麼會跑到那種恐怖的街上呢。」

「……你還把卡片丟在地上給我。」

「聽你說得好像是**我**愛上了**你**似的。」諾娃生氣了。「我才沒有。我是在**練習**談戀愛。那是有差別的。」她握緊了拳頭。「那對我的表演很重要，而且你連陪著一起演的禮貌都沒有！」她怒沖沖走開，一屁股坐進大扶手椅裡。「你顯然覺得我一點也不漂亮，因為你滿腦子只想要談噁心的蟲子。」

「拜託你別生氣。」達克斯走向她的椅子。「我只是想找到我爸。」

「哼，我又不知道他在哪裡。」

「問題是，那些甲蟲……我覺得跟我爸失蹤有點關係。牠們跟普通的甲蟲不一樣——牠們很特殊——所以我才想要保護牠們。有一隻，巴克斯特，是我最要好的朋友。」

「你最要好的朋友是一隻甲蟲？」諾娃冷笑著說。

「對。你要不要見見牠？」達克斯跪在她的腳邊，摘掉了背包，把巴克斯特的果醬瓶拿出來。

「活的！」諾娃縮進椅子裡。「喔不！我不喜歡。把牠弄走。」

達克斯把蓋子打開，把巴克斯特放在他的手上。「牠不會咬人。」

巴克斯特掀起了翅鞘，直接飛回玻璃瓶裡。

「牠會飛，」諾娃說，很是驚奇。「我還沒見過會飛的甲蟲呢。」她向前傾。

「牠通常都滿高興坐在我的手上的，」達克斯說，覺得很困惑。

「也許是因為牠不喜歡我？」諾娃哀怨的說。

「可能是這個房間。」達克斯左看右看。「擺滿了甲蟲的屍體。換作是你也不會喜歡待在一個到處是死人的房間裡吧？」

諾娃搖頭。

「沒關係啦，巴克斯特。諾娃是朋友。」達克斯轉動玻璃瓶，伸出了手。巴克斯特動也不動。「出來嘛，來打聲招呼，然後你就可以馬上回到瓶子裡，我會把你安全的放回背包裡。我保證。」

諾娃笑著看達克斯跟甲蟲說話，可是一看到巴克斯特向外爬，踏上了他的手，她的笑聲就嘎然打住。

「甲蟲聽不懂人說的話，」她說，非常震驚。

「沒錯，」達克斯說，把手伸到諾娃面前。「普通的甲蟲不會，可是我早說過——這些不是普通的甲蟲。」達克斯用手指撫摸巴克斯特發亮的翅鞘。「跟巴克斯特說哈囉。」

「別傻了。」

「就假裝你是在演電影，巴克斯特是一位從戰鬥中歸來的英俊軍人。」

「可是牠是隻蟲啊。」諾娃簡直是嚇壞了。「一隻長了角、又大又醜的蟲。」

「你不是說自己是演員嗎？」

諾娃噘起嘴巴。「好啦，好啦，給我一分鐘。」她沉回椅子裡，閉上眼睛，深吸一口氣。等她再睜開眼睛，她坐直了身體，低著頭，眼睫毛搧啊搧的，用美國腔說：「認識你真是榮幸啊，巴克斯特班長。我聽說了好多你作戰時的英勇故事呢。」

巴克斯特的角往下點。

「牠鞠躬了！」諾娃驚訝的看著達克斯。

「牠是在回禮啊。」達克斯微笑著說。

「你覺得牠會願意為我飛一圈嗎？」諾娃問，非常興奮。

「有什麼不願意的呢。」達克斯跟兜蟲低聲說話，食指在空中劃了一圈。巴克斯特張開了翅膀，跳上空中，翅膀振動得很大聲，好像是遠方有引擎在隆隆響。

諾娃開心的哈哈笑。「我可以摸摸看嗎？」

「我相信牠是不會介意的。」達克斯笑嘻嘻的讓兜蟲降落在他的手上。

諾娃伸出手，輕輕摸了摸巴克斯特的胸部，接著又摸了牠的獨角的尖端。「唉唷！好像針頭喔！」她高聲叫，把一隻手舉到達克斯的面前。「我可以嗎？」

巴克斯特已經爬上諾娃的手掌了。

「我覺得牠喜歡你。」

「真的嗎？」諾娃對達克斯微笑。「哇，牠很重吔。」

巴克斯特舉起翅鞘，展開了下翅，躍上空中，繞著達克斯和諾娃飛了一個八字形，然後又回到她伸出來的手上。

「牠真的喜歡我！」諾娃笑得好開心。

達克斯把瓶子靠過去，巴克斯特就爬了進去。「看吧，我最好的朋友**真的是**一隻甲蟲，」他說，把瓶子放回背包裡。「你現在相信我需要你幫忙了嗎？」

「相信，可是**我**不能幫你。我是說，我能怎麼幫？」

「你知不知道你媽媽是不是認識我爸？他叫巴索勒繆．卡托，在自然歷史博物館工作。」

諾娃聳聳肩。「她確實是認識博物館裡的人，可是我不知道認識誰。我也沒聽過這個名字，不然我會記得，因為聽起來跟我的姓差不多。」她好奇的看著他。「你也姓卡托嗎？」

達克斯點頭。「卡特。卡托。」他把兩個姓氏唸出來。「你的姓聽起來短促一點。」

「卡特不是瑪泰的真名，你知道嗎？」

達克斯搖頭。「那她的真名是什麼？」

「露西．強斯登。這個名字聽起來不是比較親切嗎？我出生以前她就把名字改成了盧克莉霞．卡特，那時她的事業也剛起步。『卡特』的意思是創造出新款式服裝的裁縫。對時裝設計師來說是好名字，可是我覺得露西．強斯登這個名字美多了。」

「嗯，不管你媽媽認不認識我爸，我還是得知道她為什麼想要那些甲蟲，還有她是打算要做什麼。」

「瑪泰是你的敵人嗎？」諾娃問，眉頭糾結。

達克斯在回答的時候覺得臉頰好燙。「我也不知道。如果你跟她解釋一下她為什麼不應該殺掉那些甲蟲……」

諾娃搖頭。「她想要什麼的話，誰也阻止不了。你看巴克斯特這麼神奇，如果讓她看到了，她會把牠做成紀念品，就跟可憐的**牛犄閻魔金龜**一樣。」

剎時間達克斯明白了，他把巴克斯特帶進這棟房屋裡，簡直是拿兜蟲的安危開玩笑，他的背脊立刻襲上一陣寒意。

「我該走了。」他把背包背好。「喂，我了解你為什麼不能幫我們，可是如果你能幫我和巴克斯特偷偷溜走，我這一輩子都會是你的朋友。」

「我從來都沒有朋友。」諾娃把「朋友」兩個字說得像是什麼沒學過的外國語。

「你總有同學吧？」

「我不上學。」她搖頭。「我有家教，波佑女士。」

「那，我現在是你的朋友了，巴克斯特也是你的朋友，」達克斯說，「如果你幫我偷偷溜出去，我們就有了祕密了，那我們的友情就更不一樣了。」

「祕密？喔，好，我喜歡。」諾娃跳了起來。「朋友比情人好。」

「好多了。」

「為什麼？」

「要是瑪泰知道我們是朋友，她一定會禁止的。」諾娃的眼睛閃呀閃的。

「她說我不需要朋友，因為等我出了名，每個人都會搶著當我的朋友。」

「那種朋友才不是朋友哩。」

「你覺得出名很可笑嗎？」

「一個人出名，應該是因為做了什麼非常好的事，或是非常不一樣的事，像是攀登聖母峰或是登陸火星，」達克斯說。「如果你是個有名的探險家，那我就覺得你很了不起。」

「那間諜呢？」諾娃問，一臉的惡作劇。

「間諜？」

「你不想知道瑪泰跟你的鄰居在計劃什麼嗎？」

達克斯點頭。

「那，只有世界知名的間諜能幫你了。」她投給他極其神祕的一眼，走向書架，抽出一本紅色大書。而書架所在的那面牆居然向後滑開了。

「你們家裡還有密道？」達克斯驚訝得下巴合不攏。

「如果你知道在哪裡，就不叫密道了，」諾娃說，踏進了書架間的裂口裡。

13 白廳

「這是傭人走的通道，」諾娃跟他說明，同時圖書室的書架也默默恢復原狀。「陶靈大宅有八層樓，每一層都有暗門和密道。我的房間在五樓，從我的衣櫃後面就有通道可以出去。」

達克斯跟著諾娃走在狹窄的走廊上，心裡一陣興奮。傭人的通道灰濛濛的，完全是為了工作需要，以落地燈照明，跟房屋的正面相比，實在是強烈的對比。

他們來到一扇有門把的銅柵門前，那是古式的電梯，達克斯在電影裡看過。

「進去。」

他乖乖照做，諾娃一俯身，把柵門關上了。電梯嗡嗡響，向下移動。

「我們要去哪裡？」達克斯問。

「白廳，是瑪泰的辦公室跟她接見客人的地方。你的朋友應該在那裡。」

「他們才不是我的朋友呢，」達克斯說。「他們是我的敵人。」

「你真幸運，有真正的敵人，」諾娃嘆氣。「我卻得要自己捏造。」

「絕對不能讓他們看到我。」

「放心吧。」諾娃的眼睫毛眨呀眨的。「沒有人會看見我們的。」

「好，」達克斯說，覺得怪彆扭的。

一個精巧的鈴叮叮響，宣告一樓到了。他踏出電梯，跟著諾娃，她踮著腳尖悄然跑在走廊上，左彎右拐，忽然停住，用手去推牆，牆面上就蹦出了一個隱藏的門把。

她一手按住嘴脣，低聲說：「我們一定要非常安靜。要是讓瑪泰聽到了，我們就慘了。」

達克斯點頭，兩人就進了一個有浴室那麼大的房間，裡頭什麼都沒有，只有一張長椅披著一張羊皮毯。諾娃示意達克斯坐下。長椅的對面有窗子可以望進隔壁。

「這是雙向鏡，」諾娃低聲說，坐在他的旁邊。「我們看得到他們，他們看不到我們。瑪泰用這個來觀察模特兒或是客戶試穿衣服。看，」她指著房間四角的擴音器，「我們還能聽到他們說話。」

盧克莉霞．卡特背對著鏡子而立，實驗袍和手杖讓人一眼就認出她來。

看著她，恐懼和憤怒這兩種情緒在達克斯的心裡翻騰，達克斯嚥嚥口水，努力壓抑。他打量著鏡子後面的房間，記下細節，準備講給薇吉妮亞和柏托特聽。家具並不多，東西不是白色的，就是透明的。右邊有一張實驗室長臺，跟學校裡的差不多，只是酷多了。臺面也跟地板一樣都是閃亮的白色石頭，而且豎著銀色的瓦斯龍頭，像天鵝的脖子，旁邊有個看起來很夠力的顯微鏡。臺子下面是一排冰箱，門是透明的。達克斯能看見裡頭有一層層的培養皿和一架架的試管。

對面的牆上有個透明塑膠架，達克斯認出了架上的三樣白色雕塑：一個人，一隻甲蟲，以及ＤＮＡ雙螺旋。

盧克莉霞・卡特立在一張光滑的玻璃桌後，桌上只有一具白色電話和一張加框相片。而面對著她的正是一個黃一個紫的皮克林和亨弗利，在這個一塵不染的房間裡顯得非常荒謬可笑。達克斯忍不住露出微笑。

皮克林正指著亨弗利。「都是他的生活習慣不好，才會招來那麼多蟲子。他噁心死了。但是我呢，正相反，一天洗三、四次澡。」

「閉嘴，不然我就揍你。」亨弗利把巨大的拳頭舉在皮克林的頭頂上。

「安靜。」盧克莉霞・卡特的聲音打斷了表兄弟倆的拌嘴。「你們得在四十八小時內把房子轉讓給我，把每一隻甲蟲都清除掉。」

皮克林和亨弗利像急迫的小狗一樣點頭。「遵命，遵命，」亨弗利說，還噴著口水，口水落在她的玻璃桌上。

「噁！」皮克林尖聲叫。

「為了甲蟲，以及為你們的不便，我會支付一大筆錢，所以我希望你們會完全按照我說的話去做。」

「不便？」皮克林兩隻手握在一起。「哪兒的話。我太樂意了。」

「你們在計畫執行期間要遷移到別的地方。」

「什麼？」表兄弟不約而同大喊。

「我們要住哪裡？」亨弗利問。

「可是我們可以幫忙啊，」皮克林說。

「我不會自己動手的，里斯克先生。我會派我的人丹奇許和柯雷文去處理你們的甲蟲山。那的確是一座山吧？」

表兄弟都點頭。

「一筆六位數的款項會在你們離開的那天存入你們的銀行戶頭，一旦甲蟲從你們的房子中全部清除，尾款就會付清。到時你們隨時都可以回來。在這段期間，由我出錢，你們可以住進女皇飯店我的私人套房裡。不准跟任何人提起這次的協議，聽懂了嗎？說溜了一句，錢就沒有了。」

皮克林和亨弗利又點頭。

盧克莉霞・卡特繞著桌子走，伸出了修剪得完美無瑕的一隻手，大墨鏡遮住了她的表情。「我們達成協議了嗎？」

亨弗利跳起來。「當然，當然，」他說，彎下腰去親吻她的手背。

盧克莉霞・卡特金黃色的嘴唇嫌惡的一撇。

「等、等、等等！」皮克林站了起來。「那市府呢？他們知道有蟲子——他們要我們把院子清乾淨。他們說——」

「市府不會再打擾你了，里斯克先生。我會關照下去。」盧克莉霞．卡特把手從亨弗利手上抽開。「你以為我又是怎麼知道你的蟲子的呢？」她哈哈笑，是一種喉嚨裡發出的低沉聲音。「到處都有我的人。」

「是，是，我懂了，」皮克林說，顯然什麼也沒弄懂。

她按下了面前白色電話的一個鍵。「傑拉德。」

管家端著托盤進來，盤子上放著兩份文件和兩支金筆。

「在最後一頁簽名，註明日期。」盧克莉霞．卡特伸出手，傑拉德就從口袋裡拿出一個圓筒，從圓筒裡抽出冒熱氣的熱毛巾幫她擦手。

達克斯偷偷湊近鏡子。跟鏡子這麼近讓他覺得很不安全，必須一直提醒自己房間裡的人看不到他。不過他現在倒是能清楚看見她桌上的照片了。

照片中有九個穿白袍面露微笑的人，他們坐成兩排。而在照片底部的白色格子裡寫著**法布林計畫**。

「怎麼了？」諾娃低聲問，吃了一驚。「你不舒服嗎？你的樣子好像快吐了。」

「那張照片……」達克斯指著。

「怎樣？」諾娃過來站到達克斯旁邊。「喔，那個啊。那是她在大學的時候拍的，差點都認不出來了。她現在的樣子變得好多喔。看，她的頭髮亂糟糟的，全部向後梳；她戴眼鏡，還在微笑。」她嘆口氣。「她看起來很漂亮，對不對？」

達克斯的心臟撞擊著肋骨。

「照片到底有什麼值得注意的？」

「那個，」達克斯清清喉嚨，發現自己說不出話來，「是我爸。」

諾娃向前傾。「哪一個。」

「有鬍子的那個，在你媽旁邊。」

諾娃瞪著達克斯。「他跟你一點也不像吔。」

「諾娃。」達克斯直視她的眼睛。突然找回了聲音，脫口就大聲說：「有人綁架了我爸，可是我不知道是為什麼！」

「綁架？」諾娃一臉驚嚇。

一道影子落在鏡子上，兩人都抬頭看。

盧克莉霞．卡特正在欣賞她在鏡中的倒影。她的頭從左轉到右，好像是能透視鏡子，看到房間裡面。

達克斯僵住了。要不是中間隔著玻璃，盧克莉霞．卡特就會感覺到他的呼吸吹在她的臉上。

「她看不到我們，」諾娃低聲說，彷彿是要讓自己安心，也讓達克斯安心。「她也聽不到我們。」

在房間裡，亨弗利簽了合約，把文件遞給傑拉德。皮克林裝出在一個字一個字的讀，然後露出深思的表情。「也許我們可以邊吃晚餐邊討論？」

「沒有什麼可討論的。」盧克莉霞．卡特從鏡子前轉過身。「你不是想賣甲蟲，就是不想賣甲蟲。」

達克斯大大嘆口氣，這才發覺他剛才一直在憋氣。

「唉唷，快點簽啦，皮克林。五十萬吔，」亨弗利說。「一個人拿二十五萬吔。」

「我自己會算，亨弗利，謝謝。」皮克林看著盧克莉霞．卡特。「你一定是很喜歡殺蟲子，才會付這麼大一筆錢來做我們通常得付錢給別人做的事。」

盧克莉霞．卡特向前彎，氣勢很嚇人。

「我是收藏家，里斯克先生，」她嘶嘶的說。「而且是非常富有的收藏家。我曾經為了一只皮包付過比給你們還要多的錢。要不要這筆錢完全看你們自己。」直起身拄著手杖，她向門口移動。「這次的談話到此為止。」她回頭看著鏡子。「我還有事情要處理。」

「快躲到椅子下面！」諾娃猛吸一口氣，拉扯達克斯。「她知道我們在這裡。」

「什麼？你不是說……」

「照我的話做！**她來了！**」諾娃踢達克斯的膝蓋後面，他的腿就不由自主的彎了。

「**快點！**」

達克斯發現自己趴在地板上，正想抗議，就聽見讓人心跳停止的轉門把聲。他滾到長椅下，緊緊貼著牆壁。巴克斯特的果醬瓶在背包裡撞破了，發出悶悶的喳喳聲。

諾娃把羊皮毯拉下來遮住他，然後就從長椅邊跳開。「瑪泰！」

達克斯看到盧克莉霞．卡特的手杖底部，還有她的黑色天鵝絨長裙下襬在旋轉。

「你這是在做什麼？」

達克斯聽到了一聲嘎嘎叫，諾娃的兩腳就離了地，懸在空中。

「對不起，我……」諾娃岔了氣。

達克斯害怕得心臟狂跳。盧克莉霞．卡特的力量大得驚人。

「你不可以進入這一層我的任何一個房間。」

「我想看小丑！」諾娃喘著氣說。

盧克莉霞．卡特放開了女兒，諾娃就摔在地板上。她又是咳嗽又是喘氣，大口呼吸。

「你知道犯規要受罰。」

諾娃點頭，看著地下。「地牢。」她咬住嘴脣，一臉驚慌，然後低聲說：「可是拜託，不要跟蟲子關一起。我只是想看看小丑。」

盧克莉霞．卡特轉身走向鏡子。「看那兩個白痴，」她大聲罵。「簡直是噁心死了。」

「他們真的很醜，」諾娃跟著說。

「他們這種層級的東西早就該殲滅了才對。」

「你真的要為了一些甲蟲給他們那麼多錢嗎？」諾娃問。

「別胡說了，孩子。」

「可是你說……」諾娃的聲音漸漸變小，皺起了眉頭。「你不是讓他們簽了合約？」

「對於沒有經驗的人來說，遺囑看起來大概就像是一份合約吧。」盧克莉霞．卡特笑得很輕。

「你為什麼要叫他們簽遺囑？」

「不關你的事！」

諾娃閉上了嘴巴，眼睛盯著地面。

「那些是**我的**甲蟲，是我製造出來的，我要把牠們弄回來。」盧克莉霞．卡特發出嘶嘶聲。「我不知道他們是怎麼從我的實驗室逃出去的，可要是那兩個小丑知道那些甲蟲有什麼本領，一切都會被他們毀了。我不能讓這種事發生。我還沒準備好。」她挫敗的拿手杖敲地面。「我不准任何人阻止我。**他們**不行，**他**也不行，**誰都不行！**」

「他？」諾娃說，看見了長椅下達克斯的眼睛。「你在說誰啊？」

盧克莉霞．卡特倏地轉身，一隻手杖的銀色杖頭就打中了女兒的頭，諾娃像個布娃娃一樣向後飛，跌在地板上。達克斯拚命忍住才沒有大聲喊叫。

「你好大的膽子，敢質問我？」盧克莉霞．卡特惡狠狠的說。達克斯怕得全身僵硬，瞪著趴在地板上的女生。「因為你的傲慢，你要關在地牢裡兩個晚上——跟蟲子**在一起**。」

她轉身大步離開了房間，裙襬旋轉，本來應該是腳踝和一隻鞋的地方，達克斯卻看見了一隻巨大的黑色爪子。他嚇得向後縮，頭撞到了牆。

盧克莉霞．卡特在門口停了下來。

達克斯閉上眼睛，屏住呼吸。

漫長的沉默，接著她就離開了房間，門也滑上了。

達克斯等了又等，最後實在忍不住了，就肚子貼地，從長椅下爬出來。諾娃的眼睛閉著，而且動也不動。

「諾娃？」他低聲叫。「你沒事吧？」他摸了摸她的手臂，可是她沒反應。達克斯的血液都變冷了。「拜託，諾娃，醒一醒。」他輕撫她的頭髮。「拜託。」

她呻吟了一聲，眼睛慢慢的張開來。

達克斯鬆了一口氣。「你沒事吧？」

她眨眨眼，抬頭看著他。「別看我。」她用兩手摀住臉。她的眼睛下方出現了一塊很嚴重的紫色瘀血。

「你需要看醫生。」

「我很醜，」諾娃哽咽著說。

「你剛才好勇敢。」達克斯跪在她身邊。「她好生氣喔。」

「要是讓她發現了你，她還會更生氣，」諾娃低聲說。

他搖頭。「我不應該來這裡的，」他說，腦子裡掠過一隻黑色爪子的畫面，害得他心驚肉跳。

諾娃按住他一隻手，虛弱的微笑。「我很高興你來了。」

「我們得離開這裡，」達克斯說。「你能不能站起來？」

她輕輕點了一下頭。

「勾住我的肩膀。」

諾娃兩手合抱住達克斯的脖子，他用力往上一抬，讓她站好。兩人朝門口走，卻又聽見了門滑開的恐怖咯嗒聲。

14 海鳥的叫聲

盧克莉霞．卡特立在門口，動也不動，活像是死亡天使。

諾娃大叫了一聲，緊緊抓住達克斯。「我可以解釋，」她驚慌的說。「我想迷住他，讓他愛上我，是為了我的表演練習。他想看看房子，我覺得讓他看鏡子會讓他很佩服，我不知道你在工作……」

盧克莉霞．卡特根本沒在聽她女兒說話，只是瞪著達克斯。

「我現在就帶他出去，好嗎？」諾娃的聲音變得又尖銳又響亮。

盧克莉霞．卡特終於說話了。「我看不用了。」

諾娃發出嚇著了的尖叫聲。

達克斯覺得自己像是被饑餓老鷹盯住的兔子。他瞪著地面。

「我見過你，是不是？」

達克斯搖頭，一直盯著地板。

「你叫什麼名字？」

「丹尼爾．道伊，小姐，」他口齒不清的說。

諾娃看著他，又別開了臉。

盧克莉霞．卡特的頭擺動，把一邊的耳朵向上朝著天花板，然後再換一邊。「看來你還幫我帶禮物來了，丹尼爾。真是周到啊。」

達克斯抬起頭來，摸不著頭腦，只見她露出微笑，嘴巴整個咧開，非常詭異。他的一顆心跳上跳下，咚咚直響，他覺得她一定聽到了。

「禮物？沒有啊，我……」

「啊，你錯了。看。」她舉起了一支手杖，指著他。「你幫我帶來了一隻**高卡薩斯南洋大兜蟲**讓我收藏。」

達克斯扭頭一看，巴克斯特正傲然立在他的肩膀上。牠一定是從破掉的瓶子裡爬出來了，又爬出了背包。甲蟲凝立不動，眼睛盯著盧克莉霞．卡特。

達克斯握緊了拳頭，他是死也不會讓這個女人靠近巴克斯特的。

氣氛正緊張時，諾娃突然撲向了她的母親，攻了她一個出其不意，把她推出了門口。「**快跑！快！快！**」她放聲大叫，兩隻手緊緊圈住她母親的長裙，母女倆一起跌倒，糾纏在一起。

達克斯疾衝出門，巴克斯特跳向空中，飛向他的肩膀。達克斯用眼角瞥到兩隻黑爪子從盧克莉霞．卡特的裙子底下踢出來。

他在走道上快跑，目標是電梯，心裡拚命祈禱電梯仍停在這一層。在他背後突然爆出了驚人的嘶嘶聲，很像巴克斯特嚇退羅比和生化人的聲音，只不過要響上一百倍。

電梯仍在。諾娃也沒把門關上。達克斯向前一躍，跳進了電梯，兩手在按鍵上亂按。

電梯動也不動。

是柵門。他必須關閉柵門。

她來了。

盧克莉霞．卡特高大得不像真的。她的頭拂過天花板，以驚人的速度向他飛掠過來，兩條手臂張開，一枝烏木手杖指著他。達克斯嚇得全身動彈不得。

接著是衝破耳膜的碎裂聲。電梯後牆的木頭裂開，木屑噴上了他的頸子。達克斯嚇得向前摔倒。她居然對他開槍！

巴克斯特憤怒的繞了一圈，飛出了電梯，筆直飛向她。

盧克莉霞．卡特用一支手杖揮打兜蟲，看牠繞著她的頭飛，又想用另一支手杖打牠。

「啊！」她氣得尖叫，因為巴克斯特用六隻尖銳的腳刮過她的頸子。她的手杖掉在地上，伸起左手蓋住流血的地方，右手伸出來抓兜蟲。「我會把你的外骨骼像捏雞蛋一樣捏碎，」她大聲號叫，同時到處亂抓。

巴克斯特左閃右躲，又飛向她的臉，這一次也是低垂著角，大聲嘶嘶叫。

達克斯抓住了黃銅格子柵門，用力關上。

「**巴克斯特！**」他放聲大喊。

電梯門開始關閉。

「**巴克斯特！**」他又喊一次。

兜蟲向上飛，飛向電梯，可是電梯門卻關上了，電梯彈跳了一下，緩緩下降。

電梯停止後，門又打開來，達克斯把柵門推開，跪在地上，耳中只聽見他自己的呼吸和心跳。他覺得好想吐。

諾娃怎麼了？

他回想著那種讓人血液凝固的嘶嘶聲。巴克斯特仍然在樓上，跟那個妖怪一樣的女人纏鬥。他打個哆嗦；無論她是誰，都不是人類。

電梯下來了，也就是說出去的路一定是在上面兩三層樓的地方。他用力一撐，爬出了電梯，進到走廊，仍是四肢著地。走廊是灰色的，完全講究實用；地板是暗色的，牆壁的顏色相同，只是淺一點。頭頂上有日光燈。

他不能不移動。

她拿手杖對他開槍！她是怎麼做到的？

達克斯全身發抖。他想到了麥西伯伯。「毅力和膽量，」他喃喃說。

他聽見了模糊的嘎嘎聲，脈搏立刻加速，頸子和太陽穴的動脈跳得厲害，轉頭去看聲音來自何處。頭頂上有喀啷聲，他一抬頭就看見巴克斯特從電梯和門框的縫隙裡爬了出來。

「巴克斯特！」他頓時覺得心上的大石頭沒了，兩條腿找到了站起來的力氣。他伸出手，兜蟲就落在他的掌心。他把巴克斯特拿到胸口，拱著肩，跟他低聲說話。巴克斯特站得挺直，伸出了前腿貼著達克斯的衣服：回他一個擁抱。

「我們得逃出這裡，」他低聲說，把巴克斯特放在肩上，專屬他的地方。他讓電梯的柵門開著，這樣盧克莉霞・卡特就不能使用電梯了。他沿著走廊前進，走廊的兩邊隔幾個間隔就會有標上號碼的灰色門，門上有小小方方的護窗板。他轉了幾扇門的門把，全都是鎖死的。他猜這就是諾娃說的地牢。

他需要找到樓梯到一樓去。也許他可以爬窗出去。

轉過角落，前面仍舊是走廊。右手邊有一扇白色的門。他去試了試，門開了。達克斯謹慎的探頭進去，看到了一面散發柔和綠光的牆，分成了幾個長方形。房間裡放滿了飼育箱和水族箱，每一個都裝著不同品種的甲蟲。

「巴克斯特，看！」達克斯向前走，立刻就認出了擬步行蟲和智利長牙鍬形蟲（罕見的栗色，大顎和腿一樣長，外表就像是披上了盔甲的蜘蛛）……而在水族箱的正中央，有一個箱子裡裝滿了黃色的瓢蟲，每一隻都有兩便士硬幣那麼大……

原來博物館裡的那隻瓢蟲**是**盧克莉霞・卡特的。

突然湧入的光線驚動了甲蟲，牠們到處亂竄，興奮得想知道是誰造成這次的騷動，每隻都跑向飼育箱的壁面，爪子亂抓。智利長牙鍬形蟲像多叉鹿角的大顎撞擊著玻璃，好似要攻擊他，還有一箱樣子非常凶猛的巨大虎甲蟲的大顎磨來擦去的，非常可怕。

達克斯很震驚，聽著嘶嘶聲和唧唧聲聚合成吵死人的嗥鳴聲，水族箱裡好鬥的甲蟲撞向禁錮著牠們的玻璃，爬到彼此的身上，急著想攻擊他。這些甲蟲跟茶杯山的甲蟲完全不一樣；尼爾遜街那些**他的**甲蟲都很平和冷靜。

達克斯又向前一步，想要讓那些昆蟲靜下來，可是巴克斯特從他的肩膀上起飛，用腳拉扯他的衣服，把他拉走。

裝著智利長牙鍬形蟲的箱子向前挪動了一吋，接著又一吋，巨大的下顎合力撞擊玻璃。要是掉出了架子，玻璃就會粉碎，那些甲蟲就會逃出來。

達克斯突然明白了，巴克斯特並沒有發出嘶嘶叫，也沒有準備攻擊——牠一直在叫他逃走。

裝著智利長牙鍬形蟲的箱子又向前跳動。

達克斯轉身就跑出了房間，回到走廊上。

走廊上迴盪著詭異的哭聲，彷彿是遠方有隻海鳥在叫。達克斯脖子上的汗毛全都豎了起來，他也瑟瑟發抖。可是他不能回頭，所以，深吸一口氣，他繼續前進，朝聲音的方向前進。他巴不得能在遇見發出哭聲的那個東西之前找到樓梯。

可是愈是靠近，哭聲就越是像根琴弦一樣在他的胸口振動。淚水湧了出來，他拔腿就跑。那是男人在哭的聲音，而達克斯全身的每一個細胞都認出了這個哭聲。

「爸！」他大聲喊。

哭聲停止了。

「爸？」

「達克斯？」就在他的前方傳出了愕然的回應。

這是他渴望已久的聲音。他連做夢都夢見的聲音，經過了漫長的六週後，現在他真的聽見了，而「聽見了」這短短的三個字就足以讓他燃起勇氣。

「爸！」達克斯大聲喊，跑得更快。

忽然，他左邊的一扇門打開了，一雙手伸了出來，抓住了他。一隻手摀住了他的嘴巴，一隻胳膊抱住了他的腰，把他從地面舉了起來。他想大喊大叫，想亂踢，可是卻不夠壯。他被拖進了酒窖裡。

「不要再亂動了，孩子。我得把你弄出去，免得你把自己害死。」

達克斯全身放軟。他認出了法國腔。是那個管家。

傑拉德放開了達克斯，達克斯退後幾步。「不行！我不走。我爸在這裡。我……」

達克斯覺得有什麼東西打中了他的後腦勺，他的脖子像著火一樣燙，而且四周開始天旋地轉。

「原諒我，」他聽見管家說，眼睛漸漸變黑。「夫人快來了，絕不能讓她發現你。」

達克斯覺得什麼冷冰冰的東西潑到他的臉上，他的眼皮眨了眨，睜開了眼睛。頭還在痛。

「聽著，孩子，」管家說。「你得站起來，你現在是在陶靈大宅的僕人出入口，在屋子的側面。」

達克斯用手肘撐起來，迷迷糊糊的。

「你現在得用力跑，聽見了嗎？我沒辦法幫你第二次了。」

達克斯還沒能回答，管家就把門關上了，他還聽見了鑰匙落鎖的聲音。

「不！」達克斯跪起來，用拳頭打門。「不！爸！」他跪坐在地上，兩手抱住疼痛的頭。「爸，」他哭著說。

他感覺到脖子癢癢的。巴克斯特躲到了他的衣服底下，現在正爬出來。他伸手到後面，抓起兜蟲，把他舉到面前。

「爸在這裡，巴克斯特，我不知道該怎麼辦。」

巴克斯特用後腳站立，用牠的獨角側面推達克斯的臉頰。

「喂！」

達克斯僵住。

「喂，這邊，」有個人壓低聲音說，聲音還是很大。

達克斯一轉頭就看見薇吉妮亞，藏在一排花盆後面，就是他看見擺在前門旁的紅百合。

「是我啦！」她用嘴形說，一臉的擔心。「你還好嗎？」

他麻木的點頭，覺得心裡有一股熱流。他這輩子從沒這麼高興看見朋友。

「我知道你不要我們來，可是我們還是來了，我看到管家把你放到地上，好像你死了一樣，後來大門打開了讓送貨車進來，我一定要確定你……」

「我沒死，」達克斯說，揉了揉後腦勺的腫塊。「差一點。」

薇吉妮亞匆匆跑向他。「好極了，我們離開這裡吧。你能走嗎？」

「她抓了他。」達克斯聲音發抖。

「什麼？」

「爸，她抓了爸。」他的肩膀又抖了起來。他實在忍不住，淚水從臉頰滾落。「她抓了我爸。」

「達克斯。」薇吉妮亞搖晃他。「振作起來。聽我說，你爸需要你堅強起來，**我**需要你堅強起來。走啦，拜託。你要是被抓到，也幫不了你爸。」她把他拎起來。「跟我來。」

兩人溜到屋子的一角，大門仍開著，而且不到二十米的距離。薇吉妮亞東張西望，確定沒有人。

「好，我們要用跑的，數到三，」她低聲說。「一、二——」她猛的打住，把達克斯推向牆邊。

「**出去！**」盧克莉霞．卡特尖聲叫，皮克林和亨弗利踉踉蹌蹌，倒退著走出了陶靈大宅。

「我們沒有帶蟲子進來！」皮克林很肯定的說。

「我們不認識什麼男孩子！」亨弗利大嚷大叫。

盧克莉霞．卡特用一支手杖戳亨弗利軟軟的胸膛。「我明天就去拿我的甲蟲，一大早。」

「明天？」皮克林眨眨眼。「可是我以為……」

「**明天！**」

門砰的關上。

搞不清楚狀況的表兄弟倆瞪著彼此，然後搖搖晃晃的走上了小徑，出了大門，一路吵個不停。

「三！」薇吉妮亞朝緩緩關閉的大門疾衝，達克斯尾隨。兩人就在大門哐噹一聲關上之前衝了出去。

15 下水道

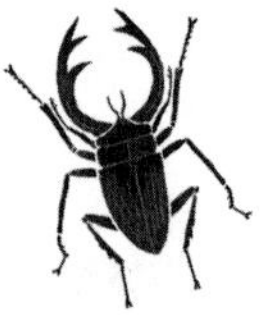

達克斯的腳重重落在人行道上，巴克斯特飛在他身邊。

薇吉妮亞的長腿輕鬆的配合著達克斯，亦步亦趨，但是最後她還是大聲喊：「慢一點！」

「我們得去報警，」達克斯喘著氣說。「她抓了爸。」

「達克斯，停！」薇吉妮亞發出命令，停下不走了。

他跑了幾步，然後才半蹲著喘氣。

「你不能丟下柏托特不管，」薇吉妮亞說。

「嗄？」

「他躲在藍色廂型車後面。看，他在拚命追上我們。」

「沒時間了，我們需要——」

「我們需要在做什麼瘋狂的事情之前，先把這件事想清楚。我們怎麼知道警察會幫我們？他們到現在什麼也沒做啊。」

「她把他關在地牢裡！」達克斯憤憤的說。「我們必須把他救出來！」

「你在流血，」薇吉妮亞湊近了看，「流到脖子底下了。」

「無所謂。」達克斯看了看巴克斯特，他仍飛在他頭頂上。「我沒事。我們需要把爸救出來。」

「達克斯，你的脖子上插了好大一根木屑！」薇吉妮亞一手按住他的肩，二話不說，就把木屑拔了出來。

「噢！」他大叫一聲，脖子又湧出了鮮血。

「你受傷了！」柏托特終於追了上來，氣喘咻咻的說，而且腳一軟就跪在達克斯的旁邊。

「一定是在電梯裡。」達克斯一手按住脖子。「盧克莉霞・卡特向我開槍，沒射中，可是打中了我後面的木頭。」

「她對你開槍？」柏托特說，嚇壞了，而牛頓這時從他的頭髮裡飛出來，憤怒的閃著光。

「她不是用槍。」達克斯回想著在陶靈大宅發生的事。「她拿著她的手杖指著我。」

「沒說笑？」薇吉妮亞說。

達克斯看著手上的血。「她是妖怪，而且她把爸鎖在地下室的牢房裡。」

他跟他們說了圖書室和諾娃，說她帶他走密道到雙向鏡房間，說了盧克莉霞・卡特桌上有他父親的相片，說了諾娃在他們露出馬腳時有多勇敢，說了她幫他逃進電梯裡，說了他發現放滿憤怒的昆蟲和黃色瓢蟲的房間，也說了他是如何聽見他父親的聲音的。

「你看見你爸了？」柏托特對他聽見的事感到難過。

「我沒看見他，」達克斯小聲說。「我聽見了他的聲音。我大聲喊，他也聽見了。」他嚥了嚥口水。「他喊了我的名字，然後那個臭管家就把我拖進了一個房間，打了我的頭。」

「那個臭管家很可能救了你的小命呢，」薇吉妮亞挑明了說。

「那些甲蟲呢？」柏托特問。「她為什麼要？」

「我還是不知道，」達克斯承認。「她說什麼甲蟲是她的，她想要回來。她不想張揚。她說她**還沒準備好**。我不知道那是什麼意思，然後她又說她不會讓任何人阻止她……」達克斯歇口氣。「我不知道是怎麼回事，可是我覺得爸可能是想阻止卡特做什麼她在計劃的事。」

「可是我們**確實**知道的是她明天就要來抓甲蟲了，」薇吉妮亞補充一句。

「明天？」柏托特尖聲叫。「時間不夠了啊！」

薇吉妮亞點頭。「我知道。」

「糟糕了。」他眨眨眼。「太糟了。」

「還有別的事。」達克斯的心裡閃過了一個恐怖的畫面，是旋轉的裙子和鋸齒狀的巨爪。他忍不住打冷顫。

「盧克莉霞．卡特……」他才說就打住，不知道該如何描述。「她打了諾娃之後轉身要走，她的裙襬有點往上掀，看起來……我是說，我覺得我看到了……爪子。」

「爪子？」柏托特一臉迷惑。

「在她的衣服上嗎？」薇吉妮亞問。

「不是，我的意思是她長了一隻又大又黑的爪子，跟巴克斯特的很像。那裡應該是一隻腳的。我是說，她就站在爪子上，那好像是她的腿。好像她長了甲蟲的腳，可是是跟人腳一樣大小。」達克斯知道自己說的話聽起來很離譜。

「你確定嗎？」薇吉妮亞問。

「嗯，確定。」

「你可能是眼花了，因為你嚇到了？」

「搞不好是靴子呢，」柏托特說。「名牌靴？」

達克斯搖頭。「我知道自己看到了什麼。」他回頭望著陶靈大宅。「她是妖怪，」他又說一遍。

柏托特看著薇吉妮亞。「我們要怎麼辦？」

「達克斯，我們今晚就得讓甲蟲搬家，」薇吉妮亞說，「不然到明天早晨牠們就死定了。」

「我……我……」爸爸喊他名字的聲音在達克斯的耳朵裡迴盪。「我一定得把爸救出來。」

「要讓甲蟲搬家就得要把杯子都搬走，」柏托特說。「牠們的寶寶，牠們的卵和幼蟲都在裡面。牠們是不會自己搬走的。」他的表情透露出他對這項任務其實是完全沒有把握的。「就算我們能在一夜之間搬走甲蟲山，我們又要把甲蟲山搬到哪裡呢？」

達克斯覺得全身的力氣都用光了。他的T恤被汗水和鮮血浸溼了，黏著背。他覺得很虛弱，兩隻手在發抖。

「我不知道該怎麼辦，」他坦白說，兩手摀住了臉。

巴克斯特飛下來，落在達克斯的指尖上，用獨角的側面推他的額頭。

柏托特拍他的肩膀。「沒事啦。至少現在的情況比早上還要好呢。」

「有嗎？」

「今天早上你不知道你爸在哪裡啊，我們也不知道甲蟲什麼時候會被攻擊。」

「他說的對，」薇吉妮亞點頭，「現在我們知道有不少事情要做了。」

柏托特對薇吉妮亞大皺眉頭。「最重要的是你爸還活著。」他用嘴形要薇吉妮亞說點好聽的。

薇吉妮亞也用嘴形說她不知道該說什麼。

「我們需要有個計畫。」達克斯兩手輕拍著太陽穴，動著腦筋。

「你伯伯會知道怎麼救你爸，我們應該去跟他說，」薇吉妮亞說。「可是甲蟲，就是我們的事了。我們得救牠們，我們發過誓。」

達克斯低頭看著巴克斯特，他現在坐在他的掌心上。

「既然盧克莉霞．卡特說甲蟲是她的，」柏托特說，大聲說出他的想法，「那搞不好她是從某個很特殊的交易商那裡買的。」

「如果是買的，一定是死的啊，做成標本的啊，」薇吉妮亞說。「真正的問題是，她為什麼不想公開？」

「你想她是不是知道牠們的，呃，特殊能力？」柏托特看著達克斯。

達克斯點頭。「我覺得這就是她想要牠們的原因，而且她不想公開的是牠們的能力。」

「因為她還沒準備好要……」薇吉妮亞摸著下巴。「聽起來可能很誇張，可是如果甲蟲是她的……會不會是她**給了**甲蟲超能力？你說她有個房間裝滿了生氣的甲蟲，還有實驗室。」

「你是要怎麼樣**製造**出超級甲蟲啊？」柏托特不以為然。

達克斯眨著眼看著巴克斯特，回想著在盧克莉霞．卡特的白色房間裡的雕像：人、甲蟲、雙螺旋體。他想起了麥西伯伯說過的話。「她是在用ＤＮＡ做實驗。」

「ＤＮＡ？」薇吉妮亞鎖緊了眉頭。

「就是組成每一種生物的基因編碼，」柏托特解釋給她聽。

「我知道什麼是ＤＮＡ！」薇吉妮亞反駁他。

「麥西伯伯說卡特認識爸的時候，她是遺傳學家。」

柏托特伸出一隻手讓牛頓降落。他捧住了牛頓，製造出一個螢火蟲燈籠。「你覺得我們的甲蟲很聰明，逃出了她的實驗室嗎？」

「我不知道。」達克斯聳聳肩。「可能吧。可是卡特為什麼要製造超級甲蟲？」

柏托特搖頭，想不出答案來。

「管她的。她抓了你爸，如果你爸是想要阻止她做什麼，那不管我們做什麼就都能妨礙她的計畫，對不對？」薇吉妮亞推論著說。「那我們就來讓她的每一步都不順利。」

「有了！」達克斯抬起頭來，兩眼發光，想到了好主意。

「真的嗎？」柏托特微笑著說，滿懷希望。

「明天，卡特來抓甲蟲的時候，」他舉起了捧著巴克斯特的手，「我就去陶靈大宅把爸救出來……」

「你要把甲蟲犧牲掉？」薇吉妮亞一臉震驚。

「不是！當然不是！」達克斯站了起來，挺直了肩膀。「我們才剛知道一點點甲蟲的能力。」他回想陶靈大宅裡那些憤怒的甲蟲，把巴克斯特伸到面前。「我覺得我們應該要勸茶杯山裡的甲蟲，叫牠們堅守家園，起來反抗。你覺得呢，巴克斯特？」

兜蟲垂下了獨角，達克斯的胸臆間充滿了一股抗爭的興奮。

「好。如果我們說動了甲蟲，那等盧克莉霞・卡特來的時候，就會有一支甲蟲大軍在等著她——她一定會大吃一驚的。」他把巴克斯特放回肩膀上。「我們會讓她知道她不可能想要什麼就拿什麼。」

薇吉妮亞歪著頭。「好，總算是有點像樣的計畫了。」

「很高興你這麼想，因為是你要來領導這支甲蟲大軍的。」

「我？」薇吉妮亞春風滿面。「誰怕誰啊！」

回到麥西伯伯家，達克斯讓薇吉妮亞和柏托特留在街上，他自己上樓去跟伯伯談。可是他回來卻搖著頭。「真奇怪，家裡沒人……收音機開著，廚房的窗子也開著，可是裡面一個人也沒有。」

「他會不會去買東西了？」柏托特說。

「到基地營去吧，」薇吉妮亞說。「我們還得做計畫，而且我們可以用望遠鏡來看你伯伯回來了沒有。」

達克斯點頭，而且因為他們知道皮克林和亨弗利不在家，現在很安全，他們就從大賣場的門口進去。正要穿過商店，薇吉妮亞莫名其妙停下來，害柏托特和達克斯撞上了她的背。

「我是天才！」她說，兩隻眼睛興奮得瞪得好大。「我剛想到了一個超棒的點子。跟我來。」

幾分鐘後他們站在廁所外面，看著人孔蓋，薇吉妮亞第一次來商店探險就發現了這裡。

「如果我們把甲蟲搬到地底下，搬到下水道去？」她說。「誰也不會知道甲蟲在那裡。」

「我們來看看能不能搬得動。」達克斯彎下腰，抓住了一個把手。

三人合力把沉重的圓形金屬蓋搬到一邊去。大黑洞飄出微微的下水道氣味，柏托特的鼻子皺了皺。

薇吉妮亞從口袋裡掏出一支迷你手電筒來。「看，牆壁上有梯子。」她把手電筒用牙齒咬住，腳往下一伸就踩到了鐵梯。「我下去。」

達克斯先把兩條腿伸下去，慢慢用腳摸索，踩到了梯子。上頭的光線讓他能分辨出這裡像山洞一樣。空氣很潮溼，瀰漫著阿摩尼亞和泥漿的臭味。他往下爬，聽見滴滴答答的聲音，快到地面之前，就看見到處是淺淺的水坑。

「你覺得怎麼樣，巴克斯特？」達克斯問，從梯子上下來。巴克斯特飛去繞了一圈。

薇吉妮亞已經在探索另一邊，那裡有一道一個人高的拱門。達克斯也走了過去。

「等我！」柏托特從梯子頂端著急的喊。牛頓飛出了柏托特的頭髮，幫他照路。「謝謝你，牛頓，」柏托特說，穩住了發抖的手，對螢火蟲微笑。

穿過拱門就看到一個相當大的隧道，有五個人那麼高，磚牆上布滿了苔蘚和水垢。而在中央的地面上流淌著一條豌豆綠的細流。達克斯還能聽到遠處有嘩啦啦的瀑布聲。

「這地方真酷，」他說。

「這裡完美極了，」薇吉妮亞得意的說。「不知道每家商店下面是不是都有一個這樣的地方？」她注視著隧道對面另一道拱門。

「巴克斯特好像喜歡吔。」達克斯指著兜蟲，牠現在不在達克斯的肩膀上，而是爬在隧道壁上。

「甲蟲是不會介意一點點汙水的，對不對？」薇吉妮亞拿著手電筒照著梯子下方的穴室。柏托特正戰戰兢兢的走過地板。

「有些甲蟲還愛死了汙水哩。」達克斯嘻嘻笑，想到了糞金龜。不過穴室裡沒有汙水，只有一漥一漥的水。「十全十美。誰也不會知道甲蟲山在這裡，除了我們。」

「好噁心喔，」柏托特抱怨。牛頓在他的頭頂上繞圈圈，快樂的發出亮光。「臭死了！」

「那現在我們只需要想一想，怎麼把甲蟲山搬下來了，」薇吉妮亞說。

「讓甲蟲自己來吧，」達克斯回答，回想起巴克斯特把他的馬克杯推去抵著水族箱壁。「牠們雖然很小，卻很強壯，而且牠們還多得不得了。」

「看過甲蟲山的人都會知道甲蟲山不可能憑空消失，」薇吉妮亞指出這一點。「我們要怎麼阻止亨弗利和皮克林去查看？」

「你說的對。」達克斯搔搔頭。「盧克莉霞．卡特給了他們很多錢，他們如果發現甲蟲突然消失了，一定會很不高興的。」

「說到這個嘛，」柏托特咳嗽了兩聲，「我倒有辦法。」薇吉妮亞和達克斯看著他。「前幾天我讀到有些甲蟲可以把家具變成木屑……」

「哇，有人很認真呵！」薇吉妮亞取笑他。

「……也能摧毀巨樹，或是在一夜之間吃掉整片的農作物，」柏托特接著說。

「所以呢？」達克斯問。

「嗯，我在想我們可以利用這種才能，來讓這座建築物變得有點……呃……危險。」他眨眨眼。

「多危險？」達克斯問。

「當然是讓亨弗利和皮克林覺得沒法子再住下去。」

薇吉妮亞吹了聲口哨。「說詳細一點。」

「要是亨弗利房間的地板有一點……嗯……下陷，那大家都會以為茶杯全摔破了，甲蟲就飛散了。」

達克斯哈哈笑。「哈，總算是有點像樣的計畫嘍！」

16 老鼠籠

三人爬出了下水道，把人孔蓋又放了回去，再溜到大賣場的後院。進了基地營之後，達克斯看到一條瓶蓋繩在叩叩響。

「是老鼠籠！」柏托特說。牛頓飛上了天花板跟他的親戚團聚。

薇吉妮亞用手指比劃著衣櫃上的地圖。「牆邊的那個嗎？」

柏托特點頭。「我們該怎麼辦？」

「如果是亨弗利或是皮克林，我們就不要管他們，」薇吉妮亞說。「這樣子把甲蟲山搬走也比較容易。」

「搞不好是狐狸，」達克斯說，同時看見柏托特露出害怕的表情。

「要知道真相只有一個辦法，」薇吉妮亞一面說，一面跑出門，跪了下來。

他們悄悄爬向老鼠籠，柏托特低聲說：「亨弗利一定沒辦法進來家具森林，他太胖了。一定是皮克林。」

「如果是，我們就把他綁起來，用膠帶貼住他的嘴巴，」達克斯說，想到他被綁在椅子上的那一次。突然間，巴克斯特從他的肩膀跳起來，向前飛馳。

「噓。」薇吉妮亞用手指按住嘴唇。他們聽見了男人掙扎咒罵的聲音。

巴克斯特降落，沿著老鼠籠的頂上爬，揚起翅鞘抖動。

薇吉妮亞悄然無聲的爬上了一個五斗櫃，居高臨下注視陷阱。「喔喔！」她用手摀住了嘴巴。

「是誰啊？」柏托特低聲問。

「哈囉？有人嗎？」

「是麥西伯伯！」達克斯高聲喊，也急著爬到薇吉妮亞旁邊。

「達克斯？」麥西伯伯抬頭看著他們。「是你嗎？把我弄出去。」

「唉呀，卡托教授。實在是對不起！」柏托特高聲說。

「你是怎麼進來的？」達克斯問。

「我在找你。**唉唷**！我需要跟你談一談……**啊**！」他倒吸了口氣。「該死的東西在咬我！」

「我們馬上就釋放你，卡托教授，」薇吉妮亞說。「拜託你不要再亂動了。」

「不要亂動？這裡有一大群老鼠吔！」麥西伯伯看著達克斯。「前幾天我看見你們三個翻過了圍牆，我就想你們可能在這裡弄了個窩，所以我才過來找你，現在想想，還真是個餿主意。我陷在這裡至少一個小時了！」

達克斯跳下來，幫著柏托特把一片有鏡子的鑲板移開，打開了把麥西伯伯關住的柵門。

「那些都是馴服的老鼠，」柏托特解釋，「是寵物店買來的。你一定嚇到牠們了。」

「**我**嚇到**牠們**？」麥西伯伯指著頭上吊在繩子上的死老鼠。「那這些可憐的東西呢？」

「那是我在公寓地下室找到的。」柏托特道歉的笑。「已經死了，毒死的。我放在這裡來嚇闖入者的。」

「哼，我確實是被嚇到了，」麥西伯伯氣呼呼的說，爬出了籠子。「牠們臭死了！」

「我真的很抱歉，卡托教授，」柏托特結結巴巴的說。「這個不是針對你設的。」

「謝天謝地！」麥西伯伯跪坐著，對著擔心的柏托特微笑。「不過，這個陷阱還真棒——雖然還不到埃及陵墓的標準，不過還是很讓人佩服。」他看著三個孩子慚愧的臉。「好吧，有沒有人要告訴我，這是怎麼回事啊？還是要我自己猜？」

薇吉妮亞用手肘推了推達克斯，他正盯著地面。

「你的脖子在流血！」麥西伯伯一把握住達克斯的肩膀。

「沒事啦，我被小木片插到，」達克斯回答，用手遮住了傷口。

「呃，你要不要到我們的基地營裡喝杯茶呢，卡托教授？」柏托特有禮貌的問。

「可以給你壓壓驚，也順便說明每一件事。」

「還有基地營啊？」麥西伯伯扶了扶頭上的探險帽。「去坐坐也無妨。」

四人就爬著穿過了隧道，巴克斯特飛在前面帶路。「這地方還真擠！」麥西伯伯大聲說，一吋一吋向前爬。「幸好考古學家習慣了狹窄的空間。」

「對不起，卡托教授，我們需要安靜一點，」薇吉妮亞小聲說。「我們不知道皮克林和亨弗利幾時會回來。」

「抱歉！」麥西伯伯也小聲回答。「了解。」

四個人都穿過了基地營的門，麥西伯伯看見螢火蟲的光映照在吊掛的水晶大吊燈上，驚異的吹了聲口哨。

「你們這個基地營還真不賴，」他說。柏托特把一個電壺插頭接上了汽車電池。

「大部分的東西都是本來就有的，」達克斯說。

「電壺不是，」薇吉妮亞說。「那是柏托特的。」

麥西伯伯驚訝的凝視著天花板。「這些甲蟲都是打哪兒來的？」

達克斯看著薇吉妮亞，卻不回答。巴克斯特落在他的肩膀上。

麥西伯伯看著衣櫃上貼的地圖，走了過去，檢查繞著**盧克莉霞・卡特**四周的圖片。他摸了摸諾娃的名片。

「你要牛奶或糖嗎？」柏托特問。

「不要牛奶，六顆糖，謝謝你，柏托特。」麥西伯伯轉過來面對達克斯，聲音突然變得很嚴肅。「我想你最好老老實實把事情都告訴我，孩子。是不是？」

達克斯、薇吉妮亞、柏托特三個人看著彼此。

「拜託別胡說八道。」麥西伯伯從柏托特手裡接過茶杯，坐在沙發上。「我要聽實話。」

一陣彆扭的沉默，麥西伯伯喝了一口茶。

「我找到爸了，」達克斯說。

麥西伯伯的茶潑了滿桌子。「**什麼？**」他氣急敗壞的問。

「盧克莉霞．卡特把他抓走了，關進牢房，就在她家的地下室裡，」達克斯連忙說。

「你怎麼知道的？」麥西伯伯站了起來。「天啊，拜託你別說你跑去那兒了？」他的臉漲成了紫色，眼珠子也凸了出來。

達克斯慚愧的看著薇吉妮亞和柏托特，然後點點頭。

「**她看見你了嗎？**」

達克斯又點頭，心裡在想麥西伯伯是不是就要心臟病發作了。「她向我開槍，沒射中，」他說。「所以我才會被木片插到。」

「她向你開槍？」麥西伯伯頓了頓，又跌坐回沙發上，拿起了茶。「嗯，那倒是讓人鬆了口氣。」

「什麼？」柏托特氣急敗壞的說。「為什麼那是好事？」

「因為那就表示她不知道達克斯是誰，」麥西伯伯解釋。「要是盧克莉霞・卡特認出達克斯來，她是絕不會向他開槍的——她會綁架他，利用他來對付巴弟。」麥西伯伯搖頭。「我真不敢相信你這麼笨，居然跑到那個蛇髮女妖的房子去！你可能會害自己丟了小命，還賠上你父親的一條命！」

「什麼是蛇髮女妖啊？」薇吉妮亞低聲跟柏托特說。

「是一個女妖，只要看男人一眼就會把他們變成石頭，」他壓低聲音回答。

達克斯覺得像是挨了一耳光。他跑去陶靈大宅並不是要害他自己或是讓爸爸陷入危險的。他哪會呢？他根本就不知道爸在那裡啊。想到這裡，他忽然又想到了一件事。

「你從一開始就知道，爸是被她抓走的！」他喘著氣說。

「不是！那是在我們去了博物館以後——而且即使是在那時，我也沒有確切的證據。」麥西伯伯搖頭。「門楣上有她的名字，還有那隻黃色的瓢蟲，還有她突然出現——這些線索全部加起來也不足以控告她綁架。」他嘆口氣。「我一直在查她把他關在哪裡。我以為可能是關在她在沃平的化妝品工廠裡。」他眨眨眼。「我找過她的辦公室，還有她在泰晤士河岸的倉庫，都沒有結果。」

「怎麼會？」達克斯問。「什麼時候？」

「我一直沒去上班，」麥西伯伯坦白說，「你可能不相信，可是我扮起迷糊送貨員來還真像那麼一回事呢。」他微笑。「我弄了一套藍色的連身工作服，一個臂章和一個紙箱。我跑進一棟建築裡，假裝迷了路，東問西問。大家還真是熱心幫忙呢，你知道。」他扯了扯耳垂。「我得承認，我沒想到她會把巴弟關在她家裡。她的膽子還真大！她一定是非常有自信不會被抓到。」

「可是你為什麼不跟我說？」達克斯生氣的問。

「達克斯，我沒辦法證明是盧克莉霞．卡特抓走了巴弟，我有的只是直覺。我是在尋找證據。」

達克斯氣呼呼的瞪著伯伯。

「可是今天我覺得，我應該要換個方向調查。我決定不去找盧克莉霞．卡特把巴弟關在**哪裡**，而是去調查她**為什麼**要抓他，所以我才來找你。我需要跟你談談你的朋友。」他指著巴克斯特。「我需要知道更多你的兜蟲的事。」他舉高了雙手，指著螢火蟲。

達克斯沒在聽。他氣得渾身發抖。「你一直瞞著我。」

「不，達克斯，我沒有，」麥西伯伯柔聲說，「我只是想在告訴你之前有確切的證據，以免你的希望破碎。巴弟的處境非常危險。」他觀察著達克斯如何消化吸收他聽見的話。「我現在不是來了嗎？」

達克斯點頭，咬緊了牙關。

「那你自己呢？」麥西伯伯揚起一道眉。「你不是也有自己的祕密？」

達克斯看著地面。「我沒老實跟你說是怎麼找到巴克斯特的，」他老實說。「我以為你會叫我還回去。」

「那麼，現在告訴我怎麼樣？」

柏托特再去泡茶，達克斯趁這個機會告訴了伯伯，巴克斯特是如何從亨弗利的褲管掉出來，他如何發現了甲蟲山，又被鄰居綁架，後來被甲蟲救了。薇吉妮亞敘述了達克斯帶他們去看甲蟲山，他們兩人發誓要幫他救回他的父親，保護這些特殊的昆蟲。

麥西伯伯坐著，聽得很專心。

「要不是我親眼看見，我絕對不會相信，」他喃喃說，看著天花板，又搖搖頭。「可是這一切都沒解釋你為什麼會跑到盧克莉霞．卡特家。」

「卡特上個星期來找亨弗利跟皮克林，」薇吉妮亞說明，「就在他們綁架了達克斯的那天晚上。」

「諾娃．卡特看到我從窗子往外看，就把名片丟在地上。」達克斯指著名片。

「卡特來**這裡**？」麥西伯伯縮了縮。

達克斯點頭。「她要買甲蟲。」

「除非我死了，」麥西伯伯咆哮。

薇吉妮亞看著他，很意外。

「所以我才跑到她家——想查出她為什麼要買甲蟲——還有，」達克斯頓了頓，

「還有調查她跟爸還有什麼事是你沒跟我說的。」

麥西伯伯的兩道眉毛倏的向上斜飛。「這樣啊。」

「現在輪到你說實話了，」達克斯說，想到了盧克莉霞·卡特桌上的照片。「法布林計畫到底是什麼？」

麥西伯伯掀起了探險帽，把頭髮撫平，再戴上，看著達克斯，彷彿在盤算。「我跟你父親鄭重發過誓，絕不能告訴你——或是任何人——法布林計畫的事，那時你才剛出生。」他抓抓臉頰。「可是，我們也沒料到會有今天，是不是？」

達克斯瞪著伯伯。「我以為是**你**不想讓我知道——是你不信任我。」他別開臉。「結果，從頭到尾都是爸藏著祕密。」

「你爸信任你，孩子，」麥西伯伯說。「只是……唉，有些事就是不該讓年輕人操心。」

「爸失蹤的時候，大家說了很多恐怖的話。」達克斯的聲音平平的，沒有情緒起伏。「可是我一直記著他的臉。」他敲了敲兩眼之間。「每次有人說他落跑了——或是自殺了——我這裡都知道他們說錯了，」他用拳頭碰了碰心臟，「因為**我爸**絕對不會那樣。**我爸**才不像那樣。」他抬頭看著伯伯，視線因為眼淚而模糊。「可是我根本不知道我爸到底是什麼樣，對不對？我根本就不認識他。」

「胡說。看著我，孩子。」麥西伯伯握住了達克斯的手。「你比別人都還要了解你父親。可是在他當爸爸之前，他是一個有野心的年輕人，也沒有家庭的擔子。那個年輕人在很多方面都很像你，他非常愛冒險。這一點你應該很驕傲。」

「愛冒險？像你嗎？」

「不，不。我尋找祕密，挖掘真相，幸運的話，我會找到一個有趣的故事，或是珍貴的物品。」麥西伯伯嘆口氣。「你父親的冒險比我的要偉大多了，也危險多了。他的冒險是在思想上的。他探索自然的本質，做各種實驗，而且都是在他的腦子裡。除非是頭腦非常聰明，否則是做不來這種事的，而他就非常聰明。我的頭腦跟他一比就平凡多了。你的父親，達克斯，是那種能改變歷史的人。」

「聽起來一點也不像爸。」達克斯皺起了眉頭。他的父親個性溫和，喜歡瞪著窗外；他是絕對不會用愛冒險來描述他爸的。

「那是因為你出生以後，他就放棄了冒險了。」

「為什麼？」

「冒險是很危險的，達克斯，而且這世上真的有壞蛋。」麥西伯伯似乎說著說著就變老了。「理念是很有力量的，而有些人會為了權力或是金錢剝削立意最良善的理念。貪婪的人是無論如何都不會滿足的，也絲毫不會顧慮到會造成什麼毀滅。」他的聲音很憤怒。「你父親並不想在那樣的世界裡扶養孩子。」

「爸為了我放棄了冒險？」

「可以說是。」麥西伯伯用雙手扶著下巴。「巴弟是昆蟲學家，是節肢動物領域的天才。他尤其擅長鞘翅目，甲蟲是他的最愛。因為他在觀察昆蟲、了解昆蟲方面才華洋溢，艾波亞教授才會邀請他加入法布林計畫，這個計畫裡的科學家都是備受尊重的人士。」

「昆蟲學家？」

麥西伯伯點頭。「法布林計畫有個很大膽的目標：他們想知道是否能夠加強昆蟲的力量，藉此反轉人類對地球造成的破壞。」

「昆蟲的力量？」柏托特敬畏的低聲說。「有可能嗎？」

「昆蟲的數量在減少，這是令人傷心的事實。我們摧毀了牠們的棲息地，也就摧毀了牠們的品種，可是我們卻非常需要昆蟲。如果地球上所有的哺乳類都滅絕了，地球還是會興旺——可是如果昆蟲消失了，地球上的一切也會很快就跟著死亡。

「法布林計畫由艾波亞教授領導，他們在探索設立全球昆蟲繁殖場的可能，要培育出能夠提升授粉，自然控制害蟲的昆蟲品種，減少使用殺蟲劑的數量，提供人類食物，處理人類以及動物的排泄。」

「糞金龜。」薇吉妮亞吃吃笑著說。

「愛絲梅也是組員，所以你父親才會跟她認識。」

「媽是科學家？」達克斯驚訝極了。

「她可是一位很棒的生態學家呢，」麥西伯伯說。他搖搖頭，露出傷感的笑容。「你父親跟一位遺傳學家一組，他們的目標是想知道改造甲蟲的基因組合能有什麼成效。」

「盧克莉霞．卡特，」達克斯恨恨的說。

「她當年還只是平凡的露西．強斯登博士。說真的，她有點怪怪的，可是非常聰明，而且非常野心勃勃。她跟巴弟在某些品種的甲蟲的轉基因實驗上得到了重大的突破。」

「轉基因？」薇吉妮亞皺著眉。「什麼意思？」

「意思是把某個有機體的基因結構改變，給它加上另一個有機體的基因。他們從老鼠身上取基因，加進了甲蟲的基因裡。」

「甲蟲老鼠？」薇吉妮亞哈哈笑。「我不懂，甲蟲老鼠有什麼好？」

「第一批的轉基因實驗用的是老鼠的基因，」麥西伯伯停下不說，很不自在的沉默了很久，「可是他們的目標——真正的目標——是找出一種基改的過程，能夠把人類的基因轉入甲蟲，製造出一種新品種的甲蟲，具有智慧，能夠思考，能夠和人類通力合作，清理環境。」

「有人類基因的甲蟲！」達克斯看著坐在他肩上的巴克斯特。

「他們成功了嗎？」薇吉妮亞坐直了，瞪著在柏托特頭頂上發光的牛頓。「他們找到了那個轉物種的過程了嗎？」

麥西伯伯嘆口氣，看著巴克斯特。「我以前看過有一隻甲蟲跟巴克斯特的行為很相像，那時你父親仍然在法布林計畫工作，而那隻甲蟲就帶著他的基因。」

「我們的甲蟲是基改甲蟲！」柏托特抬頭看著牛頓，驚異的笑著。

達克斯研究著巴克斯特。「爸的甲蟲也是兜蟲嗎？」

「是一隻大角金龜，而且還是一隻巨獸。」

達克斯想到了他在甲蟲山看見的那隻有斑馬紋的甲蟲。「牠後來怎麼了？」

「巴弟把大角金龜冷凍了，捐給了自然歷史博物館，供未來的研究。」

達克斯眨眨眼。他很確定要是他們去查，就會發現爸的甲蟲失蹤了。

「那法布林計畫怎樣了？」薇吉妮亞問。

「他們的實驗越來越成功了，露西就想說動巴弟離開計畫，自己成立實驗室。她相信他們的研究能夠讓他們致富。」

「她不想幫助地球？」柏托特問，覺得很沮喪。

「可是她已經很有錢了啊，」薇吉妮亞說。

「對，她現在很有錢，」麥西伯伯說。

「爸拒絕了，」達克斯很篤定的說。

麥西伯伯點頭。「巴弟一發現她的動機，就把所有的研究都毀了，還向艾波亞教授提出了辭呈，跟他說明了露西的圖謀。露西．強斯登暴跳如雷，從此消失，幾年之後就以一個新的名字出現——盧克莉霞．卡特。沒有了基因學方面的研究，法布林計畫也撐不了多久，最後就結束了。」

「達克斯的爸爸毀了他的研究！」柏托特說。

「他才沒有咧——有嗎，麥西伯伯？」達克斯瞪著伯伯。「東西就在樓上啊，在你的公寓裡。」他想起了是在哪裡看到**法布林計畫**這幾個字的了。「就是那個撕破的箱子，裡頭還有娜芙蒂蒂的牙齒——那裡面裝滿了檔案夾，側邊還寫著**法布林計畫**。」

麥西伯伯的臉色灰青。「我不想要，我可不是什麼嘲弄大自然的粉絲。我是舊世界的人，我也不贊成你父親做的事。我覺得他是在打開潘朵拉的盒子。其實，我們還差點因為這件事鬧翻呢。巴弟答應了你母親會把研究燒毀，可是他實在狠不下心來毀了他一輩子的工作，所以我就同意幫他保管，但是條件是他再也不能動這個東西。檔案就在我的儲藏室裡放了好幾年。要不是你來住，我都忘了。」

「盧克莉霞．卡特說甲蟲是她的，」薇吉妮亞說。

麥西伯伯皺著眉。「她要靠自己來完成人類—甲蟲轉基因過程也不過是時間問題罷了。」

「這件事很嚴重，對不對？」達克斯說。

「非常嚴重，」麥西伯伯一本正經的說。「甲蟲是地球上最最成功的物種，牠們幾乎什麼樣的環境都能適應。你父親想要解決的問題是，如果你把地球上最有適應力的生物的基因再提升，會有什麼情況。我覺得，這個問題是我所聽過最危險的事了。」

「可是盧克莉霞．卡特也說她還沒準備好，」達克斯說，想起了她在雙向鏡房間說的話，「說她不會讓任何人阻止她——**他們不行，他也不行，誰都不行**……我覺得是爸想阻止她。」

「我一直在調查她的圖謀，可是我追查的每一條線索最後都變成死路。要調查她簡直就是不可能。沒有人願意談她的事，大家都嚇呆了。」麥西伯伯搖頭。「不過呢，有一件事我敢打包票。無論她想做什麼，我們都得盡全力阻撓她。」

「我們必須報警，」柏托特說。

「警察對於我提供的每一條線索一點興趣也沒有。」

「為什麼呢？」

「因為有人在施壓，不讓別人調查巴弟失蹤的案子。」

「盧克莉霞．卡特，」薇吉妮亞忿忿的說。

「而且如果她認為我們知道了巴弟的下落，她就會立刻把他關到別的地方去，那我們就**別想**找到他了，」麥西伯伯說。「所以我們得小心翼翼，除了彼此之外，誰也不能信任。」

達克斯看著薇吉妮亞和柏托特。「我們有個救爸爸的計畫。」

「真的？」麥西伯伯露出笑容。「希望你們能成功。能說給我聽嗎？」

巴克斯特從達克斯的肩膀上飛起來，在他的臉旁邊盤旋，翅鞘舉得很高，下翅振動，跟蜂鳥一樣。

「我們很樂意說，」達克斯說。

「不過首先呢，我得回家去拿兩瓶香檳，」柏托特說，站了起來。

達克斯笑著看著伯伯驚訝的表情。

「這也是計畫的一部分。」

17 甲蟲雄師

達克斯把眼睛貼著廚房門打開的一條細縫。

皮克林在擺餐桌。

「明天我就**有錢**咯！」皮克林說，抱著自己，哼起了小調，哼著哼著乾脆就唱了起來：「拿枚金幣，拋到天空，隔天，轟，你就是百萬富翁……」

「又在唱我了嗎？」亨弗利轉了一團，緊抓著一個白色塑膠袋，另一邊的腋窩下夾著柏托特的箱子。

達克斯覺得脈搏加速。他悄悄引導甲蟲穿過狹窄的門縫。一定得成功，否則他們的計畫就失敗了。

「看我在門口找到了什麼。」亨弗利把箱子撕開，拿出兩瓶香檳。「是盧克莉霞．卡特送的吔。」

他把一瓶香檳推給皮克林。拿著自己的那瓶搖了搖，打開了瓶塞，仰頭接住了噴湧而出的香檳。「哈哈，我愛那個女人！」

皮克林小心的斟滿了一只黃色馬克杯。「乾杯！」他舉高了杯子。「敬盧克莉霞．卡特。」

亨弗利拿瓶子跟他碰杯。「好得不得了的女人。」

他把銀托盤從袋子裡拿出來，笨手笨腳的把托盤的蓋子拿掉，再抓過流理臺上的蔓越莓醬，坐下來大吃。他抓起一個鴨肉包子，浸到蔓越莓醬裡，然後就把一整個包子塞進嘴巴裡。

達克斯看得出巴克斯特已經就定位，在天花板上蓄勢待發。餐桌底下還有一隊亮黑色、肥尾巴的虎甲蟲，以及可怕的瘤擬步行蟲，牠們的樣子就像是一塊塊的鐵鏽。

「你就不能閉著嘴巴咀嚼嗎？」皮克林說，坐在他對面。

亨弗利打了個嗝。「唉呀，有氣泡吔！」

「你真是一頭豬。」皮克林輕蔑的說。「用手吃飯，直接拿瓶子喝酒。」

「這是外帶的中國菜，本來就應該這樣吃。」亨弗利回嗆他。「再說，我這樣子可以少洗幾個碗。」

皮克林和亨弗利隔著桌子惡狠狠瞪著彼此。

達克斯向埋伏在餐桌邊翠綠色的虎甲蟲揮手，牠們立刻就衝上了餐桌表面，爬上皮克林和亨弗利的食物。牠們移動的速度超快的，連達克斯都看不清楚，可是他絕對注意到牠們慢了下來，爬向邊緣，然後就突然靜止不動了。「不對勁。」達克斯壓低聲音跟腳邊的四隻糞金龜說。

「洗碗？你根本就**沒**洗過碗。」皮克林厲聲說，舀了一匙麵條到嘴裡。

「那是因為我從來不製造髒亂。」

「什麼！」皮克林整張臉都變成了紫色。「要不是因為你不洗杯子，那你房間裡那堆山一樣的噁心**東西**是什麼？」

達克斯看見巴克斯從天花板上飛下來，在餐桌上方盤旋。虎甲蟲確實是有哪裡不對勁。

「你怎麼敢說你沒有製造髒亂？」皮克林問，快氣炸了。

「因為我說的是事實！」亨弗利說，嘴巴一次塞了兩根春捲。

皮克林氣得抓起馬克杯，把香檳潑向亨弗利的臉，卻潑中了在盤旋的兜蟲，害牠撞上亨弗利的鼻子。

亨弗利嚇了一大跳，猛的向後退，把巴克斯特打到了他的麵條上，他的椅子東搖西晃，終於撞到了地板。

皮克林站了起來，尖著嗓子哈哈大笑。

「看你的熊樣！」他咯咯笑著說。

亨弗利手腳亂揮，想站起來。

「你——看你的樣子就像是——是一隻**大金龜！**」皮克林大吼，樂得兩手猛拍膝蓋。

「進去把牠們弄出來。」達克斯低聲說。糞金龜用後腳站立，前腳揮舞，然後起飛，衝進了廚房，降落在餐桌上，立刻就把虎甲蟲背起來。芫菁和瘤擬步行蟲跑上桌去幫忙巴克斯特。

達克斯屏氣凝神，密切注意。巴克斯特被麵條纏住了，沒辦法掙脫。

皮克林又回頭吃晚餐。「亨弗利，」他說，一面搔頭。「桌上都是蟲子，牠們好像是想吃我們的飯……」

「什麼？」亨弗利抓住桌面，很費力的跪起來，鼻子和桌面一樣高。

芫菁把巴克斯特從那盤麵條裡拉了出來。兜蟲想飛，卻絆倒，第三次才飛了起來。

皮克林抓起了一支平底鍋當作網球拍，把巴克斯特打到地板上。

「該死的蟲子！」亨弗利大吼。「看招！」他用大鎚子一樣的拳頭捶打瘤擬步行蟲。「中了！」他舉起手來查看。

瘤擬步行蟲向前飛，形成了一個防禦圈，跟芫菁背對背抗敵。

亨弗利詫異的看著甲蟲移動。「牠們應該被我打死了啊，我那一拳打得很重吔。」

「把牠們放進你的絞肉機裡絞，看牠們還死不死。」皮克林說，拎起了巴克斯特的獨角。

達克斯站了起來，不知道該怎麼辦。他不能讓他們把巴克斯特絞爛。

亨弗利樂得拍手，跑到洗碗槽旁的櫥櫃，拿出了附曲柄的銀紅雙色絞肉機。

皮克林把巴克斯特丟在手掌心，另一手沿著桌子底下摸，把其他的甲蟲都掃進他的手裡，再用另一隻手蓋住，困住牠們。

「噢！」皮克林的手指倏地張開。他手掌心的皮膚開始起泡。「啊！燙死我了！」甲蟲迅速爬上兜蟲的胸部，然後巴克斯特就起飛了，朝廚房門飛去，有一隻瘤擬步行蟲掛在牠的獨角上。

「啊！」皮克林跑向洗碗槽，打開了水龍頭，把手伸到冷水下。「燙死了！燙死了！」

「**不然**叫牠們芫菁「水泡蟲」是叫假的嗎？」達克斯低聲說，把門縫再推開一點，讓巴克斯特和其他甲蟲通過，然後再悄悄爬走。

達克斯溜上了亨弗利的臥室，兩手捧著巴克斯特。他的肩膀上爬滿了在睡覺的虎甲蟲和累壞了的糞金龜。而芫菁和瘤擬步行蟲這支雜牌軍則抓著他的綠色毛衣衣袖。

「一號任務完成了，」他低聲說，洋洋得意。「現在就得看柏托特他媽媽的安眠藥有沒有效了。」

「一定會有效，」柏托特說。「跟酒精混合之後，連一頭大象都撂得倒。」

「幫我把扶手椅推過來擋住門。」達克斯說，輕手輕腳的把他帶回來的甲蟲放到茶杯山腳。

「虎甲蟲是怎麼了？」薇吉妮亞一邊推椅子一邊問。

「一定是安眠藥的藥粉跑進了牠們的呼吸孔，害牠們昏倒了，」達克斯回答。「他們把藥粉灑進了食物裡，可是後來他們就好像發條鬆了，全都不動了。我只好叫糞金龜去把牠們背出來。我覺得巴克斯特可能也吸到藥粉了——牠被打進了一盤麵條裡，而且牠現在也還是昏昏沉沉的。」

聽到了巴克斯特的召喚，甲蟲山的每一隻甲蟲都集合起來；表層是顏色亮麗的昆蟲，閃閃爍爍，就像水煮沸了一樣。達克斯想要一眼看盡所有的甲蟲，可是種類、形狀、顏色實在是太多了，他看過一眼就忘記了：糞金龜、吉丁蟲、長頸象鼻蟲、大角金龜、鍬形蟲、放屁步行蟲、螢火蟲、薰衣草金花蟲、瓢蟲、南洋大兜蟲、長戟大兜蟲、泰坦大天牛、虎甲蟲、兜蟲、鰹節蟲、食骸蟲、沙漠擬步行蟲全都用頭和腹部捶打著茶杯。他的屏住呼吸，看清了這些甲蟲的真正力量。突然間他了解了爸為什麼認為甲蟲能夠拯救地球。可是此時此刻，牠們需要被拯救，而他是不會讓牠們失望的。

麥西伯伯坐在屋外的梧桐樹上，兩邊腋窩都架在樹枝上，瞪大眼睛、張大嘴巴看著窗戶裡面。

「你還好嗎？」達克斯朝伯伯揮手。

麥西伯伯以敬禮作答。

甲蟲漸漸安靜下來，達克斯站到牠們前面，兩邊分別是薇吉妮亞和柏托特。一百萬隻複眼看著他，等著他說話。

「盧克莉霞・卡特要來了，」他說。

甲蟲嘶嘶叫。

「我們阻止不了她。」他頓一頓。「可是我們可以**對抗**她！」

甲蟲都跺腳。

「而且我們**會**對抗她。」他深吸一口氣。「你們的敵人就是我的敵人。盧克莉霞・卡特綁架了我父親，把他關在她家裡。明天，等她來的時候，我會去救他。」

房間裡嗡嗡響、唧唧叫。

「可是，」他拉高聲音壓過蟲叫，「沒有你們幫忙，我就沒辦法成功。」

一片沉默，巴克斯特飛上了天空，搖動前腳，再很有節奏的拍打下翅。

「你們願意幫我嗎？我需要一支戰術分隊來幫我溜進陶靈大宅，把我爸救出來。」

角、大顎、腿敲打瓷杯的聲音答覆了他，一隊放屁步行蟲爬向前。牠們會很有用，達克斯知道，因為牠們會從腹部發射酸液。接著加入的是速度快又凶狠的虎甲蟲，還有糞金龜、螢火蟲——可以照明——還有一大隊的長戟大兜蟲和泰坦大天牛，全都是以力大聞名。

達克斯跪了下來。

「謝謝你們，我的朋友。」他轉身，用手指著外面。「那是我的麥西伯伯，在外面的樹上。」麥西伯伯揮手。「跟著他到汽車裡。」

「這邊走。」麥西伯伯高聲喊，笨拙的爬下了樹。

達克斯站起來，看著甲蟲軍隊從窗戶出發，這才轉過來對著甲蟲山。「盧克莉霞．卡特有個女兒叫諾娃，」他說，「她是我們這一邊的。」他記起了諾娃躺在地板上，失去了意識。「她需要朋友，而我們也需要有個間諜在那棟屋子裡，監視卡特的一舉一動。有沒有哪隻很勇敢的甲蟲要自願的？」

「讓她也得到一隻甲蟲？」薇吉妮亞嫉妒的說。

山坡上有一群甲蟲分開來，一隻吉丁蟲飛上了達克斯伸長的手裡，牠有高爾夫球那麼大，形狀像顆咖啡豆。牠的頭像大頭針，觸角很纖細，胸部是圓形的，翅鞘的顏色像彩虹。

「我的媽啊，好漂亮喔！」柏托特驚訝的說。「諾娃一定會愛死牠的。」

甲蟲似乎很喜歡受人矚目，翅鞘張了開來，炫耀色彩豔麗的外殼。

薇吉妮亞氣沖沖的瞪著甲蟲。「好極了！」她嘟囔著說。「現在大家都有了，只有我沒有！」

達克斯把薇吉妮亞拉向前，站在他旁邊。「盧克莉霞．卡特來的時候，我不在這裡，可是薇吉妮亞會跟你們一起戰鬥。她了解人類在做什麼，會幫忙指揮你們的軍隊。要聽她的命令。」

薇吉妮亞微笑，彆扭的揮揮手。

「今天晚上我們要把甲蟲山搬下樓到你們的新家去，在下水道裡，而且我們要讓盧克莉霞．卡特沒辦法追蹤你們。」

「我也來幫忙，」柏托特得意的脫口說，興奮的牛頓從他的頭髮飛出來，發射出很亮的光芒。

「我們一起來，」達克斯說，「讓盧克莉霞．卡特知道，我們的生命不是她能控制的。」

高昂的嗡嗡聲從茶杯山傳來，充滿了整個房間，就像是小提琴奏出的音符，恆久不斷。第一個合奏的音符還沒斷，第二聲接續又起，然後是第三聲，一群很小的綠黃雙色螢光甲蟲在茶杯山的上空飛旋，很有默契的一齊振動翅膀。一營又一營的黑色鍬形蟲爬上了山頂，停下來，在茶杯山的表層上敲打大顎。敲打聲很有節奏感，好像是一支迷你鋼鐵樂團。嗡嗡聲和敲打聲越來越清晰、越來越響亮，甲蟲排成了軍隊的編隊。怪異又奇妙的音樂越來越宏亮，越來越激昂，甲蟲踏著大步，茶杯山也跟著戰鬥音樂一起振動。

達克斯校閱了在他面前一排又一排的甲蟲戰士隊伍，希望盧克莉霞・卡特對她即將面對的情況完全沒有心理準備。他們擁有的最佳武器就是攻其不備。「在這場戰鬥中，」他說，「勝利的一方就能生存下來。」他舉起了拳頭。「而我們一**定**會勝利。」房間像熔岩噴發。甲蟲都飛上了空中，一群群繞著圈子跳舞，伸長的翅鞘反射著光線，虹彩外殼輻射出光芒。

達克斯對薇吉妮亞和柏托特微笑。感覺好棒，終於能反擊了。他的肚子裡燒著一把火，靈魂裡有堅毅，而且他一點也不害怕。

今天晚上他一定會把爸救回來。

18 馬文

樓下皮克林想要用力瞪著亨弗利，可是他的眼皮卻一直往下掉。

「我覺得該上床睡覺了，」他說，把椅子往後推。

「好主意。」亨弗利打個哈欠。「明天是大日子。」

「對，光輝燦爛的日子……」皮克林向前倒。

「皮克林，你的臉埋進麵條裡了。」

「我沒有。」皮克林坐起來，額頭黏著一根麵條。

亨弗利站起來，皮克林也想站起來。「喔，房間在旋轉！香檳衝上了我的腦門了。」

兩個表兄弟跌跌撞撞走出廚房，爬上樓梯。

「有點像是在砍樹，」柏托特向達克斯說，把眼鏡往上推，「只不過比較複雜，

因為我們要讓一些地方倒塌，一些地方不倒。」

他跟達克斯跪在地板上，仔細研究麥西伯伯給他們的建築平面圖。牛頓在柏托特的頭頂上放光，巴克斯特則平靜的趴在達克斯的肩膀上休息。他們的四周都是甲蟲，聚集在地板上和牆上。

「這一塊先。」柏托特把手指移到皮克林臥室上方的天花板上。「然後是這一塊，再來這邊。」

達克斯看著黑豔甲和星天牛。「你們清楚了你們和你們的寶寶要做的事了嗎？」

甲蟲嗡嗡叫，表示理解了。

「好，那你們就把你們的寶寶帶到閣樓的托梁上，開始啃吧。」

他看著家具，食骸蟲和粉蠹蟲匆匆跟在黑豔甲的後面。

「你們這些會腐蝕金屬和鐵的，」柏托特說，「或是能破壞水泥和磚塊的，你們的任務比較艱難。所以我做了一點東西來幫忙。」

芫菁，小蠹蟲和放屁步行蟲向前爬，柏托特把一個紙箱從他的背包裡拿出來，掀開了蓋子。裡頭裝著四支藍色試管，插了長長的引信。

「你是從哪裡學會做炸彈的？」薇吉妮亞在他的肩膀上問。

「這不是炸彈啦，是炸藥包，」柏托特糾正她。

「有什麼差別？」達克斯問。

「炸藥包是把可控制的化學反應限制在一個小空間裡。甲蟲會挖個洞，把一根管子插進去。我會在安全距離之外引爆，每一層樓一根。」

「你真是一個澈澈底底的縱火狂！」薇吉妮亞說，口氣很佩服。

「你不會有事吧？就是……跟那麼多甲蟲在一起？」達克斯問。

「我沒關係了啦。」柏托特微笑。「牛頓讓我看清了，我以前太傻了，我現在已經不怕牠們了。」

達克斯拍拍他的胳膊，可是一看到門把轉動，就整個人僵住。

「門鎖死了！」亨弗利要撞不撞似的用身體去頂門。「怎麼會？我們不是打開了嗎！皮克林，我進不去我的房間！」

「誰管你，」皮克林咕嚕咕嚕的說，專心把一隻腳放到另一隻腳的前面，把自己弄上樓上的臥室。

「那我要睡哪裡？」亨弗利踉蹌跟著表兄弟。「我不要又睡地板。」

皮克林用力一倒，進了臥室，癱倒在床上，立刻就不省人事。

「那我呢？」亨弗利東倒西歪走進去，砰的一聲坐在皮克林的床尾，床頭像蹺蹺板一樣蹺高了幾呎。皮克林動也不動，亨弗利就頭貼著牆睡著了，一點也不曉得他坐在皮克林的腿上。

一聽見亨弗利打呼，達克斯跟薇吉妮亞就把扶手椅搬開，爬上三樓去查看那兩個表兄弟的情況。「你看這個，」達克斯低聲說，站在皮克林的臥室門口。

薇吉妮亞不過去。「他們可能會醒！」她用嘴形說。

達克斯搖頭，叫她過來。「不會啦，看。」

薇吉妮亞上前去，從他的肩上望過去。「喔！明天早上一定會很不舒服，」她說，看見了皮克林的小腿壓在亨弗利的背下。

「我知道。」達克斯壞壞的笑。「可惜我不會留下來看。」他想著自己要做的事，覺得胸膛間湧起一股力量。

他要回到陶靈大宅去把他的父親帶回家。

他深深吸口氣，再緩緩吐出來。「對，第二階段。我們去搬甲蟲山吧。」

達克斯快步下樓，正好看到柏托特把頭伸出了亨弗利的房間門口。「有效嗎？」他問。

「他們都睡昏了。」達克斯扭過頭低聲說，衝下樓到廚房，再到大賣場裡，跑到人孔蓋邊，把他們用來遮蓋人孔蓋的木板抬起來。

他們在人孔蓋的洞口旁邊鎖了幾條軌道，支撐住沉重的鐵蓋。洞的邊緣裡面有一串齒輪和槓桿，連接住幾卷粗電線，而電線繞了人孔蓋一圈。柏托特做了這個機制讓薇吉妮亞能夠立在梯子上，使用兩個把手開關人孔蓋。

「明天不參加戰鬥的，」達克斯對著看似空空的店鋪說，「就到地下去準備重建甲蟲山。」

有群甲蟲從地板下冒出來，朝他流過來，數量越來越龐大，情緒也越來越興奮，活像是一波一波的可樂。飛到人孔洞的邊緣後，一群甲蟲又變成了瀑布，傾瀉而下。

達克斯躍過甲蟲河，準備再回樓上，三步併作兩步。巴克斯特在他的肩膀上，因為安眠藥的關係仍昏昏沉沉的。

在亨弗利的房間裡，薇吉妮亞站在甲蟲山腳下，玩著垂在右耳上方的辮子，心裡在衡量是否該把那株大葉醉魚草也帶走。上頭似乎有很多甲蟲，她知道有許多甲蟲是吃花蜜的。

「我不知道你們聽不聽得懂我的話，」她對著甲蟲山說，覺得有點蠢，「可是如果你們到那棵樹的底下，把根挖鬆，我就可以把它帶到你們的新家去。」

「牠們一定聽得懂。」柏托特跟她保證。

他說的沒錯。甲蟲消失到茶杯裡，而那株大葉醉魚草慢慢的向薇吉妮亞傾斜。她伸手去接，一大群甲蟲急速飛舞，從枝椏上飛走。一隻笨重的紅色甲蟲掉在她的額頭上，拚命的抓緊她，牠的頭像氣泡，後腿很長。

「嘿！」她變成了鬥雞眼，想要看個仔細。「你這隻粗腿金花蟲掛在我的臉上，我是要怎麼把這棵樹放下來啊？」

粗腿金花蟲動也不動。

薇吉妮亞曲膝，小心的把大葉醉魚草放到地板上。一隻手舉到鼻梁上。「要不要搭便車下來？」

甲蟲爬上了她的手。它約莫五公分長——比牛頓小一點——櫻桃紅的外殼閃著光，看起來很像金屬。

「你長得還滿漂亮的嘛，而且你的腿還真大。我敢打賭你很會跳。」

紅色甲蟲搖頭，從薇吉妮亞的掌緣爬下去，倒吊在她的手背上，六隻腳都抓著她的皮膚，彷彿是被吸力墊吸住。

「喔，我懂了，你以為你是蜘蛛人，」薇吉妮亞咯咯笑。「我應該說是蜘蛛甲蟲，不過你的樣子比較像是有毒的樹蛙。」她把手翻過來，讓甲蟲朝上站。「人類也是可以頭下腳上的，你知道嗎？」她小心的把甲蟲放到大葉醉魚草上，然後身體向後仰，兩手抛過頭，下腰，兩腿一蹬就倒立了起來。「看到了吧？」

「太厲害了。」柏托特鼓掌喝彩。

達克斯走了進來。「下去下水道的通道暢通無阻，」他說，帶著好笑的表情看著薇吉妮亞挺身站好。

薇吉妮亞覺得癢癢的。那隻金屬紅甲蟲降落在她身上，正在她的胳膊上爬。

「你的朋友是誰啊？」達克斯問。

薇吉妮亞抬起了手肘。「這是一隻有蜘蛛人能力的粗腿金花蟲，我覺得牠住在大葉醉魚草上面。」

「好酷喔！」達克斯注視著甲蟲強壯的後腿。「牠好像是金屬做的。你要叫牠什麼名字？」他問，看著甲蟲爬上薇吉妮亞的脖子。

「名字？」

達克斯點頭。「你不知道嗎？他選中了你這個人類了。」

「真的嗎？你這樣想嗎？」薇吉妮亞滾動眼珠，想要看見在她脖子上的甲蟲。「他會不會是喜歡我的倒立？」她想了一會兒。「要是牠跟著我不走了，我就叫牠馬文，跟馬文．蓋伊一樣，他是有史以來最棒的音樂家。」

甲蟲以強壯的後腿站立，兩隻前腳像手臂那樣搖擺，觸角跳啊跳的，像在跳舞。

「我想馬文沒有意見，」達克斯哈哈笑。

19 移山

達克斯站在甲蟲山腳下。

「可以開始了，」他對著幾千隻等待的昆蟲說。「只要是推得動、拉得動、扛得動的甲蟲都要帶一只茶杯走，從這裡搬下樓。很會飛的就到大賣場去幫忙把杯子送到下水道裡。」

達克斯看到在山腳下糞金龜已經把茶杯半推半滾向門口了，三、四只推一只杯子。

「把杯子從樓梯上推下去，」他建議，「不要用扛的。等到了下水道以後，你們就得開始準備明天戰鬥的彈藥了。」

「我把樹拿下去，」薇吉妮亞說，把大葉醉魚草抱在懷裡。

「你那邊還順利嗎？」達克斯問柏托特。

「不知道。很難判斷甲蟲在一夜之間能吃掉多少木頭，」柏托特坦白說。「不過應該還好。」他看著薇吉妮亞。「亨弗利房間跟皮克林的廚房的地板都沒動，大賣場和小廚房之間的承重牆也沒動。這樣應該不會有東西掉在人孔蓋上，我們不想害你困在下面。」

「放心啦，我們有一支甲蟲大軍呢，」薇吉妮亞說，一面朝門口走。「哪有可能出什麼錯呢？」

柏托特焦慮的看著達克斯。

達克斯捏了捏柏托特的肩膀，讓他放心，並且朝那些在扛、拖、拉杯子的甲蟲點個頭。「不用多久就搬完了。」

夜色漸深，一開始幫助甲蟲、打擊卡特的興奮漸漸濃縮成一股勤勉的沉默，偶爾三人互相看一眼、點個頭。最後，就在黎明前，達克斯、柏托特、薇吉妮亞看著最後一只茶杯消失在房門外，由四隻橘黑雙色的長臂天牛扛著。亨弗利的臥室空空蕩蕩的，只留下了一張沾滿汗漬的粉紅色扶手椅。

達克斯眨眨眼，壓下疲憊。「完成了！」

窗外的街燈滅掉，他們躡手躡腳下樓到廚房去。達克斯叫一群鏽紅色的小甲蟲在流理臺上集合，現在他停下來跟牠們說話。

「這些傢伙是誰啊？」薇吉妮亞問。

「牠們是粉蠹蟲，吃木頭的。牠們在吃樓梯，」達克斯回答她。

柏托特交給薇吉妮亞一只碼表。「這是給你的。」

「喔吔！謝謝。」薇吉妮亞把碼表掛在脖子上。「核對時間。現在是五點五十二分。」

「我們是不是應該去看一下甲蟲山？」達克斯提議。

三人都跑到大賣場，從人孔洞注視下面的新甲蟲山。

「看起來好像原本就在那裡，」柏托特說。「看，牠們已經把大葉醉魚草種好了！」

「你覺得形狀是不是有一點不一樣？」薇吉妮亞歪著頭。

「這個角度很難判斷，可是甲蟲好像很滿意，」達克斯回答她。

「對吔，」薇吉妮亞說，覺得很愉快。

他們能看見甲蟲在茶杯山的表面爬來爬去，扶穩茶杯，用青苔和絨毛塞住間隙。

「是誰說移山很難的啊？」達克斯微笑著說。

「好，」薇吉妮亞坐直了，「我們也該分開行動了。」

三人看著彼此，確認自己負責的部分。

「麥西伯伯現在一定在等我，」達克斯說。「你們跟爸媽編了什麼藉口？」

「我在他家過夜。」薇吉妮亞指著柏托特。

「我在薇吉妮亞家。」柏托特眨眨眼。

「你們自己在這裡可以嗎？」達克斯問。

「當然啦。」薇吉妮亞捶了他的胳膊一拳。「你去救你爸，我們沒事的啦。又不是只有你一個人有超級甲蟲！」

達克斯微笑。馬文倒吊在薇吉妮亞的一隻辮子上，活像個迷你蝙蝠，而牛頓則坐在柏托特的左耳上。

「走了，走了，快點走吧。」薇吉妮亞輕推了他一下。

達克斯輕輕喊了一聲，一團芫菁就飛出了人孔，後面跟著一隻美麗的吉丁蟲，牠自願要去當諾娃的朋友。牠閃爍著七彩顏色，落在達克斯的另一邊肩膀上，跟巴克斯特各占據一邊。達克斯向薇吉妮亞和柏托特揮手，就小跑步穿過商店，打開了大賣場的門，跑到街上。

柏托特跟薇吉妮亞看著達克斯離開，柏托特說：「我幫你帶了一點戰鬥用的東西。」他在背包裡摸索，掏出一個盒子。「尾巴上帶刺的。」他給了她一個打火機。

薇吉妮亞打開盒子，往裡面看。「要死了！」她說，把打火機收起來。「謝啦！」

柏托特抱住了薇吉妮亞的脖子。「祝你好運，」他說，放開了手，又彆扭的拍拍她。

「你也是。」薇吉妮亞站了起來，揮手送柏托特消失到家具森林裡。「好了，」她跟馬文說，「我們最好找個舒服的地方坐下來等盧克莉霞．卡特。」

達克斯東張西望，可是唯一的動靜就是佩托先生的報刊店有燈光。薄荷綠的雷諾四號汽車停在馬路中央，引擎在轉動。麥西伯伯坐在駕駛座上，在看地圖。車裡的小燈亮著，達克斯看到後座的奶白色皮椅上爬滿了長戟大兜蟲和泰坦大天牛。放屁步行蟲抓著車頂，一小群大型虎甲蟲則選擇了麥西伯伯的探險帽。

麥西伯伯揮手，在一大群甲蟲乘客中顯得很不自在。

達克斯跟他那團芫菁匆匆跑向汽車。

一輛公車呼嚕通過，滿車睡眼惺忪的通勤族都茫茫然瞪著車窗外。

「皮克林和亨弗利睡得很死，」達克斯說，一邊繫上安全帶，芫菁則降落在儀表板上。「第二階段完成了。現在輪到第三階段了。」

「那麼，」麥西伯伯說，「我們去把巴弟帶回家吧。」

他猛踩油門，放開了手煞車，車子轟隆一聲向前竄。

20 赫本

盧克莉霞．卡特的臥室像個山洞，地面鋪了烏木鑲花地板，挑高天花板是黑色的哥德式拱頂。拱頂都裝飾了黃金，足足有一層樓那麼高。天花板上掛著兩具大吊燈，是用黑曜岩雕刻出來的。牆壁漆上了磨砂黑，還有金色拱形門框、鏡子、書架，跟天花板上的黃金拱頂呼應。房間正中央有一張極高的四柱大床，木料是非洲黑檀木，掛著手織的金色蕾絲幔子，垂下來的時候金光閃閃，隱約遮住了黑絲床單。

有人敲門。卡特在床上坐起來，戴上太陽眼鏡，披上了一件晨袍。「進來，」她高聲說。

進來的是傑拉德，左手指尖端著銀托盤。盤子上有一隻平底玻璃缽，裝著味道很臭、黏呼呼的褐色液體。

「您的早餐，夫人，」他說，鼻孔一直抽動。

「放在我的梳妝臺上，」盧克莉霞．卡特說。她在床上轉身，站了起來。今天早晨她總算要把那些甲蟲弄到手了，然後她就能確定她的實驗是否成功了。

巴索勒繆那個笨蛋居然敢干涉她的事情，不過等他看見了她的成果——她打算做的事——他就會明白，她的方法才是讓人類進步並且生存下來的唯一方式。

傑拉德放下了托盤，退後站好。

「夫人。」他清清喉嚨。「我能跟您談一談諾娃小姐嗎？」

「什麼事，傑拉德？」

「我覺得小姐這個年紀，去上學對她可能有好處。」他頓一頓。「她對外在世界越來越好奇，問題也變多了。」

盧克莉霞．卡特打量著管家，覺得奇怪，他居然還會為這種事情傷腦筋，一定是很關心那個孩子。

「哥本哈根的朵彩斯古倫女子學院聽說是非常好的學校，」他說。

盧克莉霞．卡特草草點頭。「你去辦。順便叫玲玲在七點半把車開過來。」

「是，夫人。」傑拉德鞠躬後離開了房間。

盧克莉霞．卡特下了床，坐在鏡子前。傑拉德用法語稱呼她「夫人」，稱呼諾娃「小姐」讓她很煩。「年齡只是相對的概念，」她提醒鏡中的自己，一面把早餐拖過來，「而且我可是新品。」

她把兩手舉到下顎骨，指尖放到兩隻耳朵的下方，然後把嘴巴儘量拉大，卡一聲，把下顎骨扭鬆，讓下顎骨掛在覆蓋住她下巴的那層皮上。她低下頭，湊向玻璃缽的邊緣，一對粉紅色的口唇鬚饑渴的伸出來，把惡臭的褐色植物都鏟進了她的口中。

「她是不是你看過最可愛的甲蟲，巴克斯特？」諾娃說，低頭看著彩虹色的昆蟲爬過她淡粉紅色的床罩。牠的翅鞘好似在發光，從亮粉色變成翡翠綠，再變回來。她伸出手，吉丁蟲就爬了上去，在她的掌心丟下一張迷你紙卷。

「這是信嗎？好小喔！」

諾娃把甲蟲放下來，小心的把紙卷攤開。

諾，我需要你幫忙。我在外面。你能不能等妳母親出門以後，讓我從僕人的出入口進去？巴克斯特會把你的答覆帶給我。吉丁蟲是給你的朋友。達。

「他怎麼不在後面加個吻啊，」諾娃嗲聲埋怨，可是臉上的笑卻藏不住。「巴克斯特，去跟他說我來了。」

兜蟲鞠個躬，飛出了窗戶，回去找達克斯和麥西伯伯，他們的汽車就停在一段距離外的馬路上。

諾娃下床，在睡衣外又套了件黑色絲質和服，對鏡照了照頭髮。吉丁蟲也照了一下鏡子，在床上來來回回走動，欣賞自己的倒影。

諾娃把甲蟲拿起來，放在梳妝臺上。「你也像巴克斯特嗎？能聽得懂我說的話？」

吉丁蟲優雅的抽動觸鬚。

「那我就當是了。」

吉丁蟲爬上梳妝臺鏡子，又爬向諾娃釘在一角的奧黛麗．赫本的海報。

「她是奧黛麗．赫本。她是不是很美？她是電影明星。」

吉丁蟲張開了翅鞘，伸出了下翅。

諾娃吃吃笑。

「當然啦，**你**比她漂亮多了。」

吉丁蟲跳上空中，優雅的繞了個圈，降落在梳妝臺上，面對著鏡子，用大顎打理她的觸鬚。

「那我就這樣叫妳。」諾娃輕輕撫摸吉丁蟲的翅鞘。「赫本。」

她拉開了梳妝臺的抽屜，在裡頭翻找，找到了一個金色的圓椎，底下有夾子。「這個地方對甲蟲很危險，尤其是像你這麼可愛的，」她對著新朋友說，從鏡子旁的花瓶裡抽出一朵含苞的白玫瑰，用修指甲的剪刀剪掉花莖。「我們需要幫你弄一個躲藏的地方。」她把花苞掰開，把中央緊密的花瓣摘掉。外圍的花瓣保持著形狀，一片覆著一片，藏住了中空的花心。諾娃把莖插進圓椎裡，再把玫瑰夾在晨袍上。「好了！胸花密室。你覺得你躲得進去嗎？」

赫本飛起來，鉤住底下的花瓣，把玫瑰打開，爬了進去。

「把頭伸出來。」

赫本把亮粉色的臉從花瓣間探出來。

「喔！你真的聽得懂吔！太棒了，可是在我們遇見別人的時候，你一定要躲起來。」

赫本又藏回了花瓣裡。

諾娃用梳妝臺的鏡子檢查。玫瑰並不令人感覺突兀，而且反正她臉上那塊明顯的瘀青也會吸引住別人的眼光。

熟悉的車輪輾壓碎石路的聲音把她引到窗口。玲玲正在開車門，然後瑪泰就出來了，一身黑色及地連衣裙，穿著她的招牌實驗袍，戴著太陽眼鏡，坐進了後座。

諾娃隔著窗戶一段距離，以免被看見。「我們去看看達克斯要幹麼吧，」她低聲對赫本說。

盧克莉霞．卡特的轎車駛出了陶靈大宅的大門，經過了空無一人的雷諾四號車。一輛白色麵包車由兩個黑衣人駕駛尾隨在後，黑衣人在她去找亨弗利和皮克林的那次也是她的跟班。

達克斯和麥西伯伯蹲在雷諾四號後面，兩輛車一通過，他們就匆忙穿過陶靈大宅的大門，鑽進銅山毛櫸樹籬，他們的甲蟲特遣隊正在樹籬等他們。大門慢慢關上了。

「看，巴克斯特。」達克斯用手一指。

兜蟲從諾娃的窗戶飛下來，樣子就像是迷你直升機，他降落在達克斯伸長的手上。

「你找到諾娃了嗎？」達克斯問。「她有沒有拿到信？她要來嗎？」

兜蟲鞠躬。

達克斯抬頭看著麥西伯伯，做了個深呼吸。「你好了我們就走。」

「毅力和膽量，孩子，就是我們需要的。」

麥西伯伯朝他眨眨眼，達克斯立刻就覺得鎮定多了。

他把巴克斯特放到肩上，站了起來，雙腳打開，伸長兩手。首先是又大又黑的長戟大兜蟲起飛，降落在他的頭頂、肩膀、背上，然後是綠色的虎甲蟲，再來糞金龜也爭先恐後的擠上來。放屁步行蟲和螢火蟲跟著聚在他腿上，芫菁則緊緊抓住他的綠色毛衣。

「如果讓你父親看到了，他絕對不敢相信。」麥西伯伯搖搖頭，輕聲笑。

達克斯微笑。「走吧。」

麥西伯伯輕鬆的走向陶靈大宅的前門。達克斯跟在他後面，頭上、肩上、軀幹都布滿了甲蟲。

麥西伯伯向前傾，叩了銀色的門環，達克斯一個箭步就繞到屋側，拔腿跑向僕人的出入口。

傑拉德來開門。

「早安吶，年輕人，」麥西伯伯很快活的說，同時一隻腳插進了門裡。

達克斯能聽見麥西伯伯的大嗓門。管家一定是來開門了。

他輕敲僕人出入口的門，門打開了，諾娃就站在門後，露出羞澀的笑容，可是一看到達克斯的甲蟲外套，下巴就掉了下來。

「哈囉，」達克斯說。「我們能進來嗎？」

「你跑來幹麼？為什麼帶這麼多蟲來？」

「我需要你帶我到下面的酒窖去，」他說，鬼鬼祟祟的樣子。「到地牢那邊。」

「什麼！為什麼？」諾娃退後一步。「我不能……我……」

達克斯看得出她很害怕。

「如果不是很重要，我也不會請你這麼做。」他直直看著她的眼睛。「諾娃，我爸就在下面，我必須救他。要是可以不需要你幫忙，我是不會麻煩你的。」

諾娃的眼睛突然瞪得好大。

「你爸？你確定嗎？」

達克斯點頭。「我就是來救他的。」

「可是怎麼會……？」諾娃把臉上的頭髮拂開。「我是說……」

「我需要你幫我，」達克斯輕聲說。

「達克斯，我……」

「拜託，諾娃。」

她摸了摸眼睛下方的瘀血，想了一會兒，點了頭。

「我帶了一些甲蟲朋友來幫忙。」

諾娃吃吃笑。「我看到了。你的樣子好好笑呵。」

「牠們還真重。」他微笑著說。「你收到我叫吉丁蟲送的信了？」

「喔，有啊，赫本。」諾娃輕敲夾在她晨袍上的玫瑰。

赫本探出頭來，朝達克斯揮動觸鬚。

「哈囉，」他對吉丁蟲說。「很高興看到你已經安頓下來了。」

「來吧，」諾娃說。「我們最好動作快一點，我不知道瑪泰會去多久。」

諾娃帶著達克斯穿過空蕩蕩的廚房，走向螺旋梯，從這裡下樓。下了樓後是一扇門，門後有個又黑又有霉味的房間。

「這裡是酒窖。另一邊的門會通到地牢，」她低聲說。

「有警衛嗎？」達克斯問，悄悄走過漆黑的房間，布滿灰塵的酒瓶堆得很高。

「丹奇許、柯雷文和毛陵輪流。走廊盡頭有個房間有閉路電視，可是他們從來不看。沒有人敢闖到這裡來。」

「有兩個人開著白色麵包車跟在你媽的車子後面。」

「那一定是丹奇許和柯雷文。毛陵不是很聰明。瑪泰從來不交代他重要的事情。可是我們也不想碰見他。他是個巨人，跟房子一樣大，而且鼻子還是扁的，是以前當重量級拳擊手的時候被打扁的。」

兩人來到門口，偷溜了進去。達克斯發現自己站在被管家抓走的同一個位置，只不過這一次走廊很安靜。他扭頭看著那扇白門，後面就是那些憤怒的甲蟲，希望沒有哪隻逃出來，或是在屋子裡巡邏。他看見了他爸的聲音傳出來的那扇門。上面有個9。

「好，」達克斯跟爬滿他的毛衣的甲蟲低聲說，「該去做你們的事了。」

甲蟲落在地上，有的飛，有的爬，急急忙忙向標著9的那扇門前進。只有巴克斯特仍在達克斯的肩上，牠舉著觸角，保持警戒，動也不動。

「沒有鑰匙你要怎麼開門？」諾娃低聲說。

「交給甲蟲吧。」達克斯把牢房門的窗子推開，可是裡面伸手不見五指。「爸？」他稍微大聲的叫。

沒有回應。

一隊放屁步行蟲爬上了門，從鑰匙孔鑽進去。牠們把防衛的酸液噴進鎖眼裡，一陣輕微的嘶嘶聲，然後金屬就融化了。咚的一聲，鎖頭跌出了門板，滾落到地上，被一班糞金龜接住，沒有發出聲響。

達克斯把門推開。他聽見了奇怪的聲音——很輕的嘶嘶嘶、唧唧唧、吱吱吱。

他跨進去一步，等著眼睛適應黑暗。房間裡沒有窗，也沒有電燈。

螢火蟲急忙飛進來，發出強烈的光芒，好像同時亮著幾百個針尖般大的光點。他們圍繞住躺在地上的一個黑黑的人形。

「爸？」達克斯低聲叫，謹慎的接近。「是你嗎？」

人形好像是趴著在睡覺。

「爸？」達克斯跪下來，把爸爸推成仰躺，把他的肩膀拉上他的膝蓋，抱著他的頭。「爸，是我。是達克斯。」

「不，」他爸爸靜靜的抽泣，聲音像灰塵那麼小，「她抓了我的兒子。」他的鬍子很密，頭髮很亂，都壓扁了。

「沒有，爸，她沒有。我在這裡。」

「我祈禱是一場夢。」他父親的聲音像耳語。「是她的另一個折磨。全都沒了。」

達克斯的眼睛適應了之後，就看見了他父親的身體圍繞著很小很黑的生物。他用手背去拂開，他看不太清楚是什麼，只覺得像大螞蟻。他還沒來得及說話，虎甲蟲就像閃電一樣衝了進來，用尖銳的大顎抓住了那些生物，切成了兩半，丟到陰暗處。被虎甲蟲攻擊後，這些不知道是什麼的生物，就撤退到黑暗的角落裡。達克斯感覺得出來牠們在監視在等待。

「爸，聽我說，我們是來救你的。」

他的爸爸死命抓著他的手腕。「兒子，你得離開這裡。救你自己。」

「沒有你我絕不走，爸。」

「達克斯，我被鍊在牆上。」他挪動腳，達克斯就聽見了腳鍊的鏘鏘聲。

「放屁步行蟲，我需要你們，」達克斯輕聲呼叫。

巴索勒繆．卡托四下環顧，完全糊塗了。

「你在跟誰說話？」

「你不要擔心，爸，我們會把你救出去的。」

「我不知道這裡是什麼地方。」

「你在陶靈大宅，盧克莉霞．卡特家裡，」達克斯說。「你記得你是怎麼到這裡來的嗎？」

「我在庫房裡。牠不見了。我早該知道不安全的……」巴索勒繆．卡托搖頭。「我收到一封信，是一個標本；那隻甲蟲展現了奇怪的行為。我去檢查，然後……然後……」

「然後怎樣？」

「我的大角金龜不在保險箱裡，反而冒出了一群擬步行蟲，全都在等待……在空中埋伏。牠們向我噴氣體，不是苯醌……可是我一定是搞錯了。後來房間就開始旋轉，標本抽屜自己打開了，幾百隻的智利長牙鍬形蟲鑽了出來……可是不對呀，牠們是瀕危的物種……」

達克斯回想著走廊後端的飼育箱，知道他父親說的智利長牙鍬形蟲並不是他憑空想像出來的。

「我一定是產生幻覺了，後來只看到天花板，後來就什麼也看不到了。等我醒過來，我已經在這間牢房裡，而且她也在。」他聳聳肩。「她在嘲笑我。她是瘋子，達克斯。」他抬頭看。「她不是我十五年前認識的那個人了。她很危險。她說了很多恐怖的話……」他甩甩頭。「你一**定**得離開，**快**！」

「爸，聽我說。你被盧克莉霞．卡特的甲蟲綁架了。她一直在用甲蟲做什麼基因工程的實驗。我不知道是為了什麼原因，可是甲蟲把你迷昏了——牠們為她工作。」

「達克斯，甲蟲不會為誰工作。我們許多年以前就試驗過了——可是我們只創造出有個性的甲蟲。」

「不，爸，聽我說。我見過她的甲蟲，而且牠們很憤怒，跟餓狼一樣，是牠們做的。牠們綁架了你。還都上報了。你沒從門口離開庫房——艾迪從頭到尾都站在外面。你就憑空消失了。」

「憑空消失？可是……」

「是那些智利長牙鍬形蟲把你抬走的，從空調的通風管。」

「可是不可能啊……不然我會……」

「巴克斯特就是在那裡找到你的眼鏡的。」

「巴克斯特？」

「牠是一隻兜蟲。是幫我來救你的那些好甲蟲。你一定要聽我說，照我說的做。我們沒有多少時間了。」

21 奇襲

皮克林睜開了眼睛，一坐起來頭就撞上了亨弗利的肩膀。

「醒醒。」他捏亨弗利的手臂。「**醒一醒！**你坐在我的腿上了！」

亨弗利張開了眼睛，皮克林正好賞了他的臉一巴掌，他一轉身就捶了皮克林的頭一拳。

皮克林的頭猛的向後仰，回敬了亨弗利的肩膀一記。「**下去！**」

「這是哪兒啊？」亨弗利呻吟著說。「我的頭好痛。」

「你在**我的**床上，在**我的**房間裡，坐在**我的**腿上！」

「行了，火氣別那麼大，」亨弗利說，身體前傾，扶著門框，把自己撐起來，懸空的床頭就砰的一聲落在地板上。

皮克林哀哀叫。他看見了兩條腿，卻感覺不到。「**你把我的腿壓斷了！**」

「樣子的確是怪怪的，」亨弗利順著他說，一面搔頭。皮克林的腳跟正常的腳角度恰恰相反。

皮克林想站起來，卻跌倒了，像一條出水的魚一樣在地板上亂拍。「我恨你，我恨你，我恨你！」

亨弗利好笑的噴著鼻子。「又不是世界末日，皮克林。不過就是一雙腳嘛，治得好的。」

「八點了嗎？」皮克林急促的說。「盧克莉霞・卡特要來了……」

「喔，對。」亨弗利笑著說。

「……那些甲蟲要……」

「喔，對了。」

接近的引擎聲讓兩人都抬起了頭。亨弗利看著窗外。

「她來了，還有一輛廂型車。停在對面。」

「不好了！你確定是她嗎？」

「嗯嗯。」亨弗利點頭。

「可是我不能走了！」皮克號叫。

「真是對不起您呵，」亨弗利說，可是一點歉意也沒有。

前門有人敲門。亨弗利轉身就要離開房間。

「慢著！」皮克林兩手亂揮。「你要去哪裡？」

「去開門啊。」

「你休想一個人去！」

亨弗利咧開嘴，笑得很邪氣。

「**你**壓斷了我的腳踝，所以**你**得把我背下樓。」

亨弗利假裝想了一會兒，隨即搖頭。「不要。」

皮克林放聲尖叫。「亨弗利．溫斯頓．甘寶，要是你不把我抱起來，背到樓下去，我就要跟盧克莉霞．卡特說你故意壓斷了我的腳踝，說你是個不可靠的人，說你計劃要捲走她的錢落跑，說……**我們已經說好了！你這個腦滿腸肥的討厭鬼！**」

亨弗利咕噥一聲，把皮克林很粗魯的抱起來。「只要能讓你閉嘴就行，」他對著他咆哮，又朝樓下大吼：「來了。」

走到樓梯的第二階，亨弗利腳下的樓梯板忽然向下陷，他踉踉蹌蹌向前倒，把皮克林摔了下去。他把左腳從破洞裡拉出來，結果右腳又踩穿了另一階樓梯板，樓梯板上布滿了小小的細孔。

「這個地方是中邪了啊？快要四分五裂了！」

「是**你**中邪了才對吧。」皮克林揉著額頭上漸漸隆起的腫塊。「是你需要減肥了！」

「閉嘴，不然我就把你丟到樓梯底下。」亨弗利又把皮克林拎起來，憤怒的把他掛在肩上。皮克林突然發現他的頭就靠著亨弗利的大屁股。

亨弗利這下子有了提防，每一階都走得很慢，在踩上去之前總是先測試一下。

「馬上就來，」他大吼，小心跨過布滿了細孔的樓梯板。等他終於走到門口，他注意到他的臥室門開了，心裡微微覺得滿意。昨晚他打不開一定是他糊塗了。都是那個男孩，那個神祕逃走的男孩，陰魂不散。他現在到處都看得到他，在街上，在皮克林後院的垃圾堆裡，他甚至覺得昨天在陶靈大宅外面也看見了他。他甩甩頭，要自己記住不可以再綁架兒童了。

「等一下，」他大喊，幾乎快嚐到門外大筆現金的滋味了。

他打開門卻發現兩個穿黑套裝的男人。

「你們是誰？」亨弗利問。

「丹奇許，」其中一個說，他的樣子好像是專門踢小狗狗取樂的。

「我是柯雷文，」比較高瘦的那個說，他的笑容很像流氓。「我們是為甲蟲來的。」

「她來了嗎？」皮克林問亨弗利。「我什麼也看不見，因為你肥大的屁股擋住我了。」

亨弗利不理這兩個人，大步過馬路到盧克莉霞·卡特的轎車那兒，皮克林在他的肩上晃呀晃的，完全不知道路人都盯著他們看。黑色車窗搖下來，露出了金黃的嘴脣和黑墨鏡。

「哈囉，」亨弗利吃吃笑著說。「謝謝你的香檳。」

「我完全不知道你在說什麼。」盧克莉霞・卡特的眉毛飛到了墨鏡的上端。「你喝酒了嗎？」

「轉過來。轉過來！」皮克林拍打亨弗利的屁股。

亨弗利把他轉了過來。

「哈囉，親愛的盧克莉霞，就知道你在這裡，」皮克林說，儘量把頭抬高。

「別擋路，」她說，黑色玻璃搖了上去，結束了談話。

亨弗利把皮克林丟在洗衣店外的人行道上。「你把她嚇跑了，」他抱怨他。「我還沒跟她說完話呢。」

「那是我們的甲蟲，」皮克林皺眉看著柯雷文和丹奇許，他們在敞開的麵包車後面穿上防護衣。「為什麼好玩的都讓那兩個人得去了？我們應該也去殺幾隻蟲子。我想要試試那種毒氣槍。」他羨慕的打量那一排黃色罐子，上面貼了一個黑色骷髏和交叉的骨

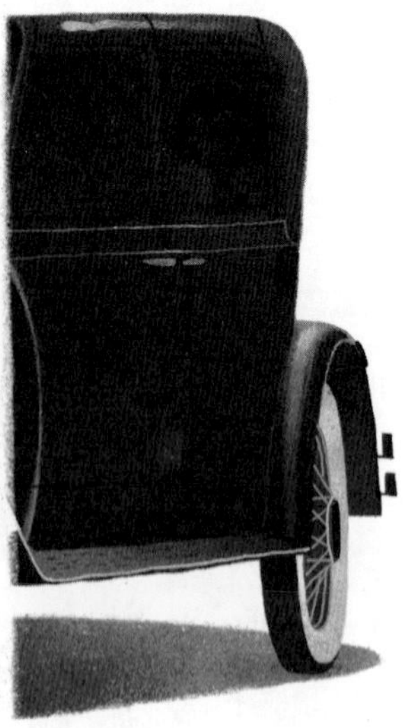

頭。

「那種毒氣不會連我們也毒死吧？」亨弗利問。

皮克林抓住亨弗利的一隻腳踝，指指點點。在廂型車裡放著一堆備用防毒面具。

「只要戴上那玩意就不會了。」

「來了，」薇吉妮亞從大賣場的木板縫裡偷看，跟馬文說。「那個就是盧克莉霞．卡特的車，那兩個是她的打手。」她看著手掌心裡的粗腿金花蟲。「我們應該去給部隊做簡報了。」

薇吉妮亞躡手躡腳穿過商店到碗櫃門後面的樓梯間，偷溜上亨弗利和皮克林的廚房，一推開門就倒抽了一口涼氣。

大批的甲蟲整整齊齊排在她的面前，準備投入戰場。每一隻甲蟲都有大顎或是爪子，多叉鹿角或是獨角，擁有武器或特殊技能，集合成一個又一個的軍團，嘶嘶叫，嘖嘖響，挑釁的抖動觸鬚。

地板上，一大批黑甲兜蟲，都是巴克斯特的兄弟，排在鍬形蟲旁邊，牠們搖動著鹿角一樣的巨大大顎，急著要戰鬥。在洗碗槽的濾水板上，一排又一排翠綠的虎甲蟲跟泰坦大天牛並列，虎甲蟲的速度快得讓人眼花，而大天牛的貪吃跟虎甲蟲不相上下，而且牠們更巨大更有力，大顎能夠咬穿人類的肌肉。牠們的旁邊是勇敢又活潑的芫菁，排成一列；旁邊是瘤擬步行蟲和放屁步行蟲。甲蟲大軍的第一排是閃動著銅光的糞金龜，這些強壯有力的甲蟲滾著一顆顆的球上戰場。

薇吉妮亞敬畏有加，在牠們面前跪了下來。「他們來了，」她壓低聲音但是吐字清晰，希望甲蟲都能了解。「有兩個人，戴頭盔，穿防護衣。兩個都背著毒氣罐。我們需要把他們的頭盔摘掉，如果他們沒戴頭盔就不能使用毒氣。

「前門關上以後，我會發信號進攻。糞金龜和放屁步行蟲，你們在上面的樓梯口就攻擊位置。記住，我們占了出其不意的優勢。他們沒想到會有抵抗。」

甲蟲大軍振動，表示牠們聽懂了。

「芫菁、虎甲蟲和咬人很痛的，」薇吉妮亞環顧四周，「你們到玄關的天花板上就位。你們是轟炸大隊。達克斯跟你們說了你們需要做什麼嗎？」

長臂天牛用後腳站立，虎甲蟲則彼此間嘰嘰喳喳的議論。

「芫菁，你們負責為你們的同袍打開逃生通道。可以的話，不要把受傷人員丟在後面。瘤擬步行蟲，你們跟我到樓梯欄杆執行特殊任務。鍬形蟲、兜蟲、南洋大兜蟲、長戟大兜蟲，你們負責最後一波的攻擊。」

她背後的樓梯間響起了熟悉的振動聲。薇吉妮亞站了起來，大角金龜也正好飛進了房間。

「長官，」她向牠敬禮。

帝王般的甲蟲降落，在前排的中心就位。

冒險的感覺就是這樣，薇吉妮亞心裡想，心臟像一頭獅子一樣在她的胸腔怒吼。她深吸一口氣，打開了門，在樓梯口就定位，看著甲蟲在她後方行進，感覺就像是冰雹打在鐵皮屋上。

柏托特看了看時鐘。上午八點整。自助洗衣店應該剛開門。他儘量表現得很正常，從麥西伯伯的公寓出發，提著洗衣籃。

他穿過馬路，緊張的經過了盧克莉霞．卡特的轎車，看見洗衣店門上掛著營業中的牌子，大大的鬆了一口氣。

進去之後，他大聲喊哈囉，確認洗衣店裡沒有人，就躲到了臨窗的洗衣機後面，掀起了遮蓋住洗衣籃中的背包的毛巾。

牛頓在他的頭頂緊張的閃著光。

「你得躲起來，牛頓，」柏托特低聲說，抽出了一塊著色書大小的引爆板。「隨時都可能會有人進來。」

引爆板上栓著四個開關，一堆電線和一隻天線。他伸手到背包裡掏出碼表，找到一個能看見對面動靜的位置。

盧克莉霞．卡特的打手正在穿上像太空裝的衣服，檢查綁在彼此背上的鮮黃色罐子。

柏托特覺得心臟在胸口跳踢踏舞，腦子裡胡思亂想：不知道跟昆蟲合作炸掉建築物的兒童會不會被抓去坐牢？

22 尼爾遜街大戰

丹奇許和柯雷文扣好了金魚缸一樣的頭盔，悠哉悠哉走進五號的門口，背上都背著一個黃黑雙色毒氣罐，罐子連接了一條槍一樣的噴嘴，掛在他們的腰帶上。

薇吉妮亞的嘴唇不屑的往下撇，握緊了拳頭，在樓梯平臺上默默盯著兩人。她要給這些殘殺昆蟲的殺手一個永生難忘的教訓。

「開始了，」她對馬文低聲說，他用後腿掛在她的一個髮髻上。前門關上，她一手往下揮，示意展開攻擊，同時按下了碼表的開始鈕。

第一批甲蟲大軍如同一把巨大的黑色匕首俯衝而下，筆直飛向入侵者的頭，阻擋了視線。

柯雷文和丹奇許被突如其來的攻擊嚇了一大跳，大叫著又扭又轉，想把甲蟲拍掉。

一隊糞金龜滾著糞球迅速前進，把糞球推到欄杆之間，鍬形蟲已經就位，牠們會把糞球拎起來。第一波攻擊隊伍撤退到玄關天花板之後，牠們就有了淨空的戰場了，糞球像炸彈雨一樣落下。

玄關很快就變成了黏答答的糞坑。

薇吉妮亞開心的握緊雙手，驚嚇加噁心的慘叫聲從濺滿了糞便的頭盔後面傳來。

柯雷文和丹奇許的護目鏡沒辦法看得清楚，兩人撞在一起，滑倒的時候雖然死命抓緊彼此，可還是腳下滑溜，摔倒在地上。他們每次把頭盔擦乾淨，就又有糞球阻擋他們的視線。

薇吉妮亞緊緊抱著胸膛，幾乎克制不住幸災樂禍的心情。她這輩子沒見過這麼好笑的事情，而要強忍住不笑實在是太不人道了。

「他媽的是怎麼一回事？」丹奇許大吼，把頭盔掀開了一點點。

放屁步行蟲和芫菁等的就是這一刻。牠們集結飛向他暴露出來的喉結，在攻擊之前分成兩隊，各自擦掠他的一邊頸子，在他的皮膚上釋放出大量強酸。

丹奇許尖叫的聲音像極了薇吉妮亞的母親看見老鼠時的聲音，他兩手齊上，把頭盔脫掉，丟在地上。在天花板上埋伏的甲蟲像鉛塊一樣掉進他的衣服裡，簡直就像是一群飢餓惡毒的食人魚。

丹奇許大呼小叫，被釋放酸液和咬人很痛的甲蟲整得死去活來。他跌在地上，滾來滾去，捶打自己，想要打死衣服裡的甲蟲，就在他痛苦的嘶號時，鍬形蟲神準投彈，把一顆褐色糞球丟進了他張開的嘴巴裡。

薇吉妮亞對著空氣出拳。

柯雷文看不見是出了什麼事，因為他的頭盔上布滿了糞便，可是他能聽見丹奇許尖叫。彷彿是慢動作，薇吉妮亞看著他兩手扭鬆了防護衣上的頸夾，把頭盔鬆開了，才剛露出一公分寬的縫隙，放屁步行蟲就又開始第二波的攻勢。他帶著鼻音的號叫聲和丹奇許的呼叫聲此起彼落，憤怒的昆蟲如大雨般落下，鑽進了他的衣服裡，他手上的頭盔也掉在地上。

薇吉妮亞開心的跳躍，看著柯雷文也摔在地上，尖叫個不停。她看著碼表。還有三分鐘。她從欄杆往下看，丹奇許和柯雷文在糞堆裡滾過來滾過去，甲蟲又螫又咬，他們一會兒乾嘔一會兒哀號。此時甲蟲大軍已經從他們的防護衣上的洞口魚貫鑽出，向安全地帶撤退了。

牠們成功了！牠們阻止了盧克莉霞的人！

正高興，前門突然飛開來，亨弗利衝了進來，他用毒氣罐的背帶把皮克林綁在他的背上，皮克林兩隻斷掉的腳踝軟軟垂著，角度很怪異。他們也戴著從廂型車拿來的防毒面具。

「哈，**哈**！」皮克林大喝。「好玩的你們都自己留著玩是嗎？哼，那你們就錯了，因為我們要來教教你們怎麼殺蟲子！」

皮克林一看見丹奇許和柯雷文，呱呱叫就停止了。

亨弗利瞪大眼睛。

「**天啊**，這裡臭死了！」皮克林皺著鼻子。

薇吉妮亞的一顆心往下沉，看著表兄弟倆衝進走廊，結果她忘了自己是俯在欄杆上，身體太向前傾，竟然失去了平衡，砰的撞上了欄杆。

亨弗利抬起了頭，往上看。「有人在上面！」他大叫。「**是那個男孩子！**」

「抓住他！」皮克林吱吱叫。「**宰了他！**」

薇吉妮亞驚慌的向後轉。計畫裡沒有這個啊，這下子誰要來救她？

亨弗利從柯雷文的背上搶下了一罐毒氣，甩到肩後給皮克林，皮克林緊緊抱住。

亨弗利跨過倒在地上的兩個人，發出劈啪聲跟一聲恐怖的尖叫，他壓根不睬對他又咬又螫的甲蟲，糞金龜雖然對他發射糞便砲彈，還是被他衝到了底下的樓梯口。

「喔，不好了，」薇吉妮亞低聲跟馬文說。「我該怎麼辦？」

正慌亂間，她的後面傳出尖銳的叫聲：是大角金龜在發號施令。三隻兜蟲爬上了牠的翅鞘，角結合在一起，鋸齒狀的腿抱緊了牠。四隻鍬形蟲跑上來攀住了牠的下腹。牠們結合成一隻大甲蟲，開始向樓梯滾，一路上撿起南洋大兜蟲、長戟大兜蟲和泰坦大天牛，聚集動能和甲蟲。薇吉妮亞瞪著大眼看，下巴都合不攏了。等到甲蟲球來到樓梯口，已經像一個超大跳跳球的大小了。

大角金龜從球的核心發出另一聲的叫聲，在牠的命令下，球外圍的甲蟲都用後腳站立，前腳相扣，把可怕的角對著外面。

薇吉妮亞回過神來，抓起了柏托特的火箭，放在地板上，讓火箭頭伸在樓梯間的上方，看著碼表——三十秒。

她從口袋裡拿出打火機，快手快腳點燃了引信，立刻拔腿跑向廚房，衝下樓梯，奔進大賣場，跑到人孔洞那兒，急急忙忙爬下梯子，把金屬蓋蓋好，接著把她穿在運動衣外面的攀岩裝備綁在梯子上。

薇吉妮亞抓緊了鐵梯，掛在甲蟲山上方，閉上了眼睛。

「快點，柏托特！」她喃喃說。「給那些王八蛋好看！」

「有人來了，」諾娃在門口低聲說。

巴索勒繆．卡托抓緊了兒子的手。「那是誰？」

「不用怕。」達克斯發瘋似的拉扯著父親腳上的腳鐐，扯斷了一邊。「她是我的朋友。」

「毛陵開始早晨巡邏了。」諾娃焦急的拉扯和服腰帶。

「還有別的囚犯嗎？」

諾娃咬著嘴唇不答。「達克斯，等毛陵走到這裡，他會看見鎖頭不見了。我該怎麼辦？」

「我們需要更多時間。」達克斯扯著另一個腳鐐，可是它動也不動。

赫本飛了上來，在諾娃面前繞了個圈。

「好主意，赫本。」諾娃伸出手讓吉丁蟲降落。「我們會給足你需要的時間。」

「你要怎麼做？」

「赫本跟我要去登臺，」諾娃回答他。

達克斯聽見她在走廊上跑，腳步啪噠啪噠響。他徒勞無功的扯拉著鐵腳鐐，最後挫折的亂捶，誰知腳鐐居然被他捶開了。

「吔！」達克斯急急忙忙爬向他父親的頭。「爸，你的腳自由了。你能站起來嗎？」

巴索勒繆．卡托翻個身，四肢著地，慢慢跪起來。達克斯注意到他仍穿著失蹤那天穿的藍襯衫和燈芯絨長褲，只不過襯衫現在又髒又破。

他的父親交抱雙臂，渾身發抖。達克斯把綠毛衣脫下來。

「給你。」

巴索勒繆看著兒子，彷彿沒見過他；他接過了毛衣，套在頭上。

「你是怎麼找到我的？」他問。

「我先找到了甲蟲，應該說是他們找到我的，」達克斯回答他，面帶笑容低頭看著他的爸爸。「現在沒事了，爸。麥西伯伯在外面的車上等。」他握住父親的一條胳膊，架在他的肩上。「我們來讓你站起來。用力！」

巴索勒繆．卡托用力一挺，可是膝蓋卻太虛弱，整個人向前跌，兩手先落地。

「這樣不行，」他說。「我太虛弱了。」

達克斯焦急的看著門。

他父親輕輕把達克斯推開。「你背不動我。你快走，免得被她看見。」

「我不走，」達克斯說，咬著牙，把他父親推回去。

巴索勒繆．卡托沒料到會被推了這一把，再加上他極端虛弱，整個人向後跌，頭撞到地板，發出悶悶的一聲咚。

「爸！對不起。」達克斯跪在父親的頭旁邊。「爸？」

他父親閉著眼睛。

「不！」達克斯發現自己把爸爸推得昏過去了，整個肺葉的空氣像被榨乾了。

他搖晃爸爸的肩膀，又想把他抬起來，結果越來越惶恐，最後他才了解他沒辦法靠自己把父親抬起來。

「不，不，不！」

他跪坐下來，絕望的嗚咽。沒希望了。他用兩手摀住臉，感覺到身體抖動，熱淚滾滾落下，把手心弄溼了。

熟悉的重量落在他肩上，巴克斯特用獨角輕輕摩擦他的臉頰，他擦乾眼淚，然後又聽見了熟悉的聲音，很像是把糖倒進碗裡。他低頭看。

甲蟲像波浪一樣湧過來，爬到巴索勒繆·卡托疲憊的身體下。糞金龜、長戟大兜蟲、泰坦大天牛用牠們的背結成了一隻翅鞘木筏，合力把達克斯的爸爸抬了起來，幾千隻小小的鋸齒狀的腳向前移動。

驚詫又加上鬆了口氣，達克斯笑了出來，看著甲蟲把他父親扛出了牢房門。他一躍而起，跑著跟上去。

「你們是世界上最棒的甲蟲，」他低聲讚美牠們，跟著牠們沿著走廊進入酒窖。

「巴克斯特，去跟諾娃說我們離開牢房了。」

巴克斯特從他的肩上跳上空中，消失不見了。達克斯開了酒窖另一邊的門，朝螺旋梯前進。諾娃跑上來，赫本和巴克斯特飛在她頭上。

「我盡力了，可是他隨時都可能會看見牢房的門，」她喘著氣說。「我們得趕快。」

達克斯聽見遠處有人大吼，然後響起了很奇怪的高調門聲音，這種聲音對甲蟲似乎有很大的影響，牠們的觸鬚和前腿都憤怒的抖動。

「毛陵發現地牢空了！」諾娃一把抓住達克斯的手臂。「他來了。他會放出獵椿！我們得快點離開！」

「獵椿？」達克斯的腦海中掠過了那個裝著黃色瓢蟲和憤怒的鍬形蟲的房間。

「牠們喝血。」諾娃一臉害怕。

達克斯猛的向後轉。「甲蟲，你們能把爸抬上樓嗎？」

每一隻甲蟲——巴克斯特、糞金龜、長戟大兜蟲、泰坦大天牛、放屁步行蟲、芫菁、螢火蟲、虎甲蟲——都爬到了他爸的身上。每一隻都用六隻腳抓住昏迷不醒的巴索勒繆．卡托，在達克斯的一聲令下，都張開了翅鞘，振動下翅，緩緩把昏迷的人抬起來，像幽靈一樣，飄上樓梯，到廚房去。

聽見恐怖的尖叫聲，諾娃和達克斯衝上了樓，發現廚娘瞪大眼睛看著飄浮的鬼魂。

「閉上眼睛，米麗，」諾娃大喊。「這不是真的，別看。我以後會解釋。拜託不要再叫了。」

達克斯衝過廚房，跑進滿是木板箱的門廳，拉開了僕人專用門的門閂，把門推開。他父親懸空的身體被幾千隻小小的翅膀拎著，滑行到早晨的陽光下。

他停在門口。

「快出去，」諾娃喘著氣說。

達克斯抓住了她的手。「跟我們一起走。」

諾娃渴望的看著達克斯，卻搖搖頭。「不行，」她低聲說，退後了一步。

「可是等她發現……」達克斯一想到盧克莉霞．卡特會怎麼對付她不聽話的女兒，他的胃就抽痛。「諾娃，她是怪物。」

「可是她是我母親，」諾娃說，關上了門。

亨弗利站在底下的樓梯口，抬頭看著又大又黑還長滿尖刺的甲蟲巨石在上面的樓梯口搖搖欲墜。

「皮克林，那是什麼啊？」

皮克林把毒氣罐的噴嘴掛在肩上。

「管他的，宰了它就是了。」

亨弗利拾級而上。樓梯很滑溜，他失去了平衡，連忙再踩一階，不料樓梯板卻化成了粉塵。他整個身體向前倒，後腳滑了一下。

亨弗利跌倒時看見甲蟲巨石向前倒，甲蟲——個個都帶角、有爪子、有大螯——灑落在樓梯上。

他的臉重重撞上了樓梯，甲蟲巨石也筆直撞上他的臉。憤怒的甲蟲向前拋射，他和皮克林就被毯子一樣厚的節肢動物攻擊了。

「發射啊！」亨弗利嘶號。「毒死牠們！」

「**不！**」地板上的柯雷文大喝一聲。「我們沒戴頭盔！你們會毒死我們的！」

「那就戴上啊！」皮克林尖叫。「**我要發射了！**」

亨弗利看著柯雷文快手快腳爬向前門，把門打開。他又看著丹奇許，丹奇許抓住他的頭盔戴上了，不料頭盔裡有一隊黑蟲子向他的鼻子發起了攻擊，咬得他哀哀叫。

「**發射啊！**」亨弗利大吼，全身沒有不痛的地方。

皮克林舉起了毒氣槍，對準了亨弗利光頭上的甲蟲。

「**去死！去死！去死！**」皮克林放聲尖叫。摸索著開關，想要噴出毒氣，可是手指卻太滑了。

「**你還在等什麼？**」亨弗利對他咆哮，突然聽到恐怖的尖叫聲向他的耳朵衝來，立刻就像根冰棒動也不敢動。

好像有什麼對準他的頭發射了！他聽見了連續的恐怖撞擊聲。

「我中彈了！」皮克林哀哀叫。「我要死了！」

亨弗利手腳亂打。那個男孩有槍！

「撤退！撤退！**撤退！**」皮克林高聲尖叫，不停捶亨弗利的後腦勺。

柏托特的眼睛死盯著碼表。

「**七、六、五……**」他悄悄倒數。

地底下的薇吉妮亞也瞪著碼表。三、二……她閉上眼睛，緊緊抓著梯子。

「一！」柏托特轉動了第一個開關。

寂靜。

接著傳出悶悶的爆炸聲。

大賣場的窗戶爆碎，飛出了窗框。

柏托特跳了起來，跑向洗衣店牆上掛的公用電話，撥打九九九。

「喂，能不能幫我接警察局，拜託？」他回想著薇吉妮亞教他的說法。她現在應該安全的在地下，如果她按照計畫的話……「喂，對，我住在尼爾遜街。我覺得應該讓你們知道有個女生被綁在大賣場樓上房間的椅子上，我從窗戶能看到她。真的很奇怪，因為住在那裡的兩個人沒有小孩。」

他讓總機安慰他，然後就掛斷。立刻就再撥號。

「喂，能不能幫我接消防隊？尼爾遜街的大賣場發生了爆炸。」

他拿著話筒，又按下第二個按鈕，把亨弗利臥室的天花板爆掉，一陣磚塵飛灑在馬路上。

「天啊！你聽見了嗎？又一聲。拜託快點來。我覺得可能是恐怖份子！」

23 帝王崩殂

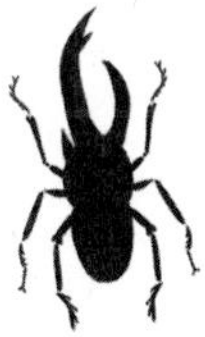

麥西伯伯盡全力大吵大鬧。「除非那個恐怖的女人出來說明，不然我不走，」他大聲吼叫，用力捶著打開的門。「她居然對我姪子開槍，我要去報警！你聽見了嗎？她可不是土皇帝，法律動不了她！」

他整個人向管家逼過去，越過他的肩膀對著樓上大吼：「我說，**你不是土皇帝，別以為法律動不了你！**」

「先生，我剛才就說了，」傑拉德一手抵著麥西伯伯的胸膛，想把他推到門階上，「卡特夫人現在不在家。」

「你少碰我！」麥西伯伯舉高了雙拳，在空中揮舞，表示他是非常嚴肅的。「我老是老，還是會幾招。」

「拜託，先生，請冷靜。」傑拉德舉高了雙手。

廚房裡傳來尖叫聲。

「**要我冷靜？**」麥西伯伯大吼。

傑拉德扭頭看著廚房門，再回頭看麥西伯伯。

米麗又尖叫了一聲，傑拉德退後一步。

沒有別的法子了：麥西伯伯一手向後縮，然後揮出一拳，正中管家的下巴，打得他向後飛。

「喔！」麥西伯伯跳來跳去，一隻手亂甩。他起碼有二十年沒打人了，都忘了有多痛了。

管家昏死在門廳地板上。「這是報復你打我姪子，」麥西伯伯說，踏進屋子裡，查看管家的傷勢重不重。「對不起，老兄。你也救了他，我知道，」他對昏迷的管家說。「等你清醒過來，你的下巴會很痛，頭上會腫個包，可是讓她發現你這個樣子，應該會比較好交代。」

麥西伯伯就讓前門敞開著，跑回門階上，正好看見達克斯繞過了屋側。麥西跑去幫忙姪子，抬起甲蟲沉重的人類貨物，把弟弟扛上了寬闊的肩膀。

「快跑，孩子，把車門打開。」

達克斯領頭起跑，甲蟲尾隨在後，像一團烏雲。

他們來到了汽車邊，把巴索勒繆輕輕放進後座。達克斯幫他蓋了一條毯子。早晨的光線一照，他父親的皮膚像死人一樣白。

甲蟲都飛進了行李箱裡。

巴索勒繆・卡托睜開了眼睛。

「麥西？」

「聽我說，巴弟。」麥西伯伯越過達克斯的肩膀，把頭探進後座。「我們需要送你去醫院，可是首先我們得保護兩個孩子，免得他們遭了盧克莉霞・卡特的毒手。你能撐住嗎？」

「能。」巴索勒繆對達克斯微笑。「我現在沒事了。」

「好。我們需要趕回尼爾遜街，」麥西伯伯說，坐進了駕駛座。「還得動作快。」

他發動了引擎，達克斯坐進乘客座，關上了門。

汽車逐漸離開陶靈大宅，達克斯回頭看見一片像是大螞蟻的黑流掠過白色碎石車道，停在大柵門後。

盧克莉霞・卡特下了汽車，甲殼質的腳的嗒嗒落在柏油路面上，聲音被她高密度的黑裙遮掩住了。她的頭轉到左邊又轉到右邊，然後再轉一次。不對勁。

她的司機玲玲匆匆繞過來送上她的手杖。她接過來，裝出脆弱的姿態，可是衝過馬路時卻幾乎沒用到手杖。

「柯雷文，」她對著排水溝裡的人大吼，「解釋。」

「牠們攻擊我們，」他抖著聲音說。

「誰？」

「甲蟲。」

「丹奇許呢？」

「在裡面。」

「這是什麼臭味？」盧克莉霞．卡特縮了縮。

「大便，」柯雷文低聲說。

亨弗利跌跌撞撞跑到街上，皮克林仍綁在他背上，狼狽的丹奇許則掛在他的腳踝上。三個人從頭到腳都布滿了又咬又抓的甲蟲。亨弗利逃到了人行道邊，大角金龜落在地上，發出命令。所有的甲蟲都匆匆忙忙飛進了路邊的排水口，動作快得像流水。

「阻止牠們！」盧克莉霞．卡特猝然轉身。「牠們要逃走了！」

甲蟲消失在排水口裡，盧克莉霞．卡特向前一躍，用手杖揮打大角金龜，把牠敲得肚子朝天，牠的腳在空中亂抓。盧克莉霞．卡特高舉手臂，用手杖狠狠插向牠的腹部，刺穿了牠的盔甲，殺死了牠。

「起來，蠢貨！」她對著地上的人大吼，舉起手杖，用力搖晃。「牠們只不過是甲蟲！」

柏托特從自助洗衣店的位置看見大角金龜被盧克莉霞・卡特的手杖刺穿，他嚥下眼淚，胸中一團怒火爆裂。「牠們才不止是甲蟲呢！」他喃喃說，抓住引爆板，又按了一個按鈕。「這是為大角金龜報仇。」

第三聲爆炸搖撼了整條馬路，盧克莉霞・卡特一個踉蹌，刺穿大角金龜的手杖掉在地上。

「怎麼回事？」她憤怒的大喊。猛的向後轉，這才發現人行道上有一群群的人在盯著她看。警笛聲在遠處響起，而聚集在盧克莉霞・卡特四周關切的人潮越聚越多。

一輛新聞採訪車飛馳過來，緊急煞車。一個穿著時髦套裝的金髮女郎緊抓著麥克風，慌慌張張下車。一個禿頭男扛著攝影機緊跟在她後面。

「我是ＢＢＴＶ新聞部的愛瑪・蘭姆，」女郎大聲說，一邊跑向盧克莉霞・卡特。玲玲挪向雇主和攝影師之間，擺出了防衛的架式，隨時準備出手。人群湧上來看著立在馬路中央的神祕女人。

三輛警車開到街尾，兩輛消防車也魚貫開來。愛瑪・蘭姆催促攝影師上前去捕捉畫面。

盧克莉霞・卡特從鼻孔深吸了一口氣，壓抑住內心越來越澎湃洶湧的怒氣。她的頭往右邊歪，脖子發出喀喀聲。「人類，」她嘶嘶說，一輛救護車剛好停在消防車的後面。

柏托特從洗衣店溜到街上，融入人群裡。

「**這一個**是報復你綁架了達克斯的爸爸，」柏托特低聲說，按下了最後一個按鈕。最後一聲爆炸把商店的天花板都炸塌了，所有樓層都坍陷，**轟隆**一聲震耳欲聾，大賣場門面的木板都炸飛了，建築物的上空冒出了一朵香菇雲。街上的每個人都嚇得尖叫，向後閃躲，寫著**甘寶先生的異國派**的紅底黑字金屬招牌從屋子裡飛了出來，嵌進了一輛警車的車頂。尖叫聲變成哀泣聲和驚呼聲，人群瞪著以前是大賣場的屋子。空洞的磚殼裡只剩下一連串孤伶伶的牆和沒牙的樓梯。

先是一陣驚愕的寂靜，緊接著喃喃聲和焦慮的叫喊聲，像漣漪般蕩漾開來。有個穿紅色運動衣的女孩從瓦礫堆中搖搖晃晃跑出來，人群響起了更多的驚呼。那是薇吉妮亞，渾身都是泥土。

她和柏托特視線交會，眨了眨眼。接著：

「救我！」她大聲哭叫，叫完就暈倒了。

三名消防隊員跑過來，攝影師緊緊跟在後面。

「等一下！什麼？不對！」皮克林大喊，整個迷糊了。「我們綁架的是個男孩子，可是他失蹤了。」

兩名警察走過來，給他戴上了手銬。

「弄錯了，弄錯了——是個男生，是男生！」亨弗利連連抗議。警察把他推進警車後座，關上了門。「我從來沒看過這個女孩子啊！」

盧克莉霞・卡特僵直的站在這一團混亂之中，握著手杖，瞪著從瓦礫堆裡爬出來的女生。她仔細端詳四周的人群，卻沒看到一張熟悉的臉孔。

她感覺得到有一股隱形的力量在跟她作對。

有輛薄荷綠老車停在消防車的後面，一個男孩子從乘客座出來。盧克莉霞・卡特的心思飛轉，神經元突觸來來回回發射訊息，她忙著理清眼前的一切。她認得這個男孩，他是諾娃的同伴，那個昨天從她的屋子裡神祕消失的男生。

一個她隱約記得過去認識的男人——個子比她記憶中要高——從駕駛座出來，打開了後車門。

「不！」她憤怒的尖叫，看見了麥西米廉・卡托把弟弟抬下車，扶著他站好。

三個卡托家的人都轉過來面對她，一臉挑釁。

「怎麼會……?」盧克莉霞．卡特的聲音像嗆到。

「結束了，露西，」巴索勒繆．卡托說，聲音穩定得像石頭。「我早該在你被權力和貪婪毒化之前結束這一切的。」

她猙獰的吼叫，五官扭曲，充滿了恨意。

可是巴索勒繆．卡托只是面帶微笑。「要我翻天覆地我也會阻止你，」他說。「我會向世人揭露你是什麼人，等他們了解了真相，全體人類都會起來把你可恥的帝國從地球表面清除。」

達克斯震驚的看著父親。他從沒聽過他用這麼憤怒和嚴肅的語氣說話。

盧克莉霞．卡特譏誚的看著被她關在地牢裡六週的男人。她發出毫無幽默感的笑聲，舉起了一支手杖，打開了杖身上的一個扳機，對準了巴索勒繆．卡托的心臟。

「**不要！**」薇吉妮亞大聲尖叫，想要掙脫抓著她的消防隊員。

「**不要！**」柏托特大聲喊，整個人向前撲，撞上了盧克莉霞．卡特的腿，同時達克斯滑過了汽車的引擎蓋，把他父親推倒在地上。

盧克莉霞．卡特向下倒去，但也開了一槍。

「爸?」

「要命啊!」麥西伯伯慌忙爬起來。

「達克斯!達克斯，你怎麼樣?」巴索勒繆緊緊抓著兒子。「喔，不!**不**!我的孩子！」

達克斯倒向父親的懷抱，緊緊按著自己的肩膀，血從指縫間流出來。

麥西伯伯轉過身，高聲大喊：「**急救員！這邊！快點！**」

盧克莉霞．卡特的頭撞到了路面，招牌墨鏡彈跳在柏油路上。她雙手摀著臉，亂踢柏托特，而柏托特則死命的抱住她的腳不放。

薇吉妮亞看見了氣得抓狂的巴克斯特飛向盧克莉霞．卡特，以尖利的獨角去戳她指縫間的眼睛。

盧克莉霞．卡特發出駭人的聲音，半像尖叫，半像嘶嘶叫，活像是著火了。

接著有條黑影輕盈的跳過來，一把摟住柏托特的腰，就把他拋在一旁。玲玲優雅的一個飛踢，就把巴克斯特從盧克莉霞．卡特的臉上踢開，等她落地之後，她把兩條胳膊架在老闆的腋窩下，輕輕鬆鬆就把她揹了起來。

大家還沒搞清楚是怎麼一回事，救護車的急救員都圍著達克斯，玲玲已經背著盧克莉霞．卡特飛奔向她的轎車了。

「阻止她！」薇吉妮亞大聲喊。「她

是殺人凶手！」

可是沒有人在聽。她無助的看著玲玲把盧克莉霞・卡特放進了乘客座，關上了門，從引擎蓋上滑過去，鑽進了駕駛座。

那隻機械金龜子內部的引擎轟隆響，轎車就在人行道上動了起來，繞過了處理緊急事件的一堆車輛，消失在尼爾遜街上。

24 回到基地營

達克斯從棚屋拖出了梯子，靠在牆上。他的右臂和右肩都緊緊纏著繃帶，還吊著三角帶。他的肩膀好痛，不管是輕輕搖晃或是震動到，都會害他咬著牙倒吸涼氣，可是他決心要翻過圍牆。

「好，我要上去了，」他跟巴克斯特說，踩上了梯子。

自從挨槍之後，兜蟲就改成棲息在達克斯的頭頂，或是左肩上，可是兩個位置都不安穩，所以牠總是在這兩個定點之間爬來爬去。

站上了牆頭之後，達克斯戰戰兢兢的從另一邊滑下去，落在一堆櫥櫃上，謹慎的向下爬，鑽入家具森林裡。他經過了老鼠籠，忍不住搖了搖頭。他不敢相信老鼠籠困住麥西伯伯才不過是一個星期前的事，感覺上已經很久很久了。

緩緩爬過隧道，巴克斯特飛在前頭，達克斯發現有些甲蟲搬進了這裡的床架和桌子裡了。他能看見木頭家具上的小孔。擬步行蟲和食骸蟲在他經過時，用腹部和頭敲擊最靠近的堅部表面，表示牠們對他和薇吉妮亞、柏托特為牠們做的事非常感激。

達克斯微笑。儘管爬行時動作笨拙，有時還很痛，能凱旋歸來基地營的感覺實在很棒。

他中槍之後只模糊記得一些事情。他記得被抬上了擔架，急救員給他打上了點滴，然後就是警笛聲咿哦咿哦的叫。麥西伯伯一路上都陪著他，緊緊握著他的手。

還有一張張的面孔和閃光燈，高聲發問的聲音。

「達克斯！達克斯！跟你父親團圓感覺如何？」

「達克斯，是誰對你開槍？」

子彈直接貫穿了他的肩膀，而且算他命大，沒有造成太大的傷害，可是他也失了不少血。住院五天，醫生才同意讓他出院，由麥西伯伯照顧。

爸就沒那麼幸運了。

達克斯記得急救員在救護車裡掀開了爸的毛衣，剪掉了骯髒的襯衫。他記得看見了他父親的胸膛上有幾百處流血的傷口和瘡腫。

爸現在仍在住院，治療感染。達克斯實在猜不透牢房裡那些像螞蟻一樣的生物究竟是什麼。絕對不是甲蟲。諾娃說那是獵椿。

停下來。到了——黑色的門，銀色的73號。

他站了起來，用沒受傷的右手去轉門把，走進了基地營。

「**達克斯！**」薇吉妮亞大聲叫，接著又開心的歡呼。

「哈囉！」柏托特的聲音像喘不過氣來，眼睛也閃著光。「我們每天放學後都來，雖然不知道你會不會來，」他連珠砲似的說。牛頓在他的頭頂上放著光。

達克斯哈哈笑，很開心看見他們兩個，走過去跟他們一起坐在沙發上。「你們還好嗎？」他問，看見了柏托特兩條胳膊都綁著繃帶。「你怎麼了？」

「盧克莉霞·卡特的腿。你沒看見嗎？」柏托特回答他。「你說對了，她有爪子和尖刺，跟甲蟲一樣，而且還跟刀子一樣利！我抱住她的腿的時候被刺割傷了。」

「戰鬥計畫。」達克斯看著薇吉妮亞。「成功了嗎？」

「美得跟一場夢一樣。」薇吉妮亞點頭，兩眼放光。「甲蟲實在是太神奇了，而且勇敢得不得了。馬文從頭到尾都陪著我。」她伸手到髮髻上，搔搔他的紅色背板。

「真可惜你沒看到盧克莉霞·卡特的打手到處亂滑，鬼吼鬼叫，全身都是大便，」她咯咯笑著說。「實在是太好笑了。而且柏托特的火箭砲帥極了。鞭炮一響，皮克林還以為他中槍了呢。」她的聲音變小了，看著達克斯的肩膀。「會痛嗎？」她問。

「一點點。」達克斯點頭。「到了晚上我就真的很累。可是中槍其實沒有你想像的那麼可怕啦。」

薇吉妮亞的佩服表情害得達克斯臉紅了。

「巴克斯特也好勇敢，」柏托特說，愛憐的看著坐在達克斯左肩上的兜蟲。「盧克莉霞·卡特開槍射你，牠就去攻擊她的臉。」

「對。」薇吉妮亞點頭。「我覺得牠的角戳到了她的眼睛。」

「事情發生得太快了，」達克斯驚異的說。「我什麼也沒看到。」

「她舉起了手杖，我就衝過去把她撞倒了。她的眼鏡掉了……她的眼睛……她的眼珠凸了出來，好像發亮的黑色彈珠。」柏托特突然一臉害怕。「達克斯，就跟甲蟲的眼睛一樣。」

「複眼。」薇吉妮亞點頭說。

「她有複眼？」達克斯搖頭。「她到底是什麼東西啊？」

「她不是人類，一定是這樣，」薇吉妮亞說，語氣很不祥。

「後來她的保鏢跳進來，把她救走了，她們就開車逃走了。」

「她逃走了？」達克斯簡直不敢相信自己的耳朵。「她開槍打我吔！」

「警察去追了，」薇吉妮亞說。

「我們把大賣場弄成這樣，你伯伯有沒有很生氣？」柏托特緊張的問。「他的公寓沒事吧？」

達克斯哈哈笑。「所以你才沒到醫院來看我嗎——怕他會對你吼叫？」

「不是啦。」柏托特一副不知所措的樣子。「我爸媽不讓我去。他們非常氣我們騙他們。」

薇吉妮亞點頭。「我被永遠禁足了。」

「那你怎麼會在這裡？」

薇吉妮亞噴了噴鼻子。「我**不**在這裡，」她說。「我現在是在圖書館裡用功。」

達克斯哈哈笑。「你可以不必擔心了。公寓沒事。麥西伯伯找人來看過了，不會倒的。」

「呼，那就好！」柏托特說。

「他跟我說因為只有樓梯的正中央塌陷了，牆壁都沒有破壞到，大賣場是完蛋了，可是沒有波及兩邊的建築。」

「真的？」柏托特一臉驚訝。

「他說你沒把整條街都拆了，應該給你一個工程學的學位。」

「真好。」柏托特把眼鏡往上推。「那你爸回來了，你是不是要回以前的學校了？」

「還沒有。」達克斯搖頭。「爸還在住院，等他出院了，也需要人照顧，所以麥西伯伯說我們兩個都可以住在他家，等我爸康復再說。」

「喔，這個消息真是太棒了。」柏托特的臉亮了起來，牛頓也飛了一圈，尾巴閃爍個不停。

「不過還有壞消息，」薇吉妮亞說。

「什麼壞消息？」達克斯問。

柏托特咬著嘴脣。「他們沒抓到盧克莉霞．卡特。」

「什麼？」達克斯站了起來。

「她逃掉了，」薇吉妮亞說，「還有亨弗利和皮克林被警察控告殺人未遂，因為開槍打你。」

「太過分了！他們又沒開槍，開槍的是盧克莉霞．卡特。」

「我知道，」柏托特認同他的話。

「她現在還躲在某個地方？」達克斯問。

薇吉妮亞點頭。「可是甲蟲很安全，」她提醒他。「甲蟲山現在藏在下水道裡，皮克林和亨弗利去坐牢了，所以家具森林是我們的了。」

「你覺得她會回來嗎？」柏托特問。

達克斯一屁股坐下來，嘆了口氣。

「不知道。她有陰謀，不管是什麼，都很黑。我從我爸的表情就知道。」他抬頭看著基地營點綴著螢光的防水布天花板。「不過不管她用什麼武器攻擊我們，」他說，看看薇吉妮亞又看看柏托特。「我們還有甲蟲。」他的手按住了柏托特的肩膀。

「別忘了還有你的好朋友……」薇吉妮亞加上一句，咧開嘴笑。

「對。」柏托特點頭。

「再加上一點毅力和膽量，」達克斯微笑著說，「我們就天下無敵。」

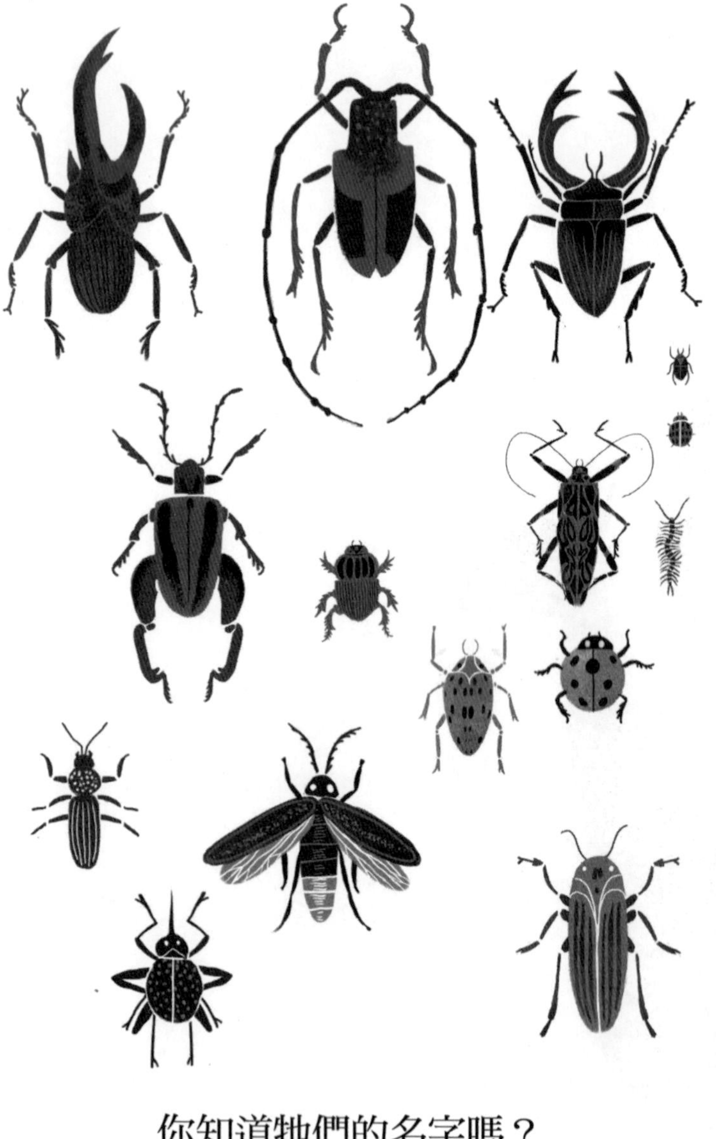

你知道牠們的名字嗎？

昆蟲學辭典

審定 / 李奇峰（行政院農業試驗所應用動物組研究員）

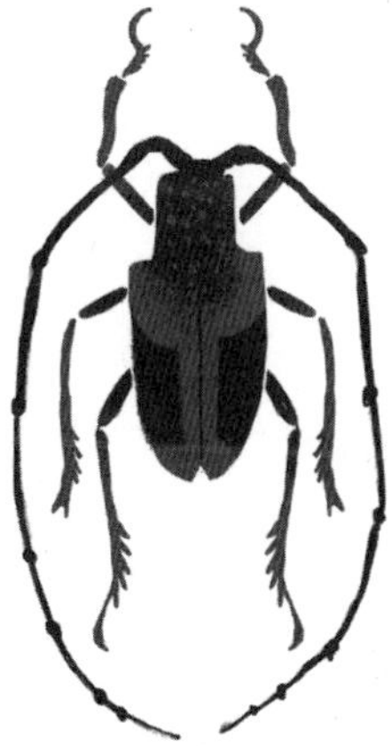

腹部（*abdomen*）

是胸部後面的部分（人類的腹部通常稱為肚子）。這是昆蟲的三個身體部分中最大的部分（另外兩個是頭和胸）。

觸角（*antenna*、複數形 *antennae*）

一對長在頭部的感覺器官，用來感覺許多東西，像是氣味、滋味、熱度、風速、方向等。

節肢動物（*arthropod*）

意思是「有分節的腳」，包括昆蟲（六足動物），甲殼類，多足類（馬陸和蜈蚣）以及螯肢動物（蜘蛛，蝎子，鱟及其近親）。節肢動物的身體通常可分段，所有的節肢動物都有外骨骼，都沒有脊椎。

甲蟲（*beetle*）

某一群（或稱之為「鞘翅目」）昆蟲，前翅膀發展成硬化的鞘翅。地球上所有的動物種類都比不上甲蟲的種類繁多。

甲殼質（*chitin*）

大多數節肢動物的外骨骼的組成物質，包括昆蟲。甲殼質是自然界最重要的物質之一。

鞘翅目（*coleoptera*）

甲蟲的分類階層。

鞘翅目學家（*coleopterist*）

研究甲蟲的科學家。

複眼（*compound eyes*）

可能由上千個獨立的視覺接受器組合而成，常見於節肢動物。許多節肢動物因此有很好的視力，可是它們看見的影像是畫素影像—就像電腦螢幕上的畫素。

去氧核糖核酸（*DNA*）

幾乎是所有活著的生物的藍圖。它是極小的分子，帶著基因組合。一段 DNA 就叫做基因。

雙股螺旋（*double helix*）

獨立的 DNA 分子結合在一起就會形成雙螺旋線，樣子就像是一個迴旋梯。

翅鞘（*elytron*，**複數形** *elytra*）

甲蟲硬化的前翅，為底下的膜質後翅提供保護殼。後翅用來飛行。有些甲蟲不會飛，它們的翅鞘癒合了，而且後翅退化。

昆蟲學家（*entomologist*）

研究昆蟲的科學家。

外骨骼（*exoskeleton*）

長在身體外面的骨骼，而不是像哺乳動物一樣長在裡面。昆蟲有外骨骼，主要成分是甲殼質。外骨骼非常堅硬，裡面充滿肌肉，也就是說昆蟲（尤其是外骨骼特別堅硬的甲蟲）可以非常強壯。

棲息地（*habitat*）

生物居住的地區—比方說，鍬形蟲的棲息地就是闊葉林。

昆蟲（*insect*）

在昆蟲綱裡已知的種類超過一千八百萬，還有許多有待發掘。昆蟲的身體可分為三個部分：頭、胸、腹。頭部有觸鬚和一對複眼。昆蟲有六隻腳，許多種類還有翅膀。它們的複雜生命週期叫做變態（metamorphosis）。

無脊椎動物（*invertebrate*）

沒有脊椎的動物。

幼蟲（*larva*，**複數形** *larvae*）

未成熟的昆蟲。如金龜子的幼蟲叫做蠐螬。幼蟲和成蟲的樣子完全不一樣，而且吃的食物也和成蟲不同，也就是說它們不會和父母親搶吃的。

大顎（*mandibles*）

甲蟲的口器。大顎能抓、壓碎或咬斷食物，或是抵抗掠食者和敵人。

變態（*metamorphosis*）

意思是變化。說的是昆蟲在生命各階段的整個變化（卵、幼蟲、蛹、成蟲，或是卵、若蟲、成蟲）。比方說，想像有一個又大、又肥、奶油色的蠐螬：跟成熟的甲蟲一點也不像。長大的成蟲（甲蟲）不會再脫皮，而且因為它們包覆在外骨骼裡，不能伸展也不能成長，所以甲蟲也不會再長大。所以呢，要是你看見了一隻甲蟲成蟲，那它就是原來那麼大，不會再長大了。

口唇鬚（*palps*）

一對感覺附器，昆蟲的口器的一部分。用來碰觸以及察覺周遭環境的化學分子。

剛毛（*seta*，**複數形** *setae*）

覆蓋住昆蟲部分身體的細小突起，樣子很像毛髮。它可能有保護作用，也可能用來防衛、偽裝和附著（黏住東西不放），對於溼氣和振動可能很敏感。

物種（*species*）

生物的學名；用來定義哪種有機體是哪種東西，不管你說的是哪一種語言。比方說，全世界都知道巴克斯特是一隻 *Chalcosoma caucasus*。不過，因為使用的語言不同，你也會用不同的俗名叫它。物種的學名是用「屬名」和「種小名」組合的，屬名一定先寫，第一個字母大寫，後面的種小名一律小寫，而且學名一定用斜體字。如果是手寫，就要全部畫線。（參考分類法）

摩擦發音（*stridulation*）

昆蟲摩擦身體部位發出的唧唧聲或沙沙聲，可用來吸引伴侶，標示地盤，或提出警告。

分類學（*taxonomy*）

就是鑑定，描述，並且為生物命名的研究。使用的系統叫「生物學分類」，把類似的生物歸為一類。由大分類群（界）慢慢縮小，而種名是最小的單位。學名都沒有一樣的（種小名跟屬名結合之後）：界、門、綱、目、科、屬、種。這個系統可以避免俗名引起的混亂，因為不同的語言會有不同的俗名，甚至同語言在不同區系也會有不同的俗名。比方說，巴克斯特是一種兜蟲，有的地方叫他阿特拉斯大兜蟲、有的地方叫他海克力斯大兜蟲或是獨角兜蟲。那我們要怎麼知道巴克斯特究竟是什麼甲蟲呢？要是你使用生物學分類，就能把巴克斯特這樣子分類：動物界，節肢動物門，昆蟲綱，鞘翅目，金龜子科，南洋大兜蟲屬，種小名為高卡薩斯。可是真正只需要說出屬名和種小名就好，所以巴克斯特就是高卡薩斯南洋大兜蟲。

胸部（*thorax*）

昆蟲介於頭和腹部之間的部位。

轉基因（*transgenic*）

科學家把屬於某一種動物的DNA加到另一種動物身上，就叫做轉基因。

作者謝詞

寫作第一本書就像是瞎子過河，你知道該做什麼，可是卻看不見你是往哪兒走。我要感謝許多人推著我走在正確的方向上。我尤其要感謝山姆．哈姆斯沃斯．斯巴林給我的關懷、幫助以及絕不動搖的支持。他總是知道我能成功，特別是在我不成功的時候，沒有他，就不會有《甲蟲男孩》這本書。

這本書提到的科學知識都是真的，多虧了莎拉．貝嫩博士這位卓越的昆蟲學家慷慨的提供了時間與專業。如果你對甲蟲有興趣，那你真應該去一趟她在英國朋布羅克郡的昆蟲農場。這個網址有詳細的介紹：www.thebugfarm.co.uk

我還要由衷感謝我的益友克蕾兒．拉奇許。她讀了我的每一篇稿子，而且只要發現我哪裡有錯，就一定會指出來。如果你滿腦子都是孩子的吵鬧聲，那是寫不出書來的，所以謝謝妳，珍奶奶，給了我寶貴的時間，幫我照顧我的兒子們。我也要感謝第二批的讀者群，你們讓我有寫下去的信心。對，就是你們：漢娜．蓋布麗兒，茱德．布魯爾，雅各．布魯爾，亞當．拉奇許，莎拉．達斯特吉爾，貴林．鍾斯，多明尼克．芬諾，愛瑪．比提，蘇妃．李利，威爾．里斯蒙，東姆．布勞爾德，羅娜．何斯勒，埃佛．托爾伯特以及愛瑪．基斯。而且我一定要感謝大衛．沙伯跟國立劇場的那一夥給了我很好的建議（就是你巴許）、支持及鼓勵。

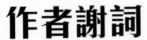

少年天下系列 —— 038

甲蟲男孩

作　　者｜M. G. 里奧納（M.G. Leonard）
譯　　者｜趙丕慧

責任編輯｜張文婷
封面設計｜陳彥伶
內頁編排｜許庭瑄
行銷企劃｜葉怡伶

天下雜誌群創辦人｜殷允芃
董事長兼執行長｜何琦瑜
兒童產品事業群
副總經理｜林彥傑
總監｜林欣靜
版權專員｜何晨瑋、黃微真

出版者｜親子天下股份有限公司
地址｜台北市104建國北路一段96號4樓
電話｜（02）2509-2800　傳真｜（02）2509-2462
網址｜www.parenting.com.tw
讀者服務專線｜（02）2662-0332　週一～週五：09:00~17:30
讀者服務傳真｜（02）2662-6048
客服信箱｜bill@cw.com.tw
法律顧問｜台英國際商務法律事務所・羅明通律師
製版印刷｜中原造像股份有限公司
總經銷｜大和圖書有限公司　電話：（02）8990-2588

出版日期｜2017年7月第一版第一次印行
　　　　　2021年9月第一版第十七次印行
定　　價｜360元
書　　號｜BKKNF038P
I S B N｜978-986-95047-9-9

訂購服務 ——
親子天下 Shopping｜shopping.parenting.com.tw
海外・大量訂購｜parenting@cw.com.tw
書香花園｜台北市建國北路二段6巷11號　電話（02）2506-1635
劃撥帳號｜50331356　親子天下股份有限公司

立即購買 >

有聲故事書

國家圖書館出版品預行編目資料

甲蟲男孩 / M.G. 里奧納(M. G. Leonard)著；趙丕慧譯. -- 第一版. -- 臺北市：親子天下，2017.07
304面；14.8 x 21公分. -- (少年天下系列；38)
譯自：Beetle Boy
ISBN 978-986-95047-9-9(平裝)

873.59　　106010378